J P Delaney

# Believe Me

## Spiel dein Spiel. Ich spiel es besser.

**Thriller**

Aus dem Englischen von Sibylle Schmidt

PENGUIN VERLAG

Die amerikanische Originalausgabe erschien 2018 unter dem Titel »Believe Me«
bei Ballantine Books, New York.



PENGUIN VERLAG



1. Auflage 2018

Die im Roman enthaltenen Verse von Baudelaire stammen aus folgender Ausgabe:
Charles Baudelaire: Die Blumen des Bösen, Übersetzung: Terese Robinson,
Diogenes Verlag, 1982. Es handelt sich um folgende Gedichte:
*Trübsinn*, S. 123; *Eine Märtyrin, S.* 196 ff.; *Der Wein des Mörders*, S. 187;
*An den Leser*, S. 11; *An sie, die allzu froh*, S. 253; *Die Juwelen*, S. 254; *Das Gespenst*, S. 110;
*Trauriges Madrigal*, S. 278; *Sammlung*, S. 283; *Die Maske,* S. 41. Weiterhin wird zitiert:
William Shakespeare: Ein Sommernachtstraum / Macbeth. Aus: Shakespeare's
dramatische Werke, übersetzt von August Wilhelm Schlegel, ergänzt und erläutert
von Ludwig Tieck. G. Reimer, Berlin 1825–1830.
Umschlag: bürosüd
Umschlagmotiv: Getty Images/Elsa Eriksson/EyeEm und bürosüd
Redaktion: Susann Rehlein
Satz: Greiner & Reichel GmbH, Köln
Druck und Bindung: CPI books GmbH, Leck
Printed in Germany
ISBN 978-3-328-10326-4
www.penguin-verlag.de

Dieses Buch ist auch als E-Book erhältlich.

*Für Michael*

Die eigenen Narben prägen die Rolle.
*Shelley Winters*

# Prolog

Am Abreisetag soll vor zwölf Uhr ausgecheckt werden. Auf der sechsten Etage des Lexington Hotel sind um elf fast alle Zimmer geräumt. Hier in Midtown Manhattan sind sogar die Touristen im Stress, weil jede Menge Galerien, Kaufhäuser und Sehenswürdigkeiten abgeklappert werden wollen. Langschläfer wurden längst geweckt vom spanischen Palaver der Zimmermädchen, die im Wäscheraum neben dem Fahrstuhl Nachschub holen, um alles für den Ansturm am Nachmittag vorzubereiten.

An den Tabletts mit Frühstücksresten vor den Türen kann man erkennen, wo noch geputzt werden muss.

Vor der Terrace Suite steht kein Tablett.

Jeden Morgen bekommen die Gäste die *New York Times*.

Von der Terrace Suite wurde dieses Angebot nicht genutzt. Die Zeitung liegt unberührt auf der Fußmatte. Am Türgriff hängt das BITTE NICHT STÖREN-Schild.

Diese Suite nimmt sich Consuela Alvarez zuletzt vor. Ihr Rücken tut weh, weil sie bereits zwölf Betten gemacht und ebenso viele Duschkabinen geschrubbt hat. Mit ihrer Chipkarte klopft sie an die Tür, ruft »Zimmerservice« und wartet auf eine Antwort.

Nichts tut sich.

Als Consuela das Zimmer betritt, fällt ihr sofort die Kälte auf. Eisiger Wind fegt zwischen den Vorhängen herein. Verärgert schnalzt sie mit der Zunge und zieht an der Vorhangkordel. Graues Licht dringt ins Zimmer, in dem es total chaotisch aussieht.

Consuela schließt absichtlich laut das Fenster, doch die Person im Bett rührt sich nicht.

»Bitte … Sie müssen jetzt aufstehen«, sagt Consuela verlegen.

Die Person ist von Kopf bis Fuß vom Laken bedeckt wie von einer Schneeschicht.

Als Consuela die umgekippte Lampe und das zerbrochene Weinglas beäugt, hat sie eine böse Vorahnung. Im Jahr zuvor hatte es im zweiten Stock einen Selbstmord gegeben. Schlimme Geschichte. Ein junger Mann hatte sich im Badezimmer den goldenen Schuss gesetzt. Das Hotel war komplett ausgebucht gewesen, und sie hatten das Zimmer bis fünf Uhr für die nächsten Gäste vorbereiten müssen.

Auch hier stimmt einiges nicht. Wer lässt denn Glasscherben auf dem Teppich liegen? Da tritt man doch am nächsten Tag hinein. Und wieso schläft jemand mit dem Laken auf dem Gesicht? Consuela hat schon viele Hotelzimmer gesehen, und sie spürt, dass hier etwas im Argen liegt. Alles wirkt so merkwürdig künstlich.

Consuela bekreuzigt sich. Nervös legt sie die Hand auf das Laken und rüttelt die Person vorsichtig an der Schulter.

Im nächsten Moment entfaltet sich eine rote Blüte auf dem weißen Stoff.

Jetzt weiß Consuela, dass etwas Furchtbares passiert ist. Mit dem Zeigefinger berührt sie noch einmal das Laken, und wiederum erblüht eine rote Blume, als breite sich Tinte auf Löschpapier aus.

Consuela nimmt ihren ganzen Mut zusammen. Mit der linken

Hand zieht sie das Laken weg, die rechte hebt sie, um sich erneut zu bekreuzigen. Doch dann presst sie die Hand auf den Mund, um ihren Schrei zu unterdrücken.

# Teil eins

(Fünf Tage vorher)

# Eins

Mein Freund ist noch nicht da.

Das ist es wohl, was man bei meinem Anblick denkt. Ich sitze in der Bar eines New Yorker Businesshotels am Tresen und trinke meine Virgin Mary in so winzigen Schlucken, als müsse sie für den ganzen Abend reichen. Eine berufstätige junge Frau, die auf ihre Verabredung wartet. Vielleicht ein bisschen eleganter gekleidet als die meisten anderen Frauen hier. Man sieht, dass ich nicht direkt aus dem Büro komme.

Am Ende der Bar eine Gruppe trinkfreudiger junger Männer, die laut reden, sich gegenseitig auf die Schulter hauen. Einer – gut aussehend, teure Klamotten, durchtrainiert – schaut zu mir herüber und lächelt. Ich wende den Blick ab.

Kurz darauf wird weiter hinten ein Tisch frei, an den ich mich mit meinem Glas setze. Wo sich dann folgende Szene abspielt:

INNEN. BAR DES DELTON HOTEL, West 44th Street, NEW YORK – NACHT.

MANN *(ärgerlich)* Entschuldigung?

Jemand steht vor mir. Typ Geschäftsmann, Mitte vierzig, teurer Freizeitanzug, Haare etwas länger als an der Wall Street üblich, kein durchschnittlicher Bürohengst.

Der Typ ist wütend. *Sehr* wütend.

ICH Ja?

MANN Das ist mein Tisch. Ich war nur kurz weg.

Er zeigt auf Laptop, Glas, Zeitschrift; all das hatte ich vorgeblich nicht bemerkt.

MANN Das da sind *mein* Drink und *meine* Sachen. Ist doch nicht zu übersehen, dass der Tisch besetzt ist.

Andere Gäste schauen zu uns herüber. Aber es wird hier keinen Stress geben. Ich stehe bereits auf, hänge meine Handtasche um. Vermeide eine Auseinandersetzung.

ICH Tut mir leid, das hatte ich nicht bemerkt. Ich setze mich woandershin.

Ich trete einen Schritt beiseite, sehe mich um, etwas hilflos, denn es ist alles voll, und mein vorheriger Platz ist jetzt auch besetzt.

Aus dem Augenwinkel sehe ich, wie der Mann mich mustert, den Blick über die Donna-Karan-Jacke gleiten lässt, die Jess nur bei Castings trägt – weiches schwarzes Kaschmir, das meine helle Haut und meine dunklen Haare unterstreicht. Und ich spüre, wie der Typ merkt, dass er im Begriff ist, einen idiotischen Fehler zu machen.

MANN Warten Sie … wir können uns den Tisch auch teilen.

Er deutet darauf.

MANN Da ist Platz für uns beide. Ich war nur gerade noch am Arbeiten.

ICH *(dankbar lächelnd)* Oh, danke! Das ist nett von Ihnen.

Ich lege meine Tasche wieder ab und setze mich. Ein Schweigen entsteht, das ich nicht beende. Er soll den ersten Schritt machen.

Und als er dann spricht, klingt seine Stimme etwas anders – kehliger, dunkler. Verändern sich Frauenstimmen auch so? Sollte ich mal ausprobieren.

MANN Warten Sie auf jemanden? Ist bestimmt vom Schnee aufgehalten worden. Deshalb bleibe ich auch noch eine weitere Nacht: Am LaGuardia-Flughafen herrscht das reinste Chaos.

Ich lächle in mich hinein, weil er das schlau anfängt: Er will rauskriegen, ob ich mit einem Mann oder mit einer Frau verabredet bin, und teilt mir zugleich mit, dass er alleine hier ist.

ICH Dann kann es wohl noch eine Weile dauern.

Der Mann weist mit dem Kopf auf mein inzwischen geleertes Glas.

MANN Möchten Sie dann vielleicht noch einen Drink? Ich bin übrigens Rick.

ICH Danke, Rick. Ein Martini wäre schön. Ich bin Claire.

RICK Freut mich, Sie kennenzulernen, Claire. Und, ähm, tut mir leid wegen eben.

ICH Nein, nein, das war ja wirklich mein Fehler.

Das sage ich so lässig und zugleich dankbar, dass nicht mal ich selbst es für eine Lüge halten würde.

Aber ich lüge ja auch nicht. Man nennt das *wahrhaftiges Verhalten unter imaginierten Umständen*. Was etwas ganz anderes ist als lügen, wie Sie noch feststellen werden.

Die Kellnerin nimmt unsere Bestellung auf. Als sie weggeht, macht ein Mann vom Nebentisch Theater, weil sein Drink noch nicht da ist. Ich beobachte, wie sie mürrisch einen Stift hinterm Ohr hervorreißt, als wolle sie ihn zu Boden feuern.

*Das kann ich verwenden*, denke ich. Verwahre das Bild in meinem Repertoire und sehe wieder mein Gegenüber an.

ICH Was führt Sie nach New York, Rick?

RICK Arbeit. Ich bin Anwalt.

ICH Das glaube ich Ihnen nicht.

Rick sieht verwirrt aus.

RICK Warum nicht?

ICH Weil ich nur langweilige und unattraktive Anwälte kenne.

Er erwidert mein Lächeln.

RICK Ich arbeite in der Musikbranche. In Seattle. Wir bilden uns gerne ein, dass wir ein bisschen spannender sind als die durchschnittlichen Strafverteidiger. Und Sie?
ICH Meinen Sie, womit ich mein Geld verdiene? Oder ob ich mich für spannend halte?

Zu unser beider Überraschung flirten wir jetzt ein bisschen.

RICK Beides.

Ich weise mit dem Kopf auf die Kellnerin.

ICH Eine Zeit lang habe ich mal das gemacht, was sie jetzt tut.
RICK Und dann?
ICH Hab ich gemerkt, dass man Interessanteres machen kann, um die Miete zu bezahlen.

Man sieht es immer in den Augen: diese kurze, kaum wahrnehmbare Stille, wenn eine Idee entsteht. Er überlegt, was meine Aussage bedeuten könnte, und beschließt dann, dass er zu viel hineindeutet.

RICK Woher kommen Sie denn, Claire? Ich versuche gerade, Ihren Akzent zuzuordnen.

Virginia, verflucht, das muss man doch hören.

ICH Ich komme … von woher immer Sie wollen.

Er lächelt. Es ist ein gieriges wölfisches Lächeln, das besagt: *Also hatte ich doch recht.*

RICK Hab noch nie eine Frau kennengelernt, die von dort kam.

ICH Und Sie lernen bestimmt viele Frauen kennen, oder?

RICK Ich gönne mir bei meinen Geschäftsreisen ein gewisses Maß an Genuss.

ICH Bevor Sie zu Frau und Kindern in Seattle zurückkehren.

Rick runzelt die Stirn.

RICK Was bringt Sie auf die Idee, dass ich verheiratet bin?

ICH *(beschwichtigend)* Die Männer, die mir gefallen, sind meistens verheiratet. Männer, die etwas von Genuss verstehen.

Obwohl er jetzt Bescheid weiß, überstürzt er nichts. Wir widmen uns den Drinks, und Rick erzählt mir von einigen seiner Klienten in Seattle: dem Teenieschwarm, der auf minderjährige Mädchen steht, und dem Macho-Heavy-Metal-Star, der schwul ist, es aber verheimlicht. Mit bedeutungsvollem Unterton erklärt Rick, wie viel Geld er damit verdient, für Leute zu arbeiten, die Verträge von ihrem Lebensstil her eher nicht einhalten würden und deshalb Menschen wie ihn sowohl für den Vertragsabschluss als auch für die Auflösung benötigen. Und als ich gebührend beeindruckt wirke, schlägt Rick vor, da mein Freund ja offenbar nicht mehr kommen wird, könnten wir doch anderswohin gehen, in ein Restaurant oder einen Club, wenn ich Lust hätte …

RICK *(leise)* Oder wir lassen uns was vom Zimmerservice bringen. Ich wohne hier im Haus.

ICH Zimmerservice ist aber meist sehr teuer.

RICK Wonach Ihnen der Sinn steht. Sie suchen aus. Eine Flasche Cristal, Kaviar …

ICH Ich meine, Zimmerservice kann teuer sein … wenn ich ihn liefere.

So, nun ist es raus. Aber jetzt nicht reagieren auf diese Worte, nicht lächeln, nicht wegschauen. Ist kein großes Ding. Du machst das ständig. Das Hämmern in der Brust, das flaue Gefühl im Magen nicht beachten.

Rick nickt zufrieden.

RICK Ich bin also nicht der einzige Mensch, der arbeitet, wie?

ICH Sie haben's erfasst, Rick.

RICK Nehmen Sie's mir nicht übel, Claire, aber irgendwie sind Sie gar nicht der Typ Frau dafür.

Zeit für ein Geständnis.

ICH Weil … es auch nicht so ist.

RICK Also welcher Typ Frau sind Sie dann?

ICH Der Typ, der nach New York kommt, um Schauspielunterricht zu nehmen, und die Gebühren nicht mehr zahlen kann. Deshalb ziehe ich alle paar Monate los, habe ein bisschen Spaß … und das Problem ist erledigt.

Vorne an der Rezeption ist gerade eine Familie beim Einchecken. Ein etwa sechsjähriges Mädchen, eingemummelt in Mantel, Wollmütze und Schal, will wissen, was hinter dem Empfangstresen ist. Der Vater hebt die Kleine hoch, stellt sie auf ihren Elefantenkoffer. Sie hält sich fest und nimmt strahlend die Schlüsselkarte in Empfang, die der Angestellte ihr lächelnd überreicht. Der Vater hat schützend die Hand in den Nacken der Kleinen gelegt, damit sie nicht herunterfällt. Worauf sich prompt bei mir das vertraute Stechen von Neid und Schmerz einstellt.

Ich verdränge es und wende mich wieder Rick zu. Er beugt sich mit leuchtenden Augen vor und spricht mit gedämpfter Stimme.

RICK Und *wie viel* Spaß möchten Sie heute Abend haben, Claire?

ICH Das kommt darauf an, was ausgehandelt wird.

Rick lächelt. Er ist Anwalt. Etwas auszuhandeln ist sein täglich Brot.

RICK Wie wär's mit dreihundert?

ICH Das wird in Seattle bezahlt?

RICK Dafür kriegt man in Seattle eine ganze Menge, glauben Sie mir.

ICH Was ist der höchste Preis, den Sie jemals für eine Frau bezahlt haben, Rick?

RICK Fünfhundert. Aber das war …

ICH *(falle ihm ins Wort)* Verdoppeln Sie die Summe.

RICK *(verblüfft)* Das ist nicht Ihr Ernst!

ICH Tatsächlich – auf Ernst habe ich keine Lust. Ich will Spaß haben, und deshalb bin ich tausend Dollar wert. Aber wenn Sie sich's anders überlegt haben …

Ich greife gezielt lässig nach meiner Handtasche und hoffe dabei inständig, dass er nicht merkt, wie sehr meine Hände zittern.

RICK Nein, warten Sie … tausend geht klar.

ICH Welche Zimmernummer haben Sie?

RICK Achthundertvierzehn.

ICH In fünf Minuten klopfe ich bei Ihnen. Schauen Sie jetzt nicht zum Empfangstresen.

Er steht auf.

RICK *(bewundernd)* Der Trick mit dem Tisch ist imposant. Abschleppen direkt vor der Nase des Personals.

ICH So was lernt man. Wenn man Spaß haben will.

Als er am Aufzug ist, blickt Rick zu mir zurück. Ich nicke kurz und erlaube mir ein kleines verschwörerisches Lächeln.

Das sofort erstirbt, als die Aufzugtür zugeht und er mich nicht mehr sieht. Ich nehme meine Handtasche und verlasse das Hotel.

Ausblende.

Draußen hat es endlich aufgehört zu schneien. Die Hydranten am Gehweg tragen weiße Schneetoupets. Ein Stück weiter wartet mit laufendem Motor eine schwarze Limousine. Ich steige hinten ein.

Ricks Ehefrau ist um die fünfundvierzig. Eine verlebte, teuer aufgemachte Person, die wohl selbst mal dem Musikgewerbe angehörte, bevor sie Rick zu seinen Geschäftsessen begleitete und seine Kinder zur Welt brachte. Die Frau sitzt neben Henry auf der Rückbank und zittert, obwohl es im Auto warm ist.

»Alles klar?«, fragt Henry leise.

»Bestens«, antworte ich und nehme die kleine Kamera aus der Handtasche. Auf den Akzent aus Virginia verzichte ich jetzt. In meinem normalen britischen Tonfall sage ich zu der Gattin: »Hören Sie: Sie müssen sich das nicht anschauen. Sie können auch einfach nach Hause gehen und versuchen, die Sache hinzukriegen.«

Sie erwidert, was alle erwidern: »Ich will es wissen.«

Ich reiche ihr die Kamera. »Die Kernaussage: Er geht regelmäßig zu Prostituierten. Und nicht nur auf Reisen. Er erwähnte, dass er in Seattle schon fünfhundert Dollar für eine Frau bezahlt hat. Und mir hat er gerade tausend angeboten.«

Der Frau steigen Tränen in die Augen. »O Gott. O *Gott.*«

»Tut mir wirklich leid«, sage ich unbehaglich. »Er wartet auf mich in Zimmer achthundertvierzehn. Falls Sie raufgehen und mit ihm reden wollen.«

Trotz der Tränen lodern die Augen der Frau jetzt förmlich vor Zorn. *Einprägen und verwahren.* »Oh, ich werde ganz bestimmt mit einem Anwalt sprechen. Aber nicht mit ihm, sondern mit einem Scheidungsanwalt.«

Sie wendet sich Henry zu. »Ich möchte jetzt weg hier.«

»Natürlich«, sagt er ruhig. Als er und ich aussteigen – Henry wird sich ans Steuer setzen, ich werde meiner Wege gehen –, reicht er mir diskret einen Umschlag.

Vierhundert Dollar. Nicht schlecht für einen Abend. Und dieser Rick war auch ein Dreckskerl. Grässlich. Arrogant, aggressiv, untreu. Der hat alles verdient, was seine Frau jetzt mit ihm anstellt.

Weshalb bin ich dann, als der Wagen durch den schmutzigen Schnee davonfährt, so angewidert von dem, was ich getan habe?

# Zwei

Jetzt fragen Sie sich, wer ich eigentlich bin und was ich in New York mache. Sie wollen meinen Werdegang erfahren.

Name: Claire Wright
Alter: 25 (kann 20–30 spielen)
Größe: 1,74
Nationalität: britisch
Augenfarbe: braun
Haarfarbe: wechselnd

Das sind die Fakten. Aber die interessieren Sie nicht. Sie möchten wissen, was ich *will*. Denn das ist die wichtigste Regel, die man in der Ausbildung gleich zu Anfang lernt: *Die Figur wird definiert durch ihr Ziel, durch das, was sie erreichen will.*

Insofern habe ich Rick die Wahrheit gesagt – teilweise wenigstens. Ich möchte andere Menschen sein. Etwas anderes wollte ich nie.

Auf jeder Liste der zehn besten Schauspielschulen der Welt befindet sich etwa die Hälfte davon in New York City. Juilliard, Tisch School, Neighborhood Playhouse, um nur ein paar zu nennen. An allen werden Variationen einer bestimmten Schauspielmethode gelehrt, die von einem grandiosen russischen Schauspieler und Regisseur entwickelt wurde, Konstantin Stanislawski. Dabei geht es vor allem darum, sich so sehr in die emotionale Wahrheit einer Figur zu vertiefen, dass sie Teil von einem selbst wird.

An den New Yorker Schauspielschulen lernt man nicht, eine Figur zu *spielen*. Man lernt, die Figur zu *werden*.

Wenn man das große Glück hat, durch die erste Runde zu kommen und zum Vorsprechen nach New York eingeladen zu werden; wenn man das riesige Glück hat, aufgenommen zu werden; wenn man schon als elfjähriges Mädchen immer nur Schauspielerin werden wollte, als Kind, das der Tristheit der Pflegefamilien entkam, indem es sich vorgaukelte, eine andere Person an einem anderen Ort zu sein … dann ist man nicht nur auserwählt unter tausend, sondern man wäre komplett wahnsinnig, wenn man diese Chance nicht ergreifen würde.

Ich hatte mich aus einem spontanen Impuls heraus beim Actors Studio beworben – dort war Marilyn Monroe ausgebildet worden, und sie wuchs auch bei Pflegeeltern auf –, absolvierte mein Vorsprechen in der bizarren Überzeugung, ich könnte es schaffen, und wurde vom Fleck weg aufgenommen.

Sogar ein Stipendium gaben die mir. Damit konnte ich einen Teil der Unterrichtsgebühren bezahlen, nicht jedoch die Lebenshaltungskosten in einer der teuersten Städte der Welt.

Mein Studentenvisum ließ Jobs zu, aber ausschließlich auf dem Campus. In diesem Fall der Pace University, einem beengten modernen Gebäude unweit von City Hall und Brooklyn Bridge, wo Jobs rar waren.

Ich fand einen Job als Kellnerin in einer Bar in Hell's Kitchen, wo ich dreimal die Woche abends nach dem Unterricht hinsprintete. Aber der Besitzer hatte zahllose junge Frauen zur

Auswahl und beschäftigte keine allzu lange, damit er der Steuerfahndung oder der Einwanderungsbehörde immer erzählen konnte, die Unterlagen seien noch in der Post. Nach zwei Monaten teilte mir der Typ halbwegs manierlich mit, dass ich mir was anderes suchen müsse.

Paul, einer meiner Schauspiellehrer, riet mir, zu einer Agentin zu gehen, Marcie Matthews. In einem mit Feuerleitern gespickten Wohnblock am Ende der 43rd Street ging ich zu Fuß in den dritten Stock hoch und landete in dem kleinsten Büro, das ich jemals zu Gesicht bekommen hatte. Überall türmten sich Stapel von Porträtfotos, Drehbüchern, Verträgen. Im ersten Raum saßen zwei Assistentinnen an einem mit Papieren übersäten schmalen Schreibtisch. Jemand rief meinen Namen aus dem anderen Raum. Dort stieß ich auf eine kleine Frau, die gigantischen Plastikschmuck trug und meinen Lebenslauf in der Hand hielt. Die Frau las daraus vor und wies mit der Hand auf einen Stuhl gegenüber.

INNEN. NEW YORKER SCHAUSPIELAGENTUR – TAG.

MARCIE Schauspielschule. London Dramatic School of Art, nur ein Jahr. Kleine Fernsehrolle. Ein paar europäische Filmkunststreifen, die nie rauskamen.

Die Agentin wirft meine Vita beiseite und starrt mich zweifelnd an.

MARCIE Sie sind recht hübsch. Nicht schön, könnten aber Schönheit spielen. Und Paul Lewis sagt, Sie sind begabt.

ICH *(erfreut, versuche aber, bescheiden zu wirken)* Er ist so ein wunderbarer Lehrer …

MARCIE *(unterbricht mich)* Ich kann Sie trotzdem nicht vertreten.

ICH Warum nicht?

MARCIE Sie haben keine Greencard. Sind also nicht in der Gewerkschaft. Können demnach gar nicht arbeiten.

ICH Aber *irgendwas* muss ich doch machen können.

MARCIE Klar. Nach England zurückkehren und eine Greencard beantragen.

ICH Das … das geht nicht.

MARCIE Warum nicht?

ICH Das ist kompliziert.

MARCIE Nein, eher deprimierend vertraut.

Sie greift nach einer E-Zigarette und schaltet sie ein.

MARCIE Ich hab ein paar Kollegen in London gemailt. Wissen Sie, was die über Sie sagen?

ICH *(bedrückt)* Ich kann es mir denken, glaube ich.

MARCIE Das Netteste war noch »ziemlich emotionsbetont«. Die meisten schrieben: »Finger weg«. Und als ich nachhakte, tauchte immer wieder die Vokabel *Tumult* auf.

Sie zieht die Augenbrauen hoch.

MARCIE Möchten Sie vielleicht was dazu sagen?

Ich hole tief Luft.

ICH *Tumult* … ist der Titel meines ersten Kinofilms. Mein Durchbruch. Ich war das Gegenüber des Love-Interest … ich vermute mal, Sie kennen seinen Namen bereits. Er ist berühmt, sieht toll aus, und jeder weiß, dass er eine der glücklichsten Schauspielerehen überhaupt hat.

Ich sehe Marcie trotzig an.

ICH Als er sich in mich verliebt hat, wusste ich deshalb, dass es echte Liebe war.

MARCIE *(schnaubt verächtlich)* Na klar.

ICH Bis ich gehört habe, wie das bei Filmleuten genannt wird: Affäre bis Drehschluss.

MARCIE Und dann?

ICH Nach vier Wochen tauchte seine berühmte wunderhübsche Frau mit den drei berühmten wunderhübschen Kindern am Set auf, und die Produzenten fanden plötzlich alle möglichen Gründe, mich aus dem Weg zu schaffen. Ich sollte in einer Tonkabine Dialogzeilen nachsynchronisieren, die beim ersten Take völlig in Ordnung gewesen waren.

MARCIE Und weiter?

ICH Dann kriegte ich die Gerüchte mit. Ich sei eine irre Stalkerin. Hätte seiner Frau gedroht. Die PR-Maschinerie, die seine Filme promotet hat, machte mich jetzt nach Strich und Faden fertig.

Ich kämpfe mit den Tränen, weiß genau, wie naiv ich mich anhöre. Dabei war ich auch damals keinesfalls unbedarft. Wer in Pflegefamilien groß wird, ist kein dämliches Dummerchen.

Aber ausgehungert danach, zu lieben und geliebt zu werden. Er war der schönste Mann, dem ich jemals begegnet war; auch der leidenschaftlichste und der poetischste. Konnte jeden Shakespeare-Liebesmonolog so vortragen, als sei er für ihn geschrieben worden.

Moral der Geschichte: Verlieb dich nie in jemanden, der mit den Worten anderer spricht.

Vom Rest erzähle ich Marcie nichts; sie weiß es vermutlich ohnehin. Wie ich mir, in dramatischem Jugendirrsinn, in seinem Wohnwagen auf demselben Bett die Pulsadern aufschnitt, auf dem wir in Drehpausen immer Sex hatten. Ich wollte ihm damit zeigen, dass ich nicht nur gespielt hatte. Dass es mir ernst gewesen war.

ICH Und das war's dann. Von einem Tag auf den anderen kriegte ich keine Angebote mehr. Weil ich die schlimmste Sünde begangen hatte: Ich war *unprofessionell* gewesen. Das war eine Woche vor meinem achtzehnten Geburtstag.

Marcie nickt nachdenklich.

MARCIE Wissen Sie, Paul hat recht: Sie sind tatsächlich ziemlich gut. Einen Moment lang hätte ich Sie fast bemitleidet. Anstatt zu denken: was für eine bescheuerte selbstzerstörerische Lusche.

Sie deutet mit der E-Zigarette auf mich.

MARCIE Und die Produzenten hatten auch recht. Suchen Sie sich einen anderen Beruf.

ICH Ich hatte auf eine zweite Chance in Amerika gehofft.

MARCIE Das ist komplett naiv. Die Zeiten, als wir hier alle Gebeutelten und Freiheitssucher aufgenommen haben, sind vorbei.

ICH Ich wollte mein Leben lang immer nur Schauspielerin sein. Aber ich kann meine Ausbildung nicht fortsetzen, wenn ich kein Geld verdiene … gibt es denn nicht *irgendetwas*, das ich tun kann?

Marcie macht ein finsteres Gesicht, seufzt aber zugleich. Dampfschwaden quellen aus ihren Nasenlöchern. Dann, als handle sie wider besseres Wissen …

MARCIE Na schön. Hinterlassen Sie Ihre Daten vorne im Büro. Demnächst kommen ein paar miese Musikvideos rein. Aber ich kann nichts versprechen.

ICH Danke! Vielen, vielen Dank!

Ich springe auf und schüttele Marcie wie wild die Hand. Die Agentin fuchtelt mit der E-Zigarette, damit ich verschwinde. Dabei fällt Marcies Blick auf den Schreibtisch.

Sie greift nach einem Papier, liest es und schaut auf.

MARCIE Hätten Sie vielleicht Lust, für eine Anwaltskanzlei zu arbeiten, Claire?

ICH Als Assistentin?

MARCIE Nicht direkt … hören Sie, ich will ehrlich mit Ihnen

sein. Das ist kein toller Job. Aber die brauchen jemanden wie Sie und sind bereit, anständig zu zahlen. *Sehr* anständig sogar. Ohne Greencard. Und bar.

# Drei

Als die Limousine mit Ricks Frau wegfährt, drehe ich mich um und gehe in die andere Richtung. Ich habe keinen Mantel an. Eisiger Schneematsch dringt in meinen rechten Schuh.

Der Times Square ist ein Aufruhr aus flackernden Farben. Ein einzelner Pantomime trotzt der Kälte und unterhält die Warteschlange an einem Kartenschalter. Auf Werbetafeln blinken Schlagworte aus der Presse: »BERAUSCHEND«, »BRILLANT«, »EINZIGARTIG«. Über mir sehe ich ein Schild: THEATERLAND.

Wenn man sein Land selbst aussuchen könnte, würde ich in Theaterland leben wollen.

Ich biege vom Broadway in eine düstere Querstraße ab. THE COMPASS THEATER steht auf einem halb verwitterten Schild. Im Foyer drängen sich schon jede Menge Leute, hauptsächlich Studentenpärchen, weil es an der Abendkasse Restkarten zum halben Preis gibt. Ich gehe weiter zum Bühneneingang.

Inspizienzassistenten, die unverzichtbaren Helfer hinter der Bühne, hasten mit Klemmbrettern und Requisiten umher. Ich gehe zum Aufenthaltsraum, der mit Stellwänden in zwei provisorische Garderoben aufgeteilt wurde, eine für Männer, eine für Frauen. In letzterer schminkt sich Jess vor einem Spiegel, gleichzeitig mit drei anderen jungen Frauen.

»Hey«, sage ich munter.

»Hey, Claire.« Jess wirft mir einen Blick zu, befasst sich dann wieder mit der Schminke. »Wie war's?«

Ich bringe Henrys Umschlag zum Vorschein. »Hat vierhundert abgeworfen. Jetzt schulde ich dir nur noch dreihundert.«

Jess' Vater, der stinkreich ist, hat ihr eine Wohnung in Manhattan gekauft. Ich soll die Miete monatlich zahlen, gerate aber manchmal in Rückstand.

»Super«, sagt Jess abwesend. »Gib mir das Geld bitte später, ja? Wir gehen nach der Vorstellung noch aus, und da verlier ich es womöglich.«

Offenbar gucke ich irgendwie erwartungsvoll, denn Jess fügt hinzu: »Wenn du Lust hast, schau dir doch die Vorstellung an und komm nachher mit. Dann kannst du mir auch sagen, ob ich die hysterische Verzweiflung hinkriege, auf die Jack so versessen ist.«

»Klar, warum nicht«, erwidere ich möglichst beiläufig. Mit Theatervolk in einer Bar abzuhängen ist besser, als alleine zu sein.

»Drei Minuten!«, ruft ein Inspizient und klatscht mit der Hand an die Stellwände.

»Wünsch mir Glück«, sagt Jess, den Blick noch auf den Spiegel gerichtet. Sie steht auf, streicht ihr Kleid glatt. »Hals- und Beinbruch und so.«

»Toi, toi, toi. Aber du bist sowieso gut. Nur die Waldszene solltest du langsamer angehen, was dein blöder Regisseur auch sagt.«

Binnen Sekunden leert sich der Raum. Ich gehe zur Seitenbühne. Als das Licht im Zuschauerraum ausgeht, schleiche ich vor und spähe durch einen Spalt in der Kulisse aufs Publikum, genieße den einzigartigen, berauschenden Theatergeruch: frische Farbe vom Bühnenbild, Staub, alte Stoffe, Charisma. Der überwältigende Augenblick, wenn die Dunkelheit einsetzt und der betriebsame Lärm des Alltags verstummt.

Einen Moment lang warten alle. Dann leuchten strahlend bunt die Scheinwerfer auf, und ich trete einen Schritt zurück. Glitzernde Schneeflocken schweben herab – Kunstschnee natürlich, aber das Publikum staunt.

Der Regisseur hält es für eine tolle Idee, Shakespeares *Sommernachtstraum* in den Winter zu verlegen. Als Jess mir davon erzählte, empfand ich das als läppischen Showeffekt. Aber jetzt, als ich diese watteweißen Schneeflocken sehe, die träge durch die Luft wirbeln und dann wie Pailletten im Haar der Schauspieler glitzern, während diese auf die Bühne stürmen, wird mir klar, dass der Regisseur mit einem einzigen Bild die träumerische, magische Stimmung des Stücks eingefangen hat.

THESEUS Nun rückt, Hippolyta, die Hochzeitstunde
mit Eil' heran ...

Schmerzhafte Sehnsucht packt mich. Dies ist das mir verbotene Reich, der Traum, der mir wegen der fehlenden Greencard und meiner Probleme in England versagt bleibt. Der Hunger ist so körperlich, dass mein Magen sich zusammenzieht und mir die Kehle eng wird. Tränen brennen in meinen Augen.

Doch während sich die Szene entfaltet, denke ich: *Merk dir dieses Gefühl für den Unterricht. Es ist Gold wert.*

# Vier

Vier Stunden später sind wir alle in der Harley Bar. Irgendwie landen wir immer in dieser stickigen Kellerbar, in der alte Motorräder von der Decke hängen und die Kellnerinnen schwarze Spitzen-BHs unter ausgefransten ärmellosen Jeansjacken tragen. Springsteen dröhnt aus den Lautsprechern, sodass wir alle schreien müssen – zwanzig ausgebildete Stimmen, nach der Vorstellung vollkommen überdreht, plus Freundinnen, Freunde, Anhängsel wie ich.

Jess und ich und ein paar andere tauschen Geschichten aus. Es geht natürlich ums Schauspiel. Wir reden nie über was anderes.

JESS Und was ist mit Christian Bale? Der hat für seine Rolle in *Der Maschinist* ein Drittel seines Körpergewichts abgenommen.

SCHAUSPIELERIN 2 Oder Chloë Sevigny, die in *The Brown Bunny* Gallo echt einen bläst.

SCHAUSPIELER Definiere *echt* in dem Kontext. Sag ich mal so.

SCHAUSPIELERIN 3 Adrien Brody in *Der Pianist*. Er hat fünfzehn Kilo abgenommen und Klavier spielen gelernt. Und um zu spüren, wie es sich anfühlt, alles zu verlieren, hat er sein Auto, seine Wohnung *und* sein Handy weggegeben. *Das* nenne ich authentisch sein.

SCHAUSPIELERIN 2 Hey, das könnte ich auch machen! Ach nee, warte mal. Ich spiele ja zurzeit eine singende Tanzmaus in einem Broadway-Musical.

Sie vollführt einen leicht angetrunkenen Maustanz.

SCHAUSPIELERIN 2 Mausemaus, Mausemaus, willkommen in meinem Mausehaus …

Der Barmann wirft mir quer durch den Raum einen Blick zu. Einen Blick, der länger dauert als nötig.

Diese Art von Blick habe ich zuletzt gesehen, als Rick, der Drecksack-Anwalt, mich an seinen Tisch einlud.

Aber dieser Typ hier ist in meinem Alter, tätowiert, cool und drahtig. Trotz des eisigen Winds, der jedes Mal in die Bar pustet, wenn jemand die Tür aufmacht, trägt er nur ein T-Shirt. Und wenn er sich zu den Flaschen umdreht, wippt das Geschirrtuch, das hinten in seiner Jeans steckt, vor seinem knackigen Arsch hin und her.

Plötzlich befinde ich mich an der Bar.

COOLER BARMANN Hey!

Er ist Australier. Ich liebe Australier.

ICH Hi!

Aus irgendeinem Grund spreche ich mit dem Akzent aus Virginia, den ich vorhin bei Rick benutzt habe.

COOLER BARMANN Was hättest du gern?
ICH *(wegen des Lärms mit erhobener Stimme)* Martini bitte.
COOLER BARMANN Kommt sofort.

Er füllt ein Schnapsglas randvoll mit Jack Daniel's und knallt es auf den Tresen.

ICH Ich hatte doch *Martini* gesagt.
COOLER BARMANN So machen wir hier die Martinis.

Er grinst mich an, wartet ab, ob ich mich beschweren will. Gutes Lächeln.

Weshalb ich das Glas in einem Zug leere.

ICH Wenn das so ist, nehme ich eine Piña Colada.
COOLER BARMANN Eine Piña Colada …

Er gießt ein Barmaß Jack Daniel's in ein Glas, gefolgt von einem zweiten und dritten Shot Jack Daniel's.

Ich kippe mir das Ganze in einem langen Zug in den Rachen. Andere Gäste an der Bar klatschen spontan Beifall.

*Beifall*. Das habe ich lange nicht gehört.

Jedenfalls nicht für mich.

ICH Dann könntest du mir mal einen Long Island Iced Tea mixen, wo du schon dabei bist.

… das hätte dann eigentlich die Abblende sein sollen, in dem Film, der dauernd in meinem Kopf läuft.

Wird es aber nicht. Sondern ein Jump Cut oder ein Reißschwenk oder irgend so was Technisches, denn alles geht drunter und drüber, bis ich plötzlich in einer fremden Wohnung auf jemandem liege und stöhne.

ICH Ja, ja, o Gott, ja …
IRGENDEIN MANN Ja …

Ach so. Umbesetzung. Der coole Barmann namens Brian hatte erst ab drei frei, weshalb ich mich mit einem von Jess' Freunden eingelassen habe. Ich war zu betrunken und zu berauscht von meinem Beifall, um alleine ins Bett zu gehen.

Aber wenn ich ehrlich bin, lag es nicht nur am Alkohol. Oder am begeisterten Publikum.

Einen warmen Körper in den Armen zu halten … das brauche ich immer nach den Jobs für Henry.

Denn wenn eine Frau dem Mann nicht vertrauen kann, der ihr gesagt hat, er wird sie lieben bis ans Ende seiner Tage – wem soll man dann auf dieser Welt noch vertrauen?

Und dass ich durch mein Talent, meinen Text, meinen *Auftritt* eine Familie zerstöre, gibt mir immer wieder ein mieses Gefühl. Ich bin nicht stolz auf diese Auftritte.

Aber manchmal bin ich stolz, wie gut sie mir gelingen.

# Fünf

Als ich am nächsten Morgen mit der U-Bahn nach Hause fahre, trage ich noch Jess' Jacke und nicht sehr viel mehr. Die wissenden Blicke der anderen Fahrgäste übersehe ich. Eine der Aufgaben, die Paul uns stellt, besteht darin, in der Rolle auf den Straßen von New York unterwegs zu sein und mit wildfremden Menschen zu reden. Wenn man das ein paarmal macht, kriegt man ein ziemlich dickes Fell.

Und auch wenn man in Hotelbars herumsitzt und sich von verheirateten Männern angraben lässt.

Das war einer der Gründe, warum ich auf Marcies Vorschlag eingegangen bin: nicht nur wegen der Kohle, sondern weil dieser Job mich auch als Schauspielerin weiterbringt. Marcie stellte dann den Kontakt zu Henry her. Der bezeichnet sich gern als Anwaltsgehilfen, ist aber de facto fest angestellter Privatdetektiv der Kanzlei. Unser erstes Treffen fand in einer Bar statt, was ich für ein Vorstellungsgespräch ziemlich merkwürdig fand, bis Henry mir erklärte, worum es ging.

»Glauben Sie, dass Sie damit klarkommen?«, fragte er damals.

Ich zuckte die Achseln. Andere Optionen hatte ich eher nicht. »Klar.«

»Gut. Gehen Sie raus, kommen Sie wieder rein, und versuchen Sie, mich abzuschleppen. Betrachten Sie's als Vorsprechen.«

Das machte ich. Und weil es sich sonderbar anfühlte, diesen

grauhaarigen älteren Mann anzubaggern, fiel es mir leichter, in die Rolle zu finden. Stimme und Grundhaltung im Stil einer Femme fatale aus einem alten Film – so was wie Lauren Bacall in *Tote schlafen fest* –, und ich konnte mich hinter der Rolle verstecken.

Nachdem ich wieder reingekommen war, setzte ich mich an die Bar und bestellte einen Drink. Den Mann zwei Hocker neben mir würdigte ich keines Blickes.

*Niemals direkt anmachen*, hatte Henry gesagt. *Es soll deutlich sein, dass Sie verfügbar sind. Aber die Männer müssen auf* Sie *zukommen, nicht umgekehrt. Die Unschuldigen dürfen nichts zu befürchten haben.*

Hört, hört. Wenn ich eines gelernt habe, dann, dass das Gehirn von Männern ganz anders funktioniert.

INNEN. SCHUMMRIGE NEW YORKER BAR – TAG.

Im Spiegel hinter der Bar sehen wir CLAIRE WRIGHT gelangweilt mit ihrem Glas spielen.

HENRY, ein schlanker Ex-Polizist Anfang fünfzig, setzt sich auf den Barhocker neben Claire.

HENRY Sind Sie alleine?

CLAIRE *(mit lasziv kehliger Stimme, gedehnt)* Jetzt nicht mehr.

Er schaut auf ihre Hand.

HENRY Sie tragen einen Ehering.

CLAIRE Ist das gut oder schlecht?

HENRY Kommt drauf an.

CLAIRE Worauf?

HENRY Darauf, wie schnell er sich abziehen lässt.

Ihre Augen weiten sich ob dieser Dreistigkeit. Dann:

CLAIRE Wo Sie das gerade sagen: Er sitzt in letzter Zeit recht locker. Und bei Ihnen?

HENRY Ob ich locker bin?

CLAIRE Sind Sie verheiratet?

HENRY Nicht heute Abend.

CLAIRE Dann ist das wohl mein Glücksabend.

Sie sieht ihn an – aufrichtig, entspannt, direkt. Eine Frau, die weiß, was sie will. Und sie will sich amüsieren.

HENRY *(fällt aus der Rolle)* Oh Mann.

ICH War das okay? Ich könnte auch einen anderen Ansatz probieren ...

Henry lockert seinen Hemdkragen.

HENRY Mir tun die Kerle schon beinahe leid.

Drei Tage später saß ich in einer stillen Bar in der Nähe vom Central Park und hörte zu, als mir ein Geschäftsmann erzählte, dass er seine Frau nicht mehr attraktiv findet. Danach bekam die Gattin von mir die Aufnahme, und ich bekam von Henry vierhundert Dollar.

Der Job war nicht regelmäßig. Manchmal gab es drei oder

vier Aufträge pro Monat, manchmal keinen einzigen. Henrys Arbeit bestand hauptsächlich in der Beschattung von Ehepartnern. Er folgte den Leuten heimlich, um sie auf frischer Tat zu ertappen. »Die meisten unserer Klienten sind Frauen«, hatte er mir irgendwann erzählt. »Und verdammt oft liegen sie richtig mit ihrem Verdacht. Denen ist vielleicht aufgefallen, dass ihr Mann ein besonders cooles Hemd ins Büro anzieht und dann später schreibt, er müsse länger arbeiten. Oder er hat ein neues Aftershave. Manchmal haben die Frauen auch schon eindeutige Nachrichten auf dem Handy entdeckt. Männer, die ihre Frauen verdächtigen, irren sich häufiger.«

Bei der Polizei war Henry als verdeckter Ermittler tätig, und es ist ganz klar, dass er seine Arbeit furchtbar vermisst. Wenn wir in Limousinen und Hotellobbys herumsitzen und auf unser Opfer warten, erzählt Henry mir von seinen Abenteuern.

»Man muss selbst in die Schatten abtauchen. Kriminelle spüren intuitiv, wenn man sie verabscheut oder sich vor ihnen fürchtet. Deshalb muss man es schaffen, an das zu glauben, woran *sie* glauben. Und dieser Teil ist am gefährlichsten. Nicht Waffen oder Gewalt. Sondern dass man aus den Schatten nicht mehr rauskommt. Dass sie Besitz von einem ergreifen.«

Ich sage ihm dann, er sei ein Method Actor, ohne es zu wissen, und erzähle ihm im Gegenzug Geschichten vom Schauspiel. Zum Beispiel aus meinem allerersten Kurs, in dem Paul uns eine Szene von Ibsen spielen ließ. Ich fand die anderen ziemlich gut. Dann mussten wir die Szene noch mal spielen, dabei aber Besenstiele auf den Händen balancieren. Wir scheiterten alle daran, dass wir zweierlei gleichzeitig tun sollten.

»Weil ihr die Rolle nicht gelebt habt«, erklärte Paul. »Ihr habt nur so getan als ob. Ihr habt nachgeahmt, was ihr bei anderen gesehen habt, aber nicht daran geglaubt. Deshalb seid ihr gescheitert, als ihr euch auf etwas anderes konzentrieren musstet. Was ich euch jetzt sage, ist das Allerwichtigste, das ihr jemals von mir hören werdet: Nicht denken! Ihr sollt nichts vortäuschen oder darstellen. Sondern *in der Rolle handeln.*«

Henry hält das für Blödsinn. Aber ich habe schon Schauspieler in der Garderobe wie verrückt niesen und schniefen sehen, und sobald sie auf der Bühne standen, war der Schnupfen weg. Ich habe erlebt, wie sich schüchterne Introvertierte in Könige und Königinnen verwandelten, wie Hässliche wunderschön wurden und Schöne abscheulich. Dabei geschieht etwas, das niemand erklären kann. Für eine kurze Zeit wird man zu einer anderen Person.

Und das ist das allerbeste Gefühl der Welt.

Heute Morgen sieht Manhattan aus wie ein Filmset. Belüftungsschächte dampfen träge in der Sonne, und die warme Abluft hat Löcher in den Schnee geschmolzen. Der gestrige Abend hat den Inhalt von Henrys Umschlag empfindlich angegriffen, aber ich kaufe trotzdem bei einem Deli Bagels für Jess und mich. Als ich rauskomme, liefern sich ein paar Kinder eine Schneeballschlacht, und ich mache spontan mit. Dabei denke ich: *Wow. Ich bin wirklich und wahrhaftig in New York,* dem *New York. Diese Szene hier könnte aus einem Film stammen, und ich studiere an einer der besten Schauspielschulen der Welt. Das Drehbuch hat wohl doch ein Happy End.*

Ist das nur bei mir so? Dass es mir vorkommt, als sähe ich mir ständig den Film meines eigenen Lebens an? Wenn ich in meinem Freundeskreis rumfrage, behaupten alle, sie kennen das nicht. Aber ich glaube, die lügen. Warum sollte man denn Schauspiel lernen, wenn nicht, um sich eine eigene Realität zu erschaffen? Auch wenn mir gerade einfiel, dass die Szene mit der New Yorker Schneeballschlacht aus diesem Schrottfilm *Buddy – der Weihnachtself* stammt.

Als ich in die Wohnung komme, höre ich Stimmen aus Jess' Zimmer. Sie telefoniert über Skype mit Aran, ihrem Freund, der gerade einen Werbespot in Europa dreht. Ich dusche schnell, überprüfe den Zustand der Jacke und klopfe dann bei Jess.

»Frühstück, Miete und Miss Donna Karan«, verkünde ich schwungvoll. »Gibt's schon Reaktionen?«

Jeden Morgen schaut Jess als Erstes im Netz nach, ob jemand sie in einem Blog erwähnt hat. Sie schüttelt den Kopf. »Noch nichts. Aber mein Agent hat gemailt. Soll mich bei einem Produzenten vorstellen, der gestern in der Vorstellung war.«

»Super«, sage ich und hoffe, nicht zu neidisch zu klingen.

»Und wie war deine Nacht?« Jess sagt es betont neutral. »Hatte um zwei noch nach dir geschaut, aber du warst schon weg.«

»Ach, war gut.«

Jess seufzt. »Blödsinn, Claire. Du hattest oberflächlichen Sex mit einem wildfremden Typ.«

»Das auch«, erwidere ich leichthin.

»Manchmal mache ich mir Sorgen um dich.«

»Wieso? Ich hab immer Kondome dabei.«

»Ich meine wegen deines *Lebens*, nicht wegen Aids oder so. Und das weißt du auch genau.«

Ich zucke die Achseln. Ich werde mich jetzt nicht auf eine Diskussion über mein nicht existentes Liebesleben einlassen.

Jess hat nämlich eine Familie, und Menschen mit Familie verstehen mich nicht.

Ich hänge die Jacke auf und durchstöbere Jess' Wäscheschublade nach Dessous. Ganz unten stoßen meine Finger auf etwas Kaltes, Schweres. Ich nehme das Ding heraus. Es ist eine Pistole. Und zwar eine echte.

»Großer Gott, Jess«, sage ich verblüfft. »Was ist das denn?«

Sie lacht. »Hat mir mein Dad besorgt. Nur für alle Fälle. Die große böse Stadt und so.«

»Und du machst dir Sorgen um *mich*?«, sage ich fassungslos und ziele mit der Pistole auf mich selbst im Spiegel.

»Vorsicht. Ich glaube, sie ist geladen.«

»Huch.« Behutsam lege ich die Pistole in die Schublade zurück und nehme mir rote Alaïa-Leggings heraus.

»Und es könnte ja auch sein«, fügt Jess hinzu, »dass ich jemanden erschießen muss, der meine Kleider stiehlt.«

»In dem Umschlag sind dreihundertfünfzig Dollar. Na ja, zumindest dreihundertzwanzig.«

»Übrigens wird mein Dad diesbezüglich ein bisschen komisch.« Jess sagt es beiläufig, aber ich höre die Anspannung in ihrer Stimme.

»Ach ja?«, erwidere ich möglichst lässig.

»Er hat gerade keinen Job, verdient also auch nichts, und diese Wohnung soll wohl seine Altersvorsorge sein oder so. Deshalb soll ich dir sagen, er möchte, dass du ausziehst.«

Das ist ganz und gar nicht gut. »Und was hast du dazu gesagt?«

»Ich hab gesagt: und wenn Claire dir die ganze Miete bezahlt, mit der sie im Rückstand ist?«

»Wie viel ist das gleich wieder? Noch mal vierhundert?«

Jess schüttelt den Kopf. »Siebenhundert. Aber davon war er auch nicht begeistert. Meinte, er würde es sich überlegen, aber du müsstest in jedem Fall ab sofort im Voraus zahlen.«

Ich starre Jess an. »Aber das heißt ja, dass ich auf einen Schlag *elfhundert* Dollar auftreiben müsste.«

»Ja, ich weiß. Tut mir leid, Claire. Ich hab versucht, mit ihm zu reden, aber er sagt, ich verstehe nichts von Geld.«

»Wie viel Zeit hab ich?«

»Ich kann ihn noch ein Weilchen hinhalten. Paar Wochen vielleicht.«

»Na toll«, sage ich bitter, obwohl ich weiß, dass Jess keine Schuld trifft. Mein Zimmer wäre groß genug für ein Paar, und diese Wohnung im East Village ist ideal für junge Leute, die im Financial District arbeiten. Jess' Vater könnte damit erheblich mehr Geld einnehmen.

Ein ausgedehntes Schweigen entsteht. Jess greift nach ihrem Textbuch und blättert darin. »Ich muss noch arbeiten. Jack findet die Waldszene im zweiten Akt immer noch nicht nuanciert genug.«

»Soll ich für dich lesen?«

»Das wäre toll.« Sie wirft mir das Textbuch zu, und ich suche mir die Stelle raus, obwohl ich den Text vermutlich auswendig kann. *Romeo und Julia* ist nichts dagegen; wenn man diese Szene gut spielt, ist sie das Erotischste, was Shakespeare je geschrieben hat. Der ohnehin die besten Figuren aller Zeiten erschaffen hat, auch wenn manche Leute ihn für hochgestochen und nicht mehr zeitgemäß halten.

Jess fängt an.

JESS (ALS HERMIA) Ach ja, Lysander! Sucht für Euch ein Bette;
Der Hügel hier sei meine Schlummerstätte.

Sie legt sich aufs Bett und macht es sich bequem.

ICH (ALS LYSANDER) Ein Rasen dien' als Kissen für uns zwei:
Ein Herz, ein Bett, zwei Busen, eine Treu'.

Jess rutscht nervös ein Stück weg.

JESS Ich bitt' Euch sehr! Um meinetwillen, Lieber!
Liegt nicht so nah! Liegt weiter dort hinüber!

Manchmal besagt ein Text etwas anderes als das, was auf dem Papier steht. Dieser Dialog ist ein klassisches Beispiel dafür. Lysander will Hermia eigentlich um den Verstand vögeln und würde ihr *alles* erzählen, um sein Ziel zu erreichen. Er ist schließlich ein Mann, nicht wahr? Und Hermia weiß zwar, dass er wohl besser nicht so dicht bei ihr liegen sollte, steht aber auch auf ihn. Sie will nur, dass er weiter wegrückt, damit sie nicht in Versuchung gerät.

Text und Subtext.

Ich stütze mich auf einen Ellbogen, schaue auf Jess hinunter.

ICH Ach, ärgert Euch an meiner Unschuld nicht …

Doch während ich schmachtend Jess tief in die Augen blicke, schreit etwas in mir: *Elfhundert Dollar? Nicht mal mit Henrys Jobs kann ich an so viel Geld kommen.*

Mein ganzes Fantasiegebilde scheint sich gerade so schnell aufzulösen wie ein Bühnenbild zwischen den Akten. Kein Geld heißt: keine Wohnung. Keine Wohnung heißt: kein Schauspielunterricht. Kein Unterricht heißt: kein Visum. Ich werde mit eingezogenem Schwanz nach Hause zurückkehren müssen, in ein Land, wo mich niemand mehr als Schauspielerin engagieren wird.

Ich bewege meine Lippen zu Jess' Mund hin. Einen Moment lang ist sie in Versuchung, ich sehe die Verwirrung in ihren Augen. Dann rückt sie von mir ab.

JESS Wie zierlich spielt mit Worten doch mein Freund!

Heißt: Er kann gut küssen. Und dann versucht er, sie wieder zu küssen, bla, bla, bla und so weiter.

Ich rolle mich vom Bett. »Ich fand es nuanciert genug.«

»Weißt du«, sagt Jess wehmütig, »du bist so viel besser als der Idiot, mit dem ich diese Szene spielen muss. Tut mir leid, Claire. Die Welt ist einfach nicht gerecht.«

Kann man wohl sagen. Aber wer will das schon wissen.

# Sechs

Einen Vorteil hat das britische Pflegefamilien-System: Es macht einen widerstandsfähig.

Ich war sieben, als ich meine Eltern verlor. Am einen Tag hatte ich noch eine Familie; am nächsten Tag nicht mehr, dank eines Lkw-Fahrers, der am Steuer mit seinem Handy beschäftigt war. Die Krankenschwestern sagten mir später, meine Eltern seien auf der Stelle tot gewesen. Ich war auf dem Rücksitz, in einem Kindersitz, der mir vermutlich das Leben gerettet hat, als er aus dem Wrack geschleudert wurde. Ich erinnere mich daran jedoch ebenso wenig wie an irgendetwas anderes von diesem Tag und hatte deshalb immer Schuldgefühle. An die letzten Stunden, die man mit geliebten Menschen verbracht hat, sollte man sich doch wohl erinnern.

Es war schon grauenvoll genug, den Tod meiner Eltern zu verkraften. Aber dann wurde mir klar, dass ich auch alles andere verlieren würde: mein Zimmer, meine Spielsachen, alles, was mir vertraut war. Es klingt verrückt, aber auf irgendeine Art war das fast genauso schlimm. Ich war nicht nur verwaist, sondern überdies komplett entwurzelt.

In meinem Viertel in Südlondon gab es nicht genügend Pflegeeltern. Als ich aus dem Krankenhaus entlassen wurde, kam ich deshalb in eine Notunterbringung auf der anderen Seite der Stadt, in Ealing. Und als sechs Wochen später meine erste Pflegefamilie gefunden wurde, landete ich in Leeds, dreihundert

Kilometer entfernt. Das bedeutete, dass ich die Schule wechseln musste und meine Freunde verlor.

Ich war ein Mädchen aus London, das bisher in einer Mittelschichtfamilie aufgewachsen war. In meiner neuen Klasse kannten sich die Kinder seit Jahren, und es kam mir vor, als sprächen wir nicht die gleiche Sprache. Diese Kinder hielten mich für eingebildet. Und so verwandelte ich mich schnell in zwei Personen: das Mädchen aus der Vergangenheit und das Mädchen, das hier reinpasste.

Es gelang mir sogar, exakt so zu sprechen wie die anderen, und ich merkte, dass ich gut Stimmen imitieren konnte.

Meine Pflegeeltern verdienten ihren Lebensunterhalt mit uns Kindern. Sie hatten zwei eigene Kinder und drei weitere in Pflege. Zwar waren meine neuen Eltern sehr nett und fürsorglich zu mir, aber letztlich war die Betreuung der Kinder für sie ein Geschäft, mit dem sie sich ein größeres Haus und tollere Urlaubsreisen finanzieren wollten. Sie waren absolut professionell, aber ich wünschte mir echte, bedingungslose Liebe.

Später, in einer anderen Familie, sah ich wie Gary, der Vater, seinen leiblichen Sohn umarmte. Ich sehnte mich nach Nähe und wollte mich auch ankuscheln. Gary teilte mir behutsam mit, das sei »unpassend«. Als hätte ich ihn angebaggert oder so.

Da wurde mir schließlich klar, dass ich ganz auf mich alleine gestellt war. Und wenn sich dieses Gefühl erst mal in einem festgesetzt hat, geht es nie wieder ganz weg.

Auf der Oberschule kam ich zum ersten Mal in Kontakt mit Theater. Ich hatte nicht gewusst, dass es ein Unterrichtsfach sein konnte. Und ich werde nie vergessen, wie die Lehrerin, Mrs.

Hughes, den anderen sagte, sie sollten ganz still sein und mir zusehen.

»Schaut euch genau an, was Claire macht. Sie ist ein Naturtalent«, sagte Mrs. Hughes damals der ganzen Klasse.

Bald dachte ich kaum noch an etwas anderes. Wenn ich eine Rolle spielen konnte, war ich kein Pflegekind mehr, sondern Julia, Annie, Nancy, Puck. Ich war Prinzessin, Mörderin, Heldin, Hure.

Wenn wir ein Stück aufführten und die Eltern der anderen danach hinter die Bühne kamen, um ihre Kinder zu loben, war für mich niemand da. Doch das machte mich nur umso entschlossener.

In der Nähe gab es eine Hochschule der darstellenden Künste. Einige der Absolventen kannte ich aus dem Fernsehen. Als ich meiner Betreuerin beim Jugendamt sagte, ich wolle auf diese Schule gehen, runzelte die Frau die Stirn.

»Das ist eine Privatschule, Claire. Die Stadt übernimmt keine Schulgebühren für Pflegekinder.«

Gary versprach mir, mit jemandem aus der Behörde zu sprechen. Eine Woche später fragte ich nach.

»Ach so«, sagte Gary, der das Ganze natürlich vergessen hatte. »Sie haben abgelehnt.«

Deshalb wandte ich mich an Mrs. Hughes.

»Wenn du darum kämpfen willst, an einer Schauspielschule aufgenommen zu werden«, sagte Mrs. Hughes, »dann kann es auch gleich eine gute sein. An der Schule, die dir vorschwebt, wird man ein Zirkusäffchen aus dir machen.«

Sie hielt Ausschau nach besseren Schulen, und eine bot mir ein Stipendium an. Dann beraumte Mrs. Hughes ein Treffen mit der Frau vom Jugendamt an. Die sagte, ich sei jetzt gut untergebracht, und mehr Unruhe würde mir nicht guttun.

Das fand ich typisch. *Die* konnten mich viermal in drei Jahren in eine andere Familie versetzen, aber sobald *ich* etwas wollte, war es angeblich nicht zu meinem Besten.

Es dauerte noch drei weitere Jahre, aber ich ließ nicht locker und setzte mich schließlich durch. Und als ich diese Schauspielschule betrat, fühlte es sich an, als habe ich endlich meine neue Familie gefunden.

# Sieben

Ich rufe Marcie an und bitte sie flehentlich um weitere Jobs. Schließlich vermittelt sie mir eine Audition für ein Musikvideo, für das ich keine Greencard brauche.

In dem Castingstudio in einem Kellerraum sage ich vor einer Kamera meinen Namen, meine Größe und den Namen meiner Agentin. Zwei Produzenten würdigen mich keines Blickes, sondern starren stattdessen auf mein Bild auf einem Monitor.

Die Castingfrau verlangt, ich soll vor der Kamera sagen, dass ich damit einverstanden bin, anteilig nackt aufzutreten.

»Na ja, wenn die Rolle es verlangt«, sage ich nervös.

»Schätzchen, die Rolle ist Stripperin«, erwidert die Frau ungeduldig.

»Ah ja.« Ich schaue in die Kamera und sage munter: »Mein Name ist Claire Wright, und ich bin damit einverstanden, anteilig nackt aufzutreten.«

Ich hoffe, das steht mal irgendwann auf meinem Grabstein.

»Gut, Claire. Dann legen Sie los«, fordert mich die Castingfrau auf und stellt Musik an.

Nach etwa einer Minute äußert einer der Produzenten etwas, und die Musik verstummt.

»Danke, Claire«, sagt die Frau. »Könnten Sie beim Rausgehen bitte die Nächste reinschicken?«

Als ich mich abwende, murmelt der zweite Produzent etwas, das ich nicht mitkriege.

»Moment, Claire«, sagt die Frau.

Nach kurzem halblautem Gespräch fügt sie hinzu: »Hinterlassen Sie Ihre Daten draußen am Tisch.«

An diesem Nachmittag werde ich per SMS für acht Uhr abends ins Büro des Produzenten bestellt. Ich suche mir aus Jess' Garderobe passende Klamotten raus und setze mein bestes Gesicht auf. Als ich bei dem Castingstudio ankomme, ist nur ein Wachmann am Empfang.

Ich gehe den Flur entlang, bis ich den Produzenten in einem Büro telefonieren sehe. Er winkt mich herein. Ich lasse mich auf einem Drehstuhl nieder. Der Produzent setzt sein Gespräch fort, teilt dem anderen Teilnehmer mit, er solle nicht so ein Arschloch sein und bei Panavision einen Kameradolly bestellen.

Endlich legt er auf.

INNEN. BÜRO – NACHT.

PRODUZENT So ein Idiot! Hallo, Claire.

ICH Hi! Danke, dass Sie sich gemeldet haben.

PRODUZENT Es geht nicht direkt um dieses Video, Claire. Ich mache derzeit Castings für eine ganze Reihe von Projekten und denke, es könnte sich lohnen, mal zu schauen, wofür Sie geeignet wären.

ICH Super! Ähm, Sie wissen aber, dass ich keine Greencard habe, ja?

Der Produzent zuckt die Achseln.

PRODUZENT Das ist ein Problem, aber nicht unlösbar. Als Produzent habe ich Zugriff auf das Künstleraustauschprogramm der Gewerkschaft. Vielleicht kann ich einen Tausch mit einer Kollegin von Ihnen aus London arrangieren.

ICH Das wäre fantastisch! Um was für Projekte geht es denn?

PRODUZENT Die Details können wir später besprechen. Jetzt würde ich gerne erst einmal testen, ob Sie über genügend Ehrgeiz und Leidenschaft für mein Team verfügen.

Er kommt um den Schreibtisch herum und legt mir die Hand auf die Schulter. Dann dreht er mich mit dem Stuhl zu sich. Mein Gesicht befindet sich jetzt auf Höhe seines Geschlechts. Der Produzent drückt auffordernd meinen Oberarm.

PRODUZENT Sie verstehen ja bestimmt, was ich meine.

Einen Moment lang bin ich wie erstarrt. Dann springe ich auf, stoße den Typ mit beiden Händen weg und schreie, er solle mich in Ruhe lassen. Meine Hand knallt auf seine Nase, er taumelt rückwärts.

ICH Pfoten weg, Arschloch!

Unter seiner Nase erscheint ein kleiner roter Hitler-Schnurrbart. Der Typ krümmt sich, hält schützend die Hände vors Gesicht.

PRODUZENT Oh, Scheiße. Verschwinde bloß, ja?

Ich weiche zurück, gebe ihm Raum zum Aufrichten. Aber jetzt stürzt er mit geballten Fäusten auf mich zu.

PRODUZENT Nicht mit mir, Schlampe!

Worauf er in den Lauf von Jess' Pistole blickt.

PRODUZENT Die wirst du jetzt aber nicht benutzen.

Meine Hände zittern. *Gut*. Je unbeherrschter ich wirke, desto eher glaubt er, dass ich verrückt genug bin, ihn zu erschießen.

ICH Aus Notwehr? Und ob.

Ich weise mit dem Kopf auf meine Handtasche.

ICH Da ist eine Kamera drin, die alles aufgezeichnet hat. Vielleicht wollen Sie, dass Ihre Frau das zu sehen kriegt?
PRODUZENT Was zum Teufel …

Rein äußerlich betrachtet, habe ich hier die Oberhand. Aber innerlich bin ich völlig panisch. Was, wenn er mir die Pistole abnimmt und sie auf mich richtet? Oder wenn ich versehentlich abdrücke?

ICH Ich gehe jetzt hier raus. Und Sie rühren sich nicht von der Stelle.

Ich weiche zurück, versuche dabei, möglichst bedrohlich zu wirken. Der Typ knurrt:

PRODUZENT Diese Branche kannst du vergessen, Schlampe. Du bist doch vollkommen irre.

Ich halte durch, bis ich draußen bin. Dann bricht alles aus mir heraus, und ich taumle weinend und zitternd die Straße entlang. Selbstanklagen toben durch meinen Kopf: *Wie konnte ich nur so dumm sein? Hatte das was mit mir zu tun? Habe ich bei der Audition den Eindruck gemacht, als würde ich mich auf so was einlassen?*

*Habe ich womöglich sogar einladend gewirkt?*

Mein Name ist Claire Wright, und ich bin damit einverstanden, anteilig nackt aufzutreten … Ich erinnere mich, dass ich gelächelt habe, als ich das sagte. *War ich selbst schuld? Hatte sich das irgendwie ironisch angehört? Unprofessionell?*

Auch wenn mein Verstand mich zu überzeugen versucht, dass der Typ ein Drecksack ist, dass er kein Recht hatte, so was zu denken, und dass er schuld ist, nicht ich, weiß ich doch, dass diese Debatte in meinem Kopf noch Stunden dauern wird.

Und Drecksack hin oder her – war meine Reaktion völlig übertrieben? Hätte eine würdevolle Ansage zu einer Entschuldigung, vielleicht sogar zu einem Gespräch über Jobs geführt?

*Diese Branche kannst du vergessen, Schlampe …*

Beim Gedanken daran bleibt mir fast das Herz stehen. Wird der mich jetzt bei sämtlichen Castingagenturen miesmachen? Seinen Freunden erzählen, dass ich geistesgestört bin? Wenn sich mein Ruf in England mit so was hier verbindet, dann war's das mit meiner zweiten Chance.

*O Gott, hätte ich mich lieber auf den Typ einlassen sollen?*

Es sind fast vierzig Straßenzüge zu unserer Wohnung, aber ich gehe den ganzen Weg zu Fuß. Fühle mich elend und mache mir Vorwürfe. Die U-Bahn kann ich mir nicht leisten, und ich schaffe es nicht mal, eine Oben-ohne-Rolle zu ergattern, ohne sexuell belästigt zu werden. Der Schnee ist weggeschmolzen, aber es ist immer noch feucht und kalt. Die Tränen auf meinen Wangen fühlen sich erst warm, dann eiskalt und dann wieder warm an, als noch mehr nachkommen. Ich bin etwa hundert Meter von unserem Haus entfernt, als mein Handy sich meldet. Ich schaue aufs Display, bevor ich rangehe.

AUSSEN. STRASSE IN NEW YORK – NACHT.

HENRY Hallo, Claire. Hättest du heute Abend Zeit?

Sehnsüchtig schaue ich zu unserer Wohnung hoch. Ich will nur noch ins Bett kriechen und heulen. Aber ich muss an das Geld für Jess' Vater denken.

ICH Ja, klar.

HENRY Ich hab einen Auftrag für dich. Aber die Klientin möchte dich vorher kennenlernen.

ICH Warum denn das?

HENRY Keine Ahnung. Vielleicht will sie sichergehen, dass du der Typ ihres Mannes bist. Ich weiß, dass du es bist.

ICH Okay, geht klar.

HENRY Wann kannst du hier sein? Sie wohnt im Lexington. Frag nach der Terrace Suite.

# Acht

Da ich schon für das Treffen mit dem Produzenten zurechtgemacht bin, schaffe ich es in knapp zwanzig Minuten zum Lexington. Dort gehe ich in der Lobby auf die Damentoilette, restauriere mein Make-up und mache eine Atemübung, um mich zu sammeln. Vorhang auf.

Dann mit dem Aufzug hoch in den sechsten Stock. Ich klopfe an die Tür der Suite, Henry lässt mich ein. An der Fensterfront geht eine Frau Mitte dreißig nervös auf und ab. Kim Novak in *Vertigo*, denke ich: elegant, Perlenkette, supergepflegt, die Kurzhaarfrisur auf eine Art makellos gestylt, wie man das heute nicht mehr oft zu sehen bekommt. Im Vergleich mit ihr fühle ich mich wie ein Kind, das eine Kostümkiste geplündert hat.

Zuerst denke ich, dass die Frau einen Rosenkranz umklammert, aber dann sehe ich, dass sie mit einem Schlüsselanhänger spielt. Die Frau wirkt verstört, was nicht ungewöhnlich ist. Viele von Henrys Klientinnen leiden sehr unter dieser Situation, in der sie vermutlich erfahren werden, was für ein Mensch ihr Gatte in Wirklichkeit ist.

INNEN. LEXINGTON HOTEL/TERRACE SUITE – NACHT.

HENRY Claire. Danke fürs Kommen. Das ist Stella Fogler. *(zu der Frau, beruhigend)* Ich setze diverse junge Frauen als Lockvögel ein. Aber nach dem, was Sie mir von Ihrem Mann erzählt haben, ist Claire genau die Richtige.

STELLA *(zu mir, aufgeregt)* Und Sie werden vorsichtig sein, ja? Versprechen Sie mir, dass Sie vorsichtig sein werden.

Ich setze mich.

ICH Erzählen Sie mir von Ihrem Mann, Mrs. Fogler.
STELLA Er ist wie kein anderer Mann. Und das ist mein Ernst. Kehren Sie ihm niemals den Rücken zu. *Trauen Sie ihm nicht.* Versprechen Sie mir das?

*Trauen?*, denke ich. *Wohl kaum. Ein weiterer verheirateter Drecksack fehlt mir jetzt gerade noch.*

HENRY Claire ist sehr professionell. Sie weiß genau, was sie tut.
ICH Zeigen Sie mir ein Foto und sagen Sie mir, wo ich ihn finden kann. Den Rest erledige ich.
HENRY Und, Mrs. Fogler? Soll's losgehen?

Stella Fogler bleibt abrupt stehen und starrt mich aufgewühlt an. Ihre Hände spielen nervös mit dem Schlüsselanhänger.

STELLA Ja. Gut. Aber bitte … seien Sie vorsichtig.

# Neun

INNEN. FLAHERTY'S BAR, NEW YORK – NACHT.

Eine betagte Bar mit holzgetäfelten Wänden an der Upper West Side. Viel Platz zwischen den Tischen, wenige Gäste. PATRICK FOGLER sitzt an einem der Tische, liest und macht sich Notizen auf einem Block. Fogler ist Ende dreißig, dunkelhaarig, mit markantem Gesicht. Ein attraktiver Typ, auf zurückhaltende, durchgeistigte Art.

Er hat Ähnlichkeit mit dem jüngeren Daniel Day-Lewis, beschließe ich, als ich Fogler in dem breiten Spiegel hinter der Bar betrachte. Und Day-Lewis ist einer meiner absoluten Lieblingsschauspieler. Aber dieser Mann hier hat eine noch intensivere, fesselndere Ausstrahlung.

Offen gestanden, sieht er nicht im Geringsten wie ein untreuer Drecksack aus. Aber darauf kann man sich eben nicht verlassen. Manche wirken sympathisch und charmant und sind wahnsinnig untreu.

Warum? Wahrscheinlich, weil sie es sich erlauben können.

*Jetzt würde ich gerne erst einmal testen, ob Sie über genügend Ehrgeiz und Leidenschaft für mein Team verfügen …*

Ich schüttle den Kopf, zwinge mich zur Konzentration, versuche, den Gedanken an den widerwärtigen Produzenten zu verdrängen. *Mach einfach deine Arbeit*, sage ich mir. *Lächle, flirte, lass dich von Patrick Fogler anmachen und dann verschwinde. Dauert höchstens eine Stunde. Dann gehst du mit vierhundert Dollar in der Tasche nach Hause und kannst kotzen, heulen und dich betrinken.*

Außerdem brauche ich weitere siebenhundert.

Wie aufs Stichwort steht Fogler auf und kommt in meine Richtung. *Jetzt nicht übertreiben.* Ich drehe mich langsam um, ein leichtes Lächeln auf dem Gesicht, merke aber zu spät, dass er gar nicht mich ansteuert. *Verflucht.* Er hält dem Barmann einen Zwanzigdollarschein hin.

PATRICK Ob Sie mir den wohl wechseln können?

Seine Stimme klingt klar und kultiviert; kontrollierte Kraft. Als der Barmann die Kasse öffnet, schaut Fogler in den Spiegel hinter der Bar, und unsere Blicke begegnen sich. Meine Augen weiten sich leicht, eine sachte Einladung. Fogler wirkt irritiert, weiter nichts. Als sei er nicht sicher, ob er mich von irgendwoher kennen müsse.

Als er das Wechselgeld entgegennimmt, nickt er dankend und geht raus. Aber er wird wiederkommen, denn sein Drink und sein Buch sind noch da.

Ich gehe zu dem Tisch und greife nach dem Taschenbuch. Gedichte; eine leicht zerlesene Ausgabe von *Die Blumen des Bösen* von Charles Baudelaire.

*Herausgegeben und aus dem Französischen übertragen von Patrick Fogler,* sehe ich. Ein Intellektueller also.

Rasch blättere ich das Buch durch, halte Ausschau nach etwas, das ich benutzen kann. In diesem Moment kommt er zurück und ertappt mich. Wie es meine Absicht ist.

ICH *(verlegen)* Oh, tut mir leid! Gehört das Ihnen?
PATRICK Ja.

Er hört sich belustigt an. Schaut sich in der fast leeren Bar um, als wolle er sagen: *Wem soll es denn sonst gehören?*

ICH Ich hoffe, es macht Ihnen nichts aus ... ich habe noch nie etwas von Baudelaire gelesen.

Fogler blickt auf die Seite, die ich aufgeschlagen habe.

PATRICK Mit diesem sollten Sie aber nicht anfangen.

Er nimmt mir das Buch aus der Hand, blättert ein paar Seiten weiter und liest dann vor.

PATRICK Mir ist, als lebte ich schon über tausend Jahr
Nie barg ein alter Schrein, so überfüllt er war
Mit Rechnungen und Akten, Versen, Briefen,
Mit Locken, die verwahrt in Scheinen schliefen,
So viel geheimes Leid wie längst mein Hirn es barg ...

Foglers Stimme ist klangvoll, er liest ruhig und stetig wie der Herzschlag. Reicht mir das Buch, aufgeschlagen. Ich blicke darauf, präge mir die nächsten Verse ein. Dann sehe ich Patrick in die Augen, spreche in seinem Rhythmus weiter, den Text auskostend.

ICH Ich bin ein Kirchhof, den das scheue Mondlicht hasst,
Durch den die Würmer ziehn, Reu und Gewissensqual,
Zernagend meiner liebsten Toten Mahl.

Patrick Fogler hält meinen Blick, spricht den Text weiter, auswendig, irgendetwas Düsteres, Seltsames, das ich nicht recht begreife.

PATRICK … der Sphinx, die man vergass, vor der kein Fuss mehr säumt,
Die niemand kennt, und die in wilder Laune Qualen …

Bei den letzten Versen stimme ich ein, passe mich seinem Sprechrhythmus an.

ICH/PATRICK Ihr einsam Lied nur singt den roten Abendstrahlen.

Danach schweigen wir.

PATRICK Sie haben gut gelesen.
ICH Danke … was bedeutet das Gedicht?
PATRICK Es geht um Baudelaires Liebesleben, sozusagen.
ICH Das muss ja ziemlich schwierig gewesen sein.

Patrick lächelt.

PATRICK Als Baudelaire das schrieb, fühlte er sich zu zwei Frauen hingezogen. Die eine war eine berühmte Schönheit, eine Art Star im Paris des neunzehnten Jahrhunderts. Baudelaire nannte sie seine »Vénus Blanche«, Weiße Venus. Die andere war eine dunkelhäutige Nachtclubtänzerin, die sich auf der Straße prostituierte. Die nannte Baudelaire seine »Vénus Noire«, Schwarze Venus.

ICH Interessant – ein Dreiecksverhältnis.

PATRICK Das kann man so sehen, ja.

ICH Wie hat es sich entwickelt?

PATRICK Baudelaire schrieb Gedichte, die er anonym an die Weiße Venus schickte. Über das, was er mit ihr machen wollte, alles, was er mit der Schwarzen Venus machte. Diese Gedichte handeln vom Verwerflichen. Er sagte, über die blumigen Reiche der Schönheit sei genug geschrieben worden. Baudelaire wollte der Erste sein, der über die Schönheit des Bösen schrieb.

ICH *Les Fleurs du Mal* … Die Blumen des Bösen

Jetzt ist der richtige Zeitpunkt.

ICH Baudelaire hat wohl verstanden, dass manche Frauen sich vom Verbotenen angezogen fühlen.

Patrick Fogler schüttelt den Kopf, als hätte ich ihn irgendwie enttäuscht.

PATRICK Ich muss gehen.

*Wie bitte?*

ICH Ach wirklich? Das hat mir Freude gemacht … Ich würde gern noch mehr hören …

Ich will ihm das Buch geben. Er wedelt mit der Hand.

PATRICK Behalten Sie's. Als Andenken an eine interessante Begegnung. Mir hat gefallen, wie Sie gelesen haben.

ICH Hören Sie, ich … so was mache ich normalerweise nicht, aber ich hatte einen scheußlichen Abend und hätte gern ein bisschen Gesellschaft. Könnten Sie nicht noch ein wenig bleiben? Ich lade Sie zu einem Drink ein.

Er lächelt wieder, mit Lachfältchen an den Augen.

PATRICK Das würde ich gerne tun. Aber ich bin verheiratet.

ICH Oh, ich meinte damit nicht …

Doch er geht schon zur Tür und ruft mir über die Schulter zu.

PATRICK Ich weiß. Aber ich. Und im Gegensatz zu Baudelaire widme ich mich immer nur einer Venus … Hat mich gefreut, Sie kennenzulernen.

Und dann, als spräche er zu sich selbst, höre ich ihn etwas auf Französisch murmeln.

PATRICK Ô toi que j'eusse aimée, ô toi qui le savais …

ICH Was bedeutet das? Hey, vielleicht könnten wir …

Verflucht. Ich starre ihm nach, den Gedichtband in der Hand. Und mir wird klar, dass ich gerade zum ersten Mal, seit ich für Henry arbeite, abgewiesen wurde.

# Zehn

»Ich habe wohl gute Nachrichten für Sie«, sage ich trocken. »Glückwunsch, Mrs. Fogler. Ihr Mann ist Ihnen treu.«

Gute Nachrichten für *sie* jedenfalls. Ich schäume immer noch.

Wir sind wieder in der Terrace Suite. Seltsamerweise scheint sich Stella Fogler über diese Nachricht besonders aufzuregen.

»Treu!«, jammert sie. »Ich hätte wissen müssen, dass es nicht funktionieren würde. O Gott! O Gott!«

»Wie meinen Sie das?«, frage ich verwirrt.

Die Worte brechen aus ihr heraus. »Ich dachte, wir könnten ihn vielleicht irgendwie festnageln. Damit er mich nicht mehr verfolgt«, sagt sie mit wildem Blick.

*Was?* Fragend sehe ich Henry an, aber der schaut beiseite.

»Er hat gespürt, dass es inszeniert war.« Stella wendet sich Henry zu. »Sie war nicht die Richtige. Es hätte eine Dunkelhäutige sein müssen. Das sind diejenigen, die …«

Sie verstummt.

»Die Schwarze Venus«, sage ich. »Darüber hat er gesprochen.«

»Er spricht *nie* darüber«, versetzt Stella Fogler scharf. Und sagt erneut zu Henry: »Ich wusste, dass es ein Fehler war.«

Jetzt werde ich allmählich sauer. Und nicht nur weil die sich aufführt, als sei alles meine Schuld. Sondern weil mir klar wird, dass es hier gar nicht ums Aufreißen, sondern um etwas ganz anderes ging.

»Hören Sie, die meisten neurotischen Bräute, für die ich arbeite, würden sich jetzt glücklich schätzen«, sage ich wütend. »Ihr Ehemann hat sich nicht auf mich eingelassen. Und Sie können mir glauben, dass das zum ersten Mal passiert ist. Wenn Sie mich benutzen wollten, um ihn zu erpressen, hätten Sie mir das vorher sagen müssen.« Ich stehe auf. »Ich hätte jetzt gern mein Geld. Vierhundert Dollar.«

Stella Fogler zieht eine kleine Reisetasche unter dem Bett hervor und öffnet den Reißverschluss. Nimmt ein dickes Bündel Geldscheine heraus, zählt mit zitternden Händen vier Scheine ab.

»Ich wollte nicht undankbar klingen. Sie haben bestimmt Ihr Bestes gegeben. Und ich wollte meinen Mann nicht erpressen, nicht direkt jedenfalls. Ich wollte nur eine Art … Absicherung.«

Ich nehme das Geld. »Danke«, sage ich kalt.

Henry murmelt: »Ich bring dich raus, Claire.«

Sobald die Tür sich hinter uns schließt, legt er mir die Hand auf die Schulter und dreht mich zu sich herum. »Hey! Was sollte das denn? *Neurotische Bräute*, Claire?«

»Sie *ist* neurotisch.«

»Und eine *Klientin*«, betont er.

»Henry … findest du diese Nummer nicht auch widerlich? Die *wollte*, dass er mich anmacht. Was ist aus *Die Unschuldigen dürfen nichts zu befürchten haben* geworden?«

Er zuckt die Achseln. »Du wolltest doch mehr Arbeit, oder nicht?«

»Und du wusstest auch davon.« Mir dämmert es plötzlich. »Du wusstest, worauf sie aus war. *Großer Gott.* Ich meine, das mit irgendwelchen Drecksäcken zu machen, die ihre Frauen betrügen, ist eine Sache. Aber wenn es die Frau ist … ich bin raus.«

Als ich davonmarschiere, ruft Henry mir nach: »Sei nicht so eine Diva, Claire. Du liebst diese Arbeit. Du kannst es nur nicht ertragen, wenn einer mal nicht auf dich abfährt. Ruf mich morgen an, wenn du dich wieder gefangen hast.«

INNEN. LEXINGTON HOTEL/FOYER – NACHT.

Auf dem Weg nach draußen fällt mir etwas ein. Ich nehme Patrick Foglers Gedichtband aus meiner Handtasche und gehe wieder zurück.

INNEN. LEXINGTON HOTEL/FLUR – NACHT.

Ich klopfe wieder an die Tür von Stella Foglers Suite.

ICH Mrs. Fogler? Stella? Ich habe hier etwas von Patrick, das ich Ihnen geben wollte.

Nichts regt sich.

ICH Hallo?

Noch immer nichts. Achselzuckend wende ich mich ab.

# Elf

Es gibt eine geniale Übung, entwickelt vom legendären Schauspiellehrer Sanford Meisner, in der zwei Akteure einfach dieselben Worte wiederholen. Bei dieser Übung soll man begreifen, dass Worte immer nur die Bedeutung haben, die man ihnen verleiht. Dass das Drehbuch oder Textbuch keine Bibel, sondern eine Grundlage ist. Text und Subtext.

Drei Tage später. Scott und ich umkreisen einander im Probenraum, die anderen schauen zu.

»Du lächelst«, sage ich so erwartungsvoll zu Scott, als wolle er mir etwas Erfreuliches mitteilen.

»Du lächelst«, erwidert er, aber in einem Tonfall, als seien wir mitten in einem Streit, den ich offenbar nicht ernst nehme.

»Du … lächelst?«, sage ich fassungslos, als schere er sich einen Dreck darum, dass er sich gerade unmöglich benommen hat.

»Du lächelst!«, ruft er triumphierend aus, als habe er mich gegen meinen Willen zum Lächeln gebracht.

»Du lächelst«, flüstere ich, als würde ich ihn zum ersten Mal seit einem Jahr wieder froh erleben.

»Du lächelst«, sagt er, als wolle er sagen: *Ich aber habe keinen Anlass dazu.*

»Gut. Und jetzt improvisiert«, fordert Paul uns auf.

»Du lächelst«, sagt Scott vorwurfsvoll.

»Das stimmt nicht!«

»Woran denkst du überhaupt?«

»Ich habe daran gedacht, wie wir uns zusammen im Schnee gewälzt haben.«

»Das war das letzte Mal, nicht wahr? Das letzte Mal, dass wir glücklich waren.«

»Hervorragend«, wirft Paul ein, und die anderen klatschen kurz.

»Denkt daran«, sagt Paul zu allen, »dass ihr immer mit dem arbeiten müsst, was euer Gegenüber euch gibt. Die kleinste Prise Handlung ist so viel wert wie ein Kilo Text.«

Es klopft, und eine Angestellte kommt mit einer uniformierten Polizistin herein.

»Ich suche Claire Wright«, sagt die Polizistin.

*Verdammt.*

»Das bin ich«, sage ich lächelnd. »Worum geht es?«

# Zwölf

Die Frau bringt mich aufs Polizeipräsidium an der One Police Plaza, wo ich in einem engen, stickigen Raum im achten Stockwerk warten muss. Ich frage, worum es geht, aber die Polizistin antwortet lediglich, man würde mir bald alles erklären. Oder vielmehr »jeden Augenblick«, wie sie sagt.

*Muss mit diesem Produzenten zu tun haben*, denke ich nervös. Wahrscheinlich hat er Anzeige erstattet. Mir schwant Übles. Die Waffengesetze sind zwar in den USA weitaus weniger streng als in Großbritannien. Aber man darf sicherlich trotzdem nicht nach Lust und Laune mit einer Pistole herumfuchteln.

Schließlich kommt ein stämmiger Mann in Zivil herein und stellt sich als Detective Frank Durban vor. Ich springe auf, schüttle ihm die Hand, versuche, einen guten Eindruck zu machen. Durban wirkt überrascht und weist auf einen glatzköpfigen jüngeren Mann, der gerade den Raum betritt, einen Stapel Papier unterm Arm. »Und das ist Detective Davies.«

»Brauche ich einen Anwalt?«, frage ich nervös.

»Kommt ganz drauf an. Was haben Sie denn verbrochen?«, erwidert Durban. Ich lache. Aber dann wartet er ab, ob ich etwas antworte, bevor er hinzufügt: »Sie sind nicht verhaftet, Claire, es liegt nichts gegen Sie vor. Wir möchten Ihnen nur einige Fragen stellen. Über Stella Fogler.«

»Über wen?« Dann fällt es mir wieder ein. Es geht also nicht um den Produzenten.

»Ich habe gehört, dass Sie gelegentlich für eine Anwaltskanzlei namens Kerr Adler tätig sind«, fährt Durban fort und setzt sich. »Trifft das zu?«

»Ja.«

»Erzählen Sie mir davon.«

Einen Moment lang erwäge ich zu lügen – der Job verstößt vermutlich gegen meine Visaauflagen –, aber da die offenbar schon ziemlich viel wissen, halte ich mich an Durbans Aufforderung und berichte von Marcie, der Lockvogelarbeit, der Tasche mit der Kamera. Nach einer Weile schiebt Davies seinen Papierstapel beiseite und macht sich Notizen.

»Und war an dem Auftrag für Mrs. Fogler irgendetwas außergewöhnlich?«, fragt Durban. »Im Vergleich mit anderen Aufträgen dieser Art?«

»Sie wollte mich vorher kennenlernen. Das passiert sonst eher nicht.«

»Weshalb wollte sie das?«

Ich zucke die Achseln. »Henry meinte, sie wolle sich davon überzeugen, dass ich für den Job geeignet sei.«

»Und wie wirkte Mrs. Fogler bei der ersten Begegnung auf Sie?«

Ich denke an die Situation zurück. Sehe Stella Fogler vor mir, wie sie unruhig an der Fensterfront auf und ab tigert. »Also … sehr nervös.«

»Können Sie das noch präziser beschreiben?«

Langsam sage ich: »Es kam mir vor, als hätte sie vor irgendetwas Angst.«

Die beiden Männer sehen sich nicht an, aber ich spüre, wie sie aufhorchen. »Ist alles in Ordnung mit Mrs. Fogler?«, frage ich.

»Berichten Sie uns einfach, was geschehen ist, Claire«, sagt Durban. »Inwiefern schien Mrs. Fogler Angst zu haben?«

Ich berichte weiter von Stella Fogler und schildere dann die Szene mit Patrick Fogler in der Bar. Als ich von dem Moment erzähle, als Patrick mir den Gedichtband gab und dann hinausging, unterbricht mich Durban. »Glauben Sie, er hat geahnt, was vor sich ging?«

»Ich wüsste nicht, wie.«

»Okay. Und Mrs. Fogler? Wie hat sie reagiert, als Sie ihr Bericht erstatteten? War sie erfreut? Erleichtert?«

»Eher nicht.« Ich schildere, wie Stella Fogler gesagt hatte, sie habe gehofft, ihren Mann irgendwie festnageln zu können, damit er sie nicht mehr verfolge. Das klingt jetzt plötzlich seltsam bedrohlich. So intensiv, wie die mich befragen, ist bestimmt irgendetwas ganz und gar nicht gut.

»Ist alles okay mit den beiden? Ist was passiert?«, frage ich, bekomme aber wieder keine Antwort.

»Als Stella Fogler Sie bezahlt hat – haben Sie da noch mehr Geld gesehen? In ihrer Tasche vielleicht?«, fragt Durban.

Ich schüttle den Kopf. »Aber das Bündel Scheine, von dem sie die Hunderter für mich abgezählt hat, waren bestimmt mindestens tausend Dollar.«

»Sie haben also *vier* Hunderter bekommen.« Durban betont das Wort *vier*.

»Ja«, sage ich verwirrt. »Habe ich doch gesagt. Das war die vereinbarte Summe.«

»Was ist mit dem Rest passiert?«

»Welcher Rest?«

»Wir haben kein Geld bei ihr gefunden«, antwortet Durban

tonlos. »Und sie hatte an diesem Morgen eine große Summe abgehoben. Weitaus mehr als tausend Dollar.«

Ich starre ihn an. »Bei ihr gefunden? Heißt das, sie ist … tot?«

»Richtig.« Er beobachtet mich scharf.

»Großer Gott«, sage ich erschüttert. »Wie? Was ist passiert?«

»Wir gehen von Mord aus. Mehr kann ich Ihnen gegenwärtig nicht sagen.« Durban betrachtet mich weiterhin prüfend. Seine Miene, die vorher freundlich und wohlwollend wirkte, hat sich verhärtet. »Was ich Ihnen allerdings sagen kann, ist, dass Stella Fogler irgendwann, nachdem Sie bei ihr gewesen waren, in ihrer Suite zu Tode kam.«

»Oh nein«, flüstere ich. »Wie grauenhaft. Aber Sie denken doch wohl nicht …«

»Beantworten Sie nur unsere Fragen, Claire.«

Er macht einen zweiten und einen dritten Durchgang, Davies schreibt mit.

»Wo befindet sich jetzt diese Videoaufzeichnung?«, fragt Durban. »Wer hat sie?«

»Ich habe sie Stella gegeben. Mrs. Fogler. Das ist so üblich. Sie hat schließlich dafür bezahlt.«

»Und der Gedichtband?«

»Der ist in meiner Handtasche. Ich lese sonst keine Lyrik, aber diese Gedichte sind auf eine bizarre Art sehr …«

»Geben Sie uns bitte das Buch«, fällt Durban mir ins Wort. Er fördert einen Plastikbeutel zur Spurensicherung zutage, dreht ihn um und nimmt damit das Buch entgegen, ohne es zu berühren. »Haben Sie eine Ahnung, was dieser französische Satz bedeutete? Den Fogler zitierte, als er wegging?«

»Ja – ich bin ziemlich sicher, dass er aus einem Gedicht mit dem Titel *À une passante* stammt, ›Für eine, die vorüberging‹. Darin geht es um einen flüchtigen Blick auf der Straße, und dann verliert man sich wieder aus den Augen. Die wörtliche Übersetzung wäre etwa ›O du, die ich geliebt hätte. O du, die du es ahntest‹.«

Durban schnaubt. »Hübsch. Sollte ich mir merken. Also, nachdem Sie das Hotel verlassen hatten – was haben Sie dann gemacht?«

»Ich bin mit Freunden ausgegangen.«

»In eine Bar?«

Ich nicke. »In die Harley Bar. Jede Menge Leute können bestätigen, dass ich ab halb zehn dort war.«

»Und wann kamen Sie nach Hause?«

»Gegen sieben Uhr morgens … ich war mit jemandem zusammen.«

»Der Name?«

»Ähm … Tom.«

»Nachname?«

»Ich … ich glaube, ich habe noch irgendwo seine Telefonnummer.« Ich krame in meiner Tasche und fördere einen Zettel zutage. »Ja, das ist sie.«

Durban studiert den Zettel. »Sieht eher wie ein I aus. Tim, nicht Tom. Wir werden ihn anrufen.«

»Was haben Sie mit dem Geld gemacht, Claire?«, fragt Detective Davies. Das sind die ersten Worte, die er von sich gibt.

»Mit den vierhundert Dollar? Die hab ich meiner Mitbewohnerin gegeben. Ich schulde ihr noch einiges an Miete, deshalb …«

»Nicht mit den vierhundert«, unterbricht mich Davies. »Sondern mit den zwanzigtausend Dollar, die Sie aus Stella Foglers Hotelzimmer gestohlen haben.«

Ich starre ihn an, und mir wird schwindlig. »Was? Nein … Sie glauben doch nicht …«

»Beantworten Sie die Frage«, sagt Durban.

»So viel Geld habe ich dort nicht gesehen. Stehe ich etwa unter *Verdacht*?«

»Verdacht?«, schnaubt Davies. »Sie haben bereits zugegeben, dass Sie widerrechtliche Aufnahmen gemacht haben, ohne Arbeitserlaubnis für die Kanzlei tätig sind, Aufforderung zur Unzucht begehen und am Tatbestand einer Erpressung beteiligt sind. Wenn wir Ihnen jetzt noch Diebstahl und Mord nachweisen können, ist die Sache rund.«

*»Mord?«*

»Henry North zufolge hatten Sie an diesem Abend eine Auseinandersetzung mit Mrs. Fogler.«

»Aber ich hab Ihnen doch gesagt, *sie* war diejenige, die sich sonderbar benommen hat …«

»Also gingen Sie weg, wütend über dieses Benehmen … und kehrten später in das Hotelzimmer zurück«, spricht Davies weiter. »Wo Mrs. Fogler zufällig eine große Geldsumme aufbewahrte. Henry North hat uns von Ihren Finanzproblemen erzählt. So viel Geld bei dieser Frau zu sehen, muss eine Provokation für Sie gewesen sein.«

Ich schüttle verstört den Kopf. »Ich habe Ihnen doch gesagt, dass ich nur zurückgegangen bin, um das Buch abzugeben. Und Henry hat mir versichert, dass alles, was ich für die Kanzlei tue, legal ist. Sofern man diese Aufnahmen an einem öffentlichen Ort macht, sagte er. Und da die Männer mich zuerst ansprechen, begehe ich auch keine Aufforderung zur Unzucht.« Mir kommt ein Gedanke. »Haben Sie Patrick Fogler befragt?«

»Selbstverständlich. Und wir werden seine Aussage sehr sorgfältig überprüfen, ebenso wie Ihre und die von diesem Tim.«

»Haben Sie Stella Fogler umgebracht, Claire?«, fragt Detective Durban so sachlich, als wolle er wissen, ob ich Zucker in den Kaffee nehme.

Ich sehe ihm direkt in die Augen und versuche, nicht auf mein heftiges Herzklopfen zu achten. »Nein.«

Ein angespanntes Schweigen entsteht. »Wir sollten uns draußen unterhalten, Detective«, sagt Durban dann.

Sie gehen raus, und ich höre sie murmeln. Dann kommt Durban alleine wieder rein.

»Ich brauche Angaben von mindestens drei Personen, die bestätigen können, dass Sie ab halb zehn in der Bar waren«, sagt er. »Danach können Sie gehen.«

Ich starre ihn an, und mir wird schwindlig vor Erleichterung. »Sie glauben also nicht, dass ich es war?«

»Wir werden alles überprüfen. Wenn Sie die Wahrheit gesagt haben, werden wir Sie schnell aus dem Kreis der Verdächtigen ausschließen können. Aber verlassen Sie die Stadt nicht ohne vorherige Rücksprache mit uns. Und ich würde Ihnen dringend raten, nicht mehr für diese Kanzlei zu arbeiten. Das hier ist eine Mordermittlung, keine Ermittlung der Einwanderungsbehörde. Aber wenn wir in Erfahrung bringen, dass Sie erneut gegen die Visaauflagen verstoßen haben, werden wir Sie bei den entsprechenden Behörden melden.«

Und damit beginnt er, die Papiere zu sortieren. Mir wird bewusst, dass das alles eine Inszenierung war: das klassische Verhör im Stil von guter Cop, böser Cop, um mich das Fürchten zu lehren. Hat auch funktioniert. Ich zittere immer noch. Falls ich wirklich was verbrochen hätte, dann hätte ich diesen beiden alles gestanden. Diese Mischung aus Freundlichkeit und Aggression hat mich binnen Kurzem in ein Nervenbündel verwandelt.

Doch sogar jetzt, während die Entspannung einsetzt, frage ich mich unwillkürlich: *Was davon kann ich verwenden?*

# Dreizehn

Als ich nach Hause komme, sitzt Jess mit einem Handtuch um den Kopf vor dem Fernseher, zappt durch die Kanäle, checkt gleichzeitig Facebook und lackiert ihre Fußnägel hellblau.

»Guten Tag gehabt?«, fragt sie, ohne aufzuschauen.

»Kann ich nicht behaupten.« Ich berichte ihr von der Polizei und der ermordeten Klientin. Jess starrt mich mit offenem Mund an. »Ich fühle mich schrecklich«, beende ich meine Erzählung. »Vom Hotelpersonal abgesehen, sind Henry und ich wohl die Letzten, die Stella Fogler lebend gesehen haben.«

»Haben die Polizisten dir gesagt, wie sie gestorben ist?«

Ich schüttle den Kopf. »Die geben keine Informationen raus. Aber ihren Fragen nach zu schließen, war es eine Art Raubmord. Ich werde wohl vor Gericht aussagen müssen.«

Und vor meinem inneren Auge spielt sich plötzlich folgende Szene ab:

INNEN. GERICHTSSAAL IN NEW YORK – TAG.

CLAIRE WRIGHT tritt in den Zeugenstand, gekleidet wie Vera Miles in *Der falsche Mann*, kühl und unnahbar, aber sichtlich nervös.

STAATSANWALT Danke, dass Sie hergekommen sind, Ms. Wright. Ihre Aussage wird ausschlaggebend sein für diesen Prozess …

»Sagtest du Fogler?«, unterbricht Jess meine Vision.

»Ja. Warum?«

»Da war was in den Nachrichten …« Jess drückt auf der Fernbedienung herum. »Hier, schau.«

Auf dem Bildschirm ist Patrick Fogler zu sehen, das eindrucksvolle Gesicht von Erschöpfung gezeichnet. Im Blitzlichtgewitter steht er vor einem Häuserblock, zahllose Mikros vor sich.

»Das ist er«, sage ich. »Mach den Ton an.«

»… das New York Police Department ist dankbar für jeden Hinweis aus der Bevölkerung«, sagt Fogler und verstummt. Aus der Menge ruft jemand: »Wie war Ihre Beziehung zu Ihrer Frau?«

»Medienauflauf«, sagt Jess bedeutsam. »Was das bedeutet, weißt du, oder?«

»Dass er mit den Medien spricht?«

»Nee, du Dummi. Es bedeutet, dass die Polizei ihn für den Mörder hält.« Jess seufzt ob meiner Ahnungslosigkeit. »Wenn die Polizei den Täter kennt, aber wegen seines Anwalts kein richtiges Verhör machen kann, gibt man einen Tipp an die Medien, damit die das Fragen übernehmen. Beim nächsten Mal wirst du den in Handschellen sehen.«

Ich denke wieder zurück an die sonderbaren Dinge, die Stella über ihren Mann gesagt hat.

STELLA Und Sie werden vorsichtig sein, ja? Versprechen Sie mir, dass Sie vorsichtig sein werden.

ICH Erzählen Sie mir von Ihrem Mann, Mrs. Fogler.

STELLA Er ist wie kein anderer Mann. Und das ist mein

Ernst. Kehren Sie ihm niemals den Rücken zu. *Trauen Sie ihm nicht.* Versprechen Sie mir das?

Ich hatte angenommen, sie wolle mich davor warnen, dass ihr Mann ein Grapscher ist. Was sich als absurd erwies, als ich ihn kennenlernte – Patrick Fogler war so gar kein Grapschertyp. Hatte Stella vielleicht etwas ganz anderes gemeint?

Hatte sie vor *ihm* Angst? Hatte Detective Durban die Szene so gedeutet, als ich sie ihm schilderte?

Ich schaue wieder auf den Bildschirm, auf Patrick Fogler, der so ruhig, intelligent, so *sympathisch* wirkt, und kann das alles nicht fassen.

»Der doch nicht«, sage ich kopfschüttelnd. »Ich glaube das nicht. Er hat mich auch überhaupt nicht angebaggert, erinnere dich. Das ist ein ausgesprochen netter, attraktiver, treuer Mann.«

»Red keinen Scheiß«, erwidert Jess leichthin und rubbelt sich die Haare trocken. »Solche Männer gibt es nicht. Das sagst du doch selbst immer, oder?«

# Vierzehn

Der Mord landet auf den Titelseiten der Zeitungen und wird von Bloggern und Kommentatoren diskutiert. Sie vertreten unterschiedliche Meinungen, aber die meisten glauben, dass es sich um einen schiefgelaufenen Raubüberfall handelt. Vor einigen Jahren überfiel eine bewaffnete Bande Suiten in Edelhotels in Midtown Manhattan. Doch die Mitglieder dieser Bande sitzen längst im Knast, und seither hat es in Manhattan keine Hotelüberfälle mehr gegeben. Dennoch wird in den Social Media natürlich debattiert, was das für den Tourismus bedeutet, und man empfiehlt Hotelgästen, die Zimmertür nur mit vorgelegter Kette zu öffnen.

Dann beginnt man, sich mit Stella zu befassen. Wieso wohnte eine Frau, die ganz in der Nähe, in Morningside Heights, ein Apartment hatte, im Hotel? Dazu gibt es zwei Theorien: Sie hatte sich mit ihrem Mann gestritten, oder aber sie wollte ihren Liebhaber treffen. Ferner geht das Gerücht um, dass eine große Geldsumme gestohlen wurde, doch die Polizei äußert sich nicht dazu.

Consuela Alvarez, das Zimmermädchen, das die Leiche gefunden hatte, berichtete, das Zimmer habe wie nach einem Kampf ausgesehen. Stellas Leiche sei aufs Bett gelegt und mit einem Laken bedeckt worden. Weinend berichtete Consuela, der Schädel sei zertrümmert gewesen, »schrecklich … so viel Blut«.

Von den Überwachungskameras im Hotel war offenbar nichts Brauchbares aufgezeichnet worden.

Nach und nach verschmelzen die beiden Theorien zu einer. Stella hatte auf ihren Liebhaber gewartet, *und* das Verhältnis zu ihrem Mann war gestört gewesen. Man schloss daraus, dass er sie umgebracht hatte.

Ich weiß natürlich, dass das so nicht stimmt. Stella hielt sich in dem Hotel auf, damit ich mich an Patrick heranmachen konnte. Und welche Probleme die beiden vielleicht auch gehabt hatten: Patrick hatte nicht die Absicht, seine Frau zu betrügen, glaubte also wohl daran, dass es noch Hoffnung gab für seine Ehe. Das weiß die Polizei aber auch. Ich warte darauf, dass sie der Presse von mir berichtet, um den Spekulationen ein Ende zu bereiten. Doch aus irgendeinem Grund geschieht das nicht, und man stellt mir auch keine weiteren Fragen.

Ein paar Freunden erzähle ich, dass ich Stella Fogler am fraglichen Abend getroffen habe – aber nur wenigen. Ich habe keine Lust darauf, dass irgendwer sich in seinem Blog über meine Jobaktivitäten auslässt. Die Sensationsgier meiner Freunde kann ich ohnehin nicht befriedigen, weil ich keine grausigen Details kenne. Ich tappe genauso im Dunkeln wie alle anderen.

Als ich nach zwei Wochen nichts von der Polizei gehört habe, rufe ich Henry an.

»Claire.« Das klingt eher nach einer Feststellung als nach einer Frage. Als sei er erstaunt, von mir zu hören.

»Können wir uns treffen? Ich möchte dich etwas fragen.«

Kurzes Schweigen. »Okay. Aber nicht im Büro.« Er nennt mir ein Hotel, wo wir schon einige Aufträge durchgezogen haben.

Als ich reinkomme, wartet Henry bereits an der Bar, ganz am Ende, wo der Barkeeper uns nicht hören kann. Ich setze mich neben Henry.

»Ich dachte mir, du hast vielleicht was mitgekriegt«, sage ich. »Über die Ermittlungen.«

»Bloß, dass sie nicht weiterkommen«, erwidert Henry. »Aber Raubüberfall als Motiv ist jetzt wohl vom Tisch. Einige Hinweise deuten auf den Ehemann als Täter.«

»Und was für Hinweise sind das?«, frage ich, erstaunt, dass Jess offenbar recht hat.

»Wird unter Verschluss gehalten. Ist so üblich, damit man die Hinweise in einem Verhör zum Einsatz bringen kann. Aber das Wort ›Wahn‹ ist aufgetaucht.« Henry wirft mir einen Seitenblick zu. »Macht dir das Stress?«

Ich nicke. »Und dir?«

Er zuckt die Achseln. »Die erledigen nur ihre Arbeit. Kenne ich von früher, hab das lange genug selbst gemacht.«

»Henry … hast du irgendeinen Job für mich? Ich stecke ziemlich in der Klemme.«

»Nee, da geht gar nichts«, antwortet er. »Die Kanzlei konnte von Glück sagen, dass sie nicht Strafe zahlen musste, weil sie jemanden ohne Arbeitserlaubnis beschäftigt hat. Wäre ich nicht früher selbst bei der Polizei gewesen, hätten die bestimmt kein Auge zugedrückt.« Er zögert. »Es ist leider auch so, Claire, dass die Kanzlei ohnehin nicht mehr mit dir arbeiten wollte.«

»Wegen der fehlenden Papiere?«

Er schüttelt den Kopf. »Wir hatten eine Beschwerde. Von einem Anwalt namens Rick. Erinnerst du dich an den?«

Natürlich. *Dafür kriegt man in Seattle eine ganze Menge.* Als seine

Frau sich das Band anhörte, hielten sich Wut und Tränen die Waage.

»Ein paar Tage nach dem Auftrag hat der Typ eine eidesstattliche Versicherung abgegeben und uns angezeigt«, erklärt Henry. »Behauptete, nach dem Treffen in der Bar seist du mit ihm aufs Zimmer gegangen, hättest Sex mit ihm gehabt, die vereinbarten tausend Dollar eingestrichen und ihn erst danach bei seiner Frau angeschwärzt. Womit du natürlich eine Straftat begangen hättest, und wir wären deine Komplizen. Und seine Frau könnte das Filmchen im Scheidungsprozess nicht einsetzen.«

»Er lügt«, erwidere ich wütend. »Schau dir die Aufzeichnung doch an.«

»Haben wir getan«, entgegnet Henry fest. »Sie endet, als du ihm sagst, du klopfst in fünf Minuten an seine Tür. Dann hast du ausgeschaltet. Rick hat einen lückenlosen Zeitablauf geliefert, Claire, mitsamt Barquittungen und Zimmerschlüsseldaten. Du warst etwa zwei Stunden in diesem Hotel. Das reicht aus, um Ricks Geschichte zu erhärten.«

»Ich habe die Kamera ausgeschaltet, weil ich hatte, was ich brauchte«, sage ich. »Und zwei Stunden hat es gedauert, weil ich eine Stunde darauf gewartet habe, dass er von seinem Tisch aufsteht. Großer Gott, Henry, was soll das? Du weißt doch, dass ich so arbeite.«

»Ich weiß, dass du dich immer sehr intensiv auf deine Rolle eingelassen hast. Hab da nie viele Fragen gestellt, solange wir bekamen, was wir brauchten.«

»So etwas hätte ich nie gemacht«, sage ich tonlos. »Der Typ ist eklig. Ein totaler Widerling. Und er ist *Anwalt*. Der weiß doch ganz genau, was er erzählen muss, damit seine Frau die Aufzeichnung nicht benutzen kann.«

»Ich sage nicht, dass du getan hast, was er behauptet, Claire. Ich sage nur, dass es für die Kanzlei verdammt schwer war, diese Vorwürfe abzuschmettern. Danach war das Vertrauen zerstört, weshalb die mir auftrugen, jemand anderen zu suchen. Wenn du nicht gesagt hättest, dass du Geld für die Miete brauchst, hätte ich dich gar nicht mehr mit Stella Fogler zusammengebracht. Es war ein letzter Auftrag, um der guten alten Zeiten willen.«

Das ist alles so ungerecht, dass ich am liebsten in Tränen ausbrechen würde. »Okay, für deine Kanzlei kann ich also nichts mehr machen. Aber es muss doch irgendeine …«

Henry schüttelt den Kopf. »Lass es einfach. Du bist ein tolles Mädchen, und ich habe sehr gern mit dir gearbeitet. Und ich hoffe, dass wir uns nicht völlig aus den Augen verlieren. Aber diese Vorstellung ist endgültig zu Ende.« Er winkt dem Barkeeper. »Ich übernehme die Rechnung.«

# Fünfzehn

Zeit verstreicht. Drei Monate oder mehr.

Der Mord im Lexington Hotel erhitzt die Gemüter noch eine ganze Weile. In Bars und Büros wird darüber spekuliert. Dann wird ein Fernsehstar in einem Swingerclub gefilmt, der Lincoln Tunnel bleibt wegen Reparaturarbeiten geschlossen, und der Präsident schickt weitere Truppen in den Nahen Osten.

Die Leute wenden sich anderen Themen zu.

Jess' Vater gibt mir noch ein bisschen Aufschub wegen der Miete. Aber ohne die Jobs von der Kanzlei muss ich dennoch Dinge tun, die ich mir geschworen hatte, niemals zu machen. Die ich zu verdrängen versuche und von denen keiner von meinen Freunden etwas weiß.

Hauptsache, ich kann die Schauspielschule finanzieren.

# Teil zwei

# Sechzehn

Der Raum ist sonnendurchflutet. Wir liegen zu acht auf dem Boden, sternförmig, die Köpfe dicht aneinander, und starren zur Decke.

»Das ist ein altbewährtes Improspiel«, höre ich Pauls Stimme, irgendwo links von mir. »Es heißt: Die Geschichte erzählt sich selbst. Wir werden auf dem Boden einen Rhythmus klopfen. Und bei jedem Klopfen fügen wir der Geschichte abwechselnd ein weiteres Wort hinzu.«

»Wovon handelt die Geschichte?«, fragt jemand.

»Das weiß ich nicht. Genau darum geht es. Niemand weiß es. Die Geschichte ist schon da. Wir müssen sie nur rauslassen.«

Die Übungen werden allmählich schwerer. Paul hat uns tagelang Dinge falsch benennen lassen, damit wir spüren, wie sich das anfühlt. Er hat uns immer verrücktere Figuren entwickeln lassen: einen Handelsvertreter mit einem Koffer voller Pullover aus Giraffenwolle, einen Soldaten mit einem unsichtbaren Maschinengewehr. Dann mussten wir in der Rolle auf die Straße gehen und Passanten ansprechen. Zu meinem Erstaunen hatten die oft gar nichts dagegen, zuzuhören. Entweder werde ich überzeugender, oder New York wird mit dem Anstieg der Temperaturen zunehmend irrer.

Und bei jeder Übung ruft Paul uns die eine, die wichtigste Regel in Erinnerung: *Nicht spielen, sondern sein. In der Rolle handeln. Zu unserer Figur werden.*

»Und los«, sagt er jetzt und schlägt mit den Handflächen auf den Boden, in einem langsamen, steten Rhythmus. Wir anderen fallen nach und nach ein.

»Es«, sagt Paul.

Klopfen. »War«, sagt der neben ihm.

»Einmal.«

»Vor.«

»Langer.«

»Zeit.«

»Eine.«

Plötzlich bin ich dran. *Nicht denken, handeln.* Obwohl eigentlich für beides gar keine Zeit bleibt, denn der Rhythmus zwingt mich, das zu sagen, was mir als Erstes durch den Kopf schießt. »Prinzessin.«

Die Geschichte entwickelt sich, nimmt von Runde zu Runde Fahrt auf. Eine Art Märchen, über einen Prinzen, der sich in eine Statue in seinem Garten verliebt.

Den nächsten Durchgang gestaltet Paul schwerer. Wer zögert, fliegt raus. Und bei jeder Runde erhöht sich das Tempo. Wir sollen lernen, intuitiv aus dem Moment heraus zu handeln, erklärt er.

Und diesmal entsteht eine düstere, fantastische Geschichte über ein kleines Mädchen, das auf einem Friedhof mit Raben und Krähen lebt.

Einer nach dem anderen steigt aus und steht auf.

Bis auf mich.

Am Ende liegen nur noch Paul und ich auf dem Boden, im rechten Winkel wie die Zeiger einer Uhr. In rasendem Tempo klopfen wir auf den Boden, und die Worte strömen so schnell und flüssig, als hätte ich sie auswendig gelernt.

Ich bin beflügelt, inspiriert, fasziniert. Das Sprachrohr einer anderen Persönlichkeit. Es ist, als beherberge ich in mir einen Voodoogeist. Mein wahres Ich ausgelöscht, vernichtet durch eine Kraft, stärker als jeder Orgasmus.

Ich hab's kapiert. *Nicht denken.*

Schließlich verstummt Paul, und ich liege ein paar Sekunden still da, komme wieder zu mir, genieße den Augenblick.

Die anderen betrachten uns schweigend. Am Ende einer guten Übung wird normalerweise geklatscht. Ich hebe den Kopf und schaue um mich.

Da steht dieser Polizist. Detective Durban.

»Ms. Wright«, sagt er. »Claire. Ich würde Sie gern sprechen.«

Ich gehe mit ihm in die Cafeteria. An den anderen Tischen sitzen kleine Grüppchen von Studenten, reden oder arbeiten am Laptop.

Es ist zu heiß für Kaffee. Durban holt uns Cola light aus dem Automaten.

»Amerika«, murmle ich mit komischem Gurgelakzent vor mich hin. »Das Land ohne Kalorien.«

Durban lächelt nicht, und mir fällt auf, wie erschöpft er aussieht.

»Ich möchte Sie um Ihre Hilfe bitten, Claire«, sagt er abrupt.

»Natürlich, gerne, wenn ich kann. Worum geht's?«

»Wir befassen uns noch einmal mit der Sachlage beim Fogler-Mord. Gehen alle Aussagen erneut durch, um festzustellen, ob wir etwas übersehen haben.«

»Sie haben noch niemanden verhaftet, oder? Ich habe immer mal im Internet nachgesehen …«

Durban runzelt die Stirn. »Wir haben bereits viele potenziell Verdächtige ausgeschlossen, auch die hundertsechsundzwanzig Gäste, die in dieser Nacht im Lexington wohnten. Däumchen gedreht haben wir nicht.«

»Entschuldigung, ich wollte damit nicht sagen …«

»Wir haben uns allerdings hauptsächlich auf eine Person konzentriert«, fügt er hinzu.

»Den Ehemann«, sage ich. »Patrick.«

Durban äußert sich nicht dazu. »Erinnern Sie sich noch an die Einzelheiten Ihrer Unterhaltung mit Mr. Fogler?«

»Selbstverständlich.«

»Wir haben eine weitere Person im Team. Eine Profilerin. Ich möchte Sie beide zusammenbringen.«

»Klar, wenn Sie denken, das hilft … wann?«

»Am besten sofort.«

Ich werfe einen Blick Richtung Probenraum. »Ich bin aber mitten im Unterricht.«

»Es ist sehr wichtig, Claire.« Seine Stimme klingt härter.

»Es ist nur … ich weiß gar nicht, was ich Ihnen nützen kann. Das Gespräch zwischen Patrick Fogler und mir dauerte nur ein paar Minuten. Er war nicht an mir interessiert.«

Durban nickt. »Schon möglich. Aber weshalb ging er weg?«

»Was meinen Sie damit?«

»Als Sie versuchten, Fogler anzumachen, hatte er es eilig, wegzukommen, sagten Sie. Das gibt mir immer noch zu denken. Da er ja nur nach Hause wollte und glaubte, seine Frau sei verreist – weshalb hatte er es dann so eilig? Wieso brach er hastig ein Gespräch mit einer freundlichen jungen Frau ab, die sich mit ihm über französische Lyrik unterhalten wollte?«

»Vielleicht fand er mich langweilig.«

»Das ist eine Möglichkeit.«

»Gibt es noch eine andere?«

Durban antwortet nicht gleich. Ziemlich einseitiger Informationsfluss. »So oder so möchte ich, dass Sie mit dieser Profilerin sprechen.« Er beugt sich vor. »Ich habe Sie bislang noch nicht bei meinen Kollegen von der Einwanderung gemeldet. Aber dafür ist es nie zu spät.«

»Dann bleibt mir ja offenbar keine Wahl«, erwidere ich mit frostigem Lächeln.

»Das sehen Sie richtig«, bestätigt er.

Wir nehmen ein Taxi, Durban nennt eine Adresse in Union City in New Jersey. Der Fahrer schaltet die Aircondition aus, um Sprit zu sparen. Es ist der erste richtig heiße Maitag, und wir schwitzen heftig auf den Kunstledersitzen. Ich trage einen kurzen Rock und keine Strümpfe, und ab und zu bemerke ich, wie Detective Durban auf meine Oberschenkel schaut, bevor er dann rasch wieder aus dem Fenster blickt.

# Siebzehn

Wir halten vor einem hässlichen, gesichtslosen Bürogebäude, umgeben von weiteren Bauten dieser Art und leeren Parkplätzen. Die Fenster scheinen seit Jahrzehnten nicht geputzt worden zu sein, und die Fassaden sind schmuddelig grau.

Der Wachmann am Empfang verlangt, dass ich meinen Namen auf einer Liste eintrage. Keine Menschenseele begegnet uns, als wir einen langen stickigen Flur entlanggehen. Schließlich klopft Durban an eine Tür. Auf einem Schild steht Raum 508. Dr. KATHRYN LATHAM, FORENSISCHE PSYCHOLOGIN, ABFP.

»Herein«, sagt eine Frauenstimme.

Die Frau sitzt an einem Sperrholztisch und arbeitet am Laptop. Ich schätze sie auf Anfang oder Mitte sechzig. Ihre kurzen Haare sind so weiß, dass sie blond wirken, und sie ist eleganter gekleidet, als angesichts des Ambientes zu erwarten wäre.

Sie betrachtet mich mit forschendem Blick aus blauen Augen. »Claire Wright?«

»Claire Wright, Dr. Latham«, stellt Durban uns vor.

»Nennen Sie mich Kathryn. Setzen Sie sich. Sie haben sicher nichts dagegen, dass ich das Gespräch aufzeichne?«

Sie weist mit dem Kopf auf eine Wand, die aus dunklem reflektierendem Glas besteht – eine Art Einwegspiegel. Dahinter leuchtet rot das Anzeige-LED einer Kamera. Wie beim Casting straffe ich unwillkürlich die Schultern, bis mir klar wird, wie albern das ist.

»Gut«, sagt Dr. Latham. »Berichten Sie mir von Ihrer Begegnung mit Patrick Fogler.«

Ich erzähle alles, woran ich mich erinnere, und betone dabei, dass Patrick Fogler sich mir gegenüber einwandfrei benommen hat. Dr. Latham hört mit schief gelegtem Kopf zu, lässt mich nicht aus den Augen, schweigt. Als ich fertig bin, nickt sie. »Danke, Claire. Sie haben uns sehr geholfen.«

»Das war alles?«, frage ich überrascht.

»Ja. Sie können gehen.«

»Kathryn …«, wendet Durban ein, als habe er etwas anderes erhofft.

»Sie ist nicht die Richtige, Frank«, erwidert Dr. Latham entschieden.

Ich runzle die Stirn. »Die Richtige wofür?«

»Claire, würden Sie uns einen Moment allein lassen?«, sagt Durban. »Warten Sie bitte draußen auf dem Flur.«

Ich gehe raus, Durban schließt die Tür hinter mir. Dann höre ich zwar die Stimmen der beiden, kann aber, obwohl ich das Ohr an die Tür lege, kein einziges Wort verstehen.

Die Tür nebenan muss zu dem Raum hinter dem Spiegel führen. Ich öffne sie vorsichtig. Falls sich jemand darin aufhält, werde ich behaupten, die Toilette zu suchen. Aber der Raum ist leer bis auf einen Monitor und eine kleine Kamera auf einem Stativ. Der Ton ist laut gestellt, und ich kann die beiden deutlich hören.

DETECTIVE DURBANS STIMME … ihrem Unterricht. Sie ist gut. Eine exzellente Schauspielerin.

KATHRYN LATHAMS STIMME Mag ja sein. Das bedeutet aber noch lange nicht, dass sie so was hinkriegt.

DETECTIVE DURBANS STIMME Sie ist an der Pace University im Actors Studio. Ich hab gehört, die selektieren sehr stark. Und … sie ist attraktiv.

KATHRYN LATHAMS STIMME *(betont)* Ist sie das, Frank?

DETECTIVE DURBANS STIMME Klar haben wir weibliche Kolleginnen, die das übernehmen würden. Ich möchte nicht respektlos sein, aber hast du die mal *gesehen*? Ich glaube, dass Claire eine viel bessere Chance hätte, seine Abwehr zu durchdringen.

KATHRYN LATHAMS STIMME Hat beim letzten Mal auch nicht funktioniert.

DETECTIVE DURBANS STIMME Er hat ihr aber das Buch gegeben. Du selbst hast gesagt, dass das für ihn ein Zeichen von großer Intimität war.

Es entsteht eine Pause, während Kathryn Latham nachdenkt. Als sie weiterspricht, klingt sie eine Spur weniger entschieden.

KATHRYN LATHAMS STIMME Aber sie ist nicht bei der Polizei. Damit haben wir ein Sicherheitsproblem.

DETECTIVE DURBANS STIMME Wir wären sofort da, wenn was passiert. Und das Gute an ihr: Er kann sie nicht ausspionieren, weil sie kein Bankkonto und keine Sozialversicherungsnummer hat. Sie kann die Person sein, als die wir sie entwerfen.

Ich habe genug gehört. Gehe raus und marschiere, ohne anzuklopfen, in Lathams Büro.

»Ich mache es«, sage ich. »Was es auch ist. Aber ich muss dafür bezahlt werden.«

Ziemlicher Auftritt, aber Dr. Latham wirkt ungerührt. »Haben Sie überhaupt eine Ahnung, worüber wir reden?«

Ich zucke die Achseln. »Hab ein bisschen was mitgehört.«

»Es kann nicht schaden, es ihr zumindest zu erklären«, sagt Durban leise.

Dr. Latham betrachtet mich prüfend. »Also gut. Wir haben im Mordfall Stella Fogler einen Verdächtigen …«

»Ihren Mann.«

»Bitte unterbrechen Sie mich nicht. Wir haben einen Verdächtigen. Dieser Mann ist hochintelligent und äußerst diszipliniert. Er lässt sich durch nichts aus der Reserve locken. Nachdem alle anderen Methoden versagt haben, gibt es nun den Vorschlag, sich ihm mit einer verdeckten Ermittlung anzunähern.«

»Sie meinen … ihn in eine Falle locken?«

»Nicht *Ihre* Form von Falle«, antwortet Dr. Latham vernichtend. »Es würde sich dabei um eine hochkomplexe, psychologisch fundierte Operation handeln. Der Verdächtige würde veranlasst, diverse Aspekte seiner Persönlichkeit zu enthüllen, die dann mit meinem Profil von Stella Foglers Mörder verglichen werden könnten. Falls diese Aspekte übereinstimmen … nun, dann bestünde berechtigter Grund zur Annahme, dass der Verdächtige und der Mörder ein und dieselbe Person sind.«

»Wäre die Aufgabe gefährlich?«

»Selbstverständlich.«

»Sie wären aber verkabelt«, sagt Durban beschwichtigend. »Und wir hätten ständig Leute in der Nähe.«

»Wie viel Geld bekomme ich, wenn ich das mache?«

»Wer hier als Lockvogel arbeitet, könnte damit zufrieden sein, seine Bürgerpflicht erfüllt zu haben«, antwortet Dr. Latham frostig. »Eine Frau wurde *getötet*, Claire.«

»Wir könnten sicher trotzdem etwas zahlen«, fügt Durban hinzu.

»Ich will eine Greencard«, sage ich gedehnt. »Volle Bezahlung und eine Greencard.«

Durban schüttelt den Kopf. »Das geht nicht.«

»Sie haben selbst gesagt, dass Sie Freunde bei der Einwanderungsbehörde haben …«

»Es wird keine Greencard geben«, unterbricht mich Dr. Latham. »Weil die Operation nicht stattfinden wird. Sie machen gar nichts.«

Durban und ich starren sie an.

»Es sei denn, ich beschließe das«, fügt sie hinzu.

# Achtzehn

Ich unterschreibe ein paar Formulare, dann macht Dr. Latham einige psychologische Tests mit mir. Den Wechsler-Intelligenztest, den MMPI zur Ermittlung psychischer Störungen, die Psychopathie-Checkliste. Gibt mir Elektroden in die Hand und zeigt mir Bilder auf einem Monitor. Hunde, Babys, Wolken, dann plötzlich ein Messer, etwas Pornografisches, wieder Wolken.

Aber hauptsächlich reden wir.

»Warum sind Sie in New York City, Claire?«

»Warum nicht?«, erwidere ich achselzuckend.

Dr. Latham beäugt mich forschend. »Sie sind in einer Pflegefamilie aufgewachsen?«

»Ja, das stimmt.« Ich frage mich, woher zum Teufel sie das weiß.

»Haben Sie sich wohlgefühlt in der Familie?«

»Famil*ien*. Plural. Die wollten nicht, dass wir irgendwo heimisch werden. Und die Antwort ist nein.«

Dr. Latham wartet ab.

»Am längsten war ich bei Julie und Gary«, rede ich schließlich weiter. »Julie hatte eine leitende Stellung im Gesundheitswesen, Gary war im Marketing tätig. Von außen betrachtet sah alles nach glücklicher Familie aus, vor allem, wenn die Leute vom Jugendamt da waren. Ich war vielleicht elf, als ich merkte, dass die beiden sich eigentlich nicht besonders mochten. Aber sie saßen fest. Wenn sie sich scheiden ließen, würden sie ihren Nebenverdienst als Pflegeeltern verlieren. Zehntausend Pfund pro Jahr für jedes Kind, steuerfrei. Also machten die beiden weiter und versuchten, den Anschein aufrechtzuerhalten, dass alles in Ordnung sei.«

»Fahren Sie fort«, sagt Dr. Latham ruhig.

»Etwa ein Jahr später fiel mir auf, dass Gary mich plötzlich mit anderem Blick ansah. Wenn ich aus dem Badezimmer kam, lächelte er mich an, als hätten wir ein gemeinsames Geheimnis. Eines Tages hatte ich mich am Bein geschnitten, und ich weiß noch, wie er an meinen Beinen entlangstrich, um zu prüfen, wie schlimm es war. Und manchmal rieb er mir den Rücken … zu Anfang mochte ich das. War immerhin besser, als nicht beachtet zu werden. Jetzt verfügte ich offenbar über etwas, das mir Aufmerksamkeit verschaffte – etwas, das seine Frau nicht hatte. Erst nach einer Weile habe ich verstanden, was das war.

Er hat nie wirklich etwas *gemacht*. Nichts Ernsthaftes jedenfalls. Hat mich nur ein paarmal angegrapscht, als ich nicht aufpasste und mit ihm alleine war. Es wunderte mich jedenfalls nicht, als Julie ihn schließlich rausschmiss und er was mit einer Frau von seiner Arbeitsstelle anfing.«

Dr. Latham nickt. »Und Ihr Lockvogeljob für diese Anwaltskanzlei?«

»Was ist damit?«

»Wie *fühlten* Sie sich dabei?«, fragt Dr. Latham, und ich spüre, dass ihr diese Frage wichtig ist.

Ich zucke die Achseln. »Ein Scheißjob, mit dem ich die Miete zahlen konnte.«

»Mehr war das nicht für Sie, Claire?«

»Hören Sie«, sage ich, verärgert über ihre Hartnäckigkeit, »diese Frauen glaubten, wenn ihre Männer bereit sind, sich auf jemanden wie mich einzulassen, sind sie als Ehemann unbrauchbar. Aber in Wahrheit wird so gut wie jeder Mann in so einer Lage einen Versuch machen. So sind Männer eben.«

»Das ist aber eine sehr zynische Sichtweise. Vielleicht wollten diese Frauen ihren Partnern gerne vertrauen können.«

»Dann sollten sie es versuchen. Und nicht die Beziehung aufs Spiel setzen.« Ich schüttle den Kopf. »Männer denken mit dem Schwanz. Das ist nun mal so.«

»Alle Männer, Claire?«, fragt Dr. Latham ruhig. »Oder nur solche Männer wie Ihr Pflegevater?«

Ich starre sie an, weil mir gerade klar wird, worauf sie hinauswill.

»Die Lockvogelarbeit … da verhalte ich mich wie in meiner Jugend, oder?«

Tränen steigen mir in die Augen.

»Ich zerstöre Familien, so wie *meine* Familie zerstört wurde. Ich bestrafe diese Männer, weil für mich als Kind niemand da war. Kein Vater, der mich liebte. Nur ein widerwärtiger Perverser, der mich betatschen wollte.«

Eine Träne rollt mir übers Gesicht, ich wische sie weg.

Kathryn Latham hebt die Hände und applaudiert langsam und mit ironischer Miene. »Sehr gut, Claire. Das ist natürlich freudianischer Kokolores. Aber es beeindruckt mich, wie Sie sich auf meine unterschwellige Manipulation eingelassen und sie ausgebaut haben. Und die Tränen waren hübsches Beiwerk.« Sie reicht mir eine Schachtel Kleenex und hakt etwas auf ihrem

Block ab. »Okay. Weiter zu Ihrem Sexleben. Das wird einige Zeit in Anspruch nehmen, vermute ich mal.«

Schließlich stößt Detective Durban wieder zu uns und schaut Dr. Latham erwartungsvoll an.

»Also gut«, sagt sie sachlich. »Claire ist unsicher, impulsiv, verletzlich, emotional instabil, kann Ablehnung nicht verkraften, und obwohl sie sich angestrengt bemüht, es zu verbergen, giert sie nach Bestätigung wie ein Junkie nach der Fixe. Was soll ich sagen, Frank? Sie ist eben Schauspielerin. Andererseits ist sie sehr wach und aufmerksam, talentiert und mutig. Entgegen meiner vorherigen Einschätzung bin ich der Meinung, dass man es tatsächlich mit ihr versuchen könnte.«

# Neunzehn

Dr. Latham nimmt mich im selben Gebäude mit in einen leeren Sitzungsraum, in dem auf den Tischen noch jede Menge Kabel herumliegen.

»Vor acht Jahren wurde Patrick Fogler im Zusammenhang mit dem Verschwinden der Prostituierten Constance Jones verhört«, sagt Dr. Latham und zeigt mir auf einem Bildschirm ein Foto von einer jungen Schwarzen. Trotzig starrt die Frau in die Kamera, und ich merke, dass es sich um ein Polizeifoto handelt. »Jones wurde zuletzt gesehen, als sie in ein Auto stieg, das dem von Fogler glich. Aber der Zeuge hatte sich das Kennzeichen nicht gemerkt, und es gab keinerlei Beweise. Constance wurde nie gefunden. Fogler behauptete, unschuldig zu sein, und es kam nie zu einer Anklage.«

Ein weiteres Polizeifoto erscheint auf dem Bildschirm.

»Vier Jahre später wurde die Leiche einer anderen Prostituierten auf einem verlassenen Grundstück unweit der Universität von Massachusetts gefunden, an der Fogler damals lehrte. Die Frau war enthauptet worden, Kopf und Körper lagen getrennt voneinander. Wiederum gab es keinerlei Beweise, die Fogler mit dem Verbrechen in Verbindung bringen konnten.«

»Aber wenn es keine Verbindung gab …«, wende ich ein.

Dr. Latham hält den Zeigefinger hoch. »Bis auf eine Sache. Die aber so nebensächlich und dürftig ist, dass man sie vor Gericht niemals verwenden könnte.«

Sie reicht mir ein Buch, und ich erkenne sofort den Gedichtband wieder, den Patrick mir gegeben hatte. *Die Blumen des Bösen. Übertragen von Patrick Fogler.*

»Seite sechsundfünfzig«, sagt Dr. Latham. »Würden Sie bitte mal die markierten Stellen vorlesen?«

Verwundert folge ich ihrer Aufforderung.

ICH Da lässt auf seidnen Pfühl sein rotes Blut entfließen
Ein Leichnam ohne Haupt
…
…
Der Rumpf ruht auf dem Bett. Nackt, sorglos hingegeben
Enthüllt er ohne Acht
Den unheilvollen Reiz, den ihm Natur gegeben …

Ich verstumme. Jetzt weiß ich, warum ich dieses spezielle Gedicht vorlesen sollte: *Ein Leichnam ohne Haupt* … Als ich ein Klicken höre, schaue ich auf. Dr. Latham zeigt weitere Fotos – absolut grauenhafte Bilder, so schlimm und grotesk, dass ich den Blick abwenden muss. Doch ein Bild hat sich mir bereits eingeprägt. Ein abgetrennter Frauenkopf, umgeben von dicken Kirchenkerzen. Große Kreolen hängen noch in den Ohrläppchen, die Augen sind halb geschlossen, man sieht den grünen Lidschatten. Die Miene ist entrückt und ergeben.

»Bitte fahren Sie fort«, sagt Dr. Latham ruhig.

Widerstrebend hebe ich das Buch und lese ein Stück weiter hinten weiter.

ICH Hat der rachsüchtige Mann, des nimmersatte
Triebe Du lebend nicht gestillt,
Auf deinen toten Leib das Übermaß der Liebe
Gehäuft und angefüllt?

Meine Kehle ist wie ausgetrocknet, und ich sage: »Aber das beweist doch nicht, dass es Patrick war, oder?«

»Ganz genau«, erwidert Dr. Latham tonlos. »Es beweist nicht das Geringste.«

»Und Stella? War sie … wurde sie auch so getötet?«

»Dazu kommen wir noch. Jedenfalls traf Patrick kurz vor ihrem Tod eine junge Frau in einer Bar. Sie hatte sich sein Buch angeschaut und es aufgeklappt auf den Tisch zurückgelegt. Wissen Sie das noch?«

Ich nicke.

»Würden Sie diese Seite bitte jetzt aufschlagen?«

Das Gedicht, das Patrick Fogler an jenem Abend gelesen hatte, heißt *Der Wein des Mörders:*

*Mein Weib ist tot, und ich bin frei!*
*Nun trink ich, bis ich nicht mehr kann.*

»Betrachtet man Patricks Vergangenheit«, sagt Dr. Latham jetzt, »stellt man fest, dass an jedem Ort, an dem er gelebt hat, junge Prostituierte verschwunden sind. Nicht viele, nur eine oder zwei pro Jahr. Was nicht ausreichte für Schlagzeilen … wen interessieren schon ein paar tote Crackhuren, nicht wahr? Aber es reichte aus, um ein Muster erkennbar zu machen. Die Leichen wurden selten gefunden. Falls sie jedoch auftauchten, waren sie auf eine Weise übel zugerichtet, die auf jeweils ein anderes Gedicht aus *Die Blumen des Bösen* anspielte.« Weitere Bilder erscheinen auf dem Bildschirm, entsetzliche, grausame Bilder. »Shanice Williams. Siebenmal ins Herz gestochen. In dem Gedicht *Einer Madonna* schildert Baudelaire, wie das lyrische Ich der Geliebten sieben Schwerter ins Herz stößt. Jada Floyd. Ihre Brüste waren aufgeschlitzt. Das bezieht sich auf ein Gedicht, in dem Baudelaire beschreibt, wie manche Männer ›an den Brüsten gealterter Mätressen‹ saugen und sie auspressen wie ›dürre Früchte‹. Sagen Sie Bescheid, wenn Sie genug gehört haben.«

»Ich habe genug gehört.«

Dr. Latham spricht unbeirrt weiter. Es kommen noch mehr Fotos. »Jasmine Dixon, deren Bauch auf eine Weise aufgeschnitten war, wie in dem Gedicht *Ein Aas* beschrieben. Imani Anderson, deren Kopf brutal geschoren war wie in einem Gedicht, in dem Baudelaire die schwarze Lockenpracht seiner Geliebten schildert. Precious Coleman wurde die Milz durchstochen, ebenso Annie Washington – Baudelaire hatte mehrere Gedichte mit dem Titel *Spleen* verfasst, was sowohl ›Schwermut‹ als auch ›Milz‹ heißen kann. Und das sind nur die Opfer, die *gefunden* wurden.« Dr. Latham klickt auf die Fernbedienung, und der Bildschirm wird dunkel – eine Gnade. »Dann, nachdem Patrick vor vier Jahren Stella geheiratet hatte, gab es keine weiteren Morde dieser Art mehr.«

»Warum?«, frage ich, sowohl aus Neugierde als auch, um mich von den grausamen Bildern abzulenken.

»Vielleicht wollte er sich ändern. Oder er war verliebt. Kann auch sein, dass er nur die Leichen besser versteckt hat. Dass es keine Morde mehr gegeben hat, ist jedenfalls ein weiterer möglicher Hinweis, der Fogler mit diesen Fällen in Verbindung bringt.« Dr. Latham beugt sich vor und sieht mich eindringlich an. »Es geht hier nicht nur darum, Stella Foglers Mörder zu überführen, Claire, sondern darum, einen *Soziopathen* zu fassen. Deshalb ist die Aufgabe auch so gefährlich.«

»Was soll ich denn genau tun?«

»Das weiß ich nicht im Detail. Ich kann Ihnen nur sagen, wer Sie *sein* sollen.«

»Eine Improvisation.« Mein Herz schlägt schneller.

»Ja … nur dass die Leichen nach der Vorstellung nicht aufstehen und sich verbeugen werden. Sie müssen sich klarmachen, Claire, dass Sie mir mehr vertrauen müssen als jedem Regisseur oder Lehrer, mit dem Sie bislang gearbeitet haben. Und ich mache keinen Hehl daraus, dass ich noch immer Vorbehalte habe, Sie auf diese Aufgabe anzusetzen.«

»Aber es könnte doch auch alles Zufall sein. Vielleicht ist Patrick Fogler unschuldig.« Es gelingt mir einfach nicht, diese entsetzlichen Fotos mit dem sympathischen Intellektuellen in Verbindung zu bringen, den ich in der Bar getroffen habe.

»Ja, sicher. Wir müssen bei der gesamten Operation von dieser Annahme ausgehen, um objektiv zu bleiben.« Dr. Latham fixiert mich. »Aber ich will Ihnen Folgendes sagen: Ich arbeite seit über sechs Jahren an dieser Mordserie. Und die meiste Zeit war ich überzeugt davon, dass Patrick Fogler der Täter ist.«

# Zwanzig

Nach einer schlaflosen Nacht, in der ich von Grauen und Zweifeln heimgesucht werde, sitze ich am nächsten Morgen wieder in Dr. Lathams Büro und fülle weitere Formulare aus. Sie steht neben mir und sieht mir zu.

Zahllose Einverständniserklärungen.

Dass ich auf Versicherungsansprüche verzichte, falls mir etwas zustößt. Dass ich einverstanden bin, überwacht zu werden. Dass ich über alles Stillschweigen bewahre. Dann Formulare, in denen ich bestätige, im Vollbesitz meiner geistigen Kräfte gewesen zu sein, als ich die anderen Formulare unterzeichnete. Formulare, in denen ich erkläre, aus freiem Willen unterzeichnet zu haben und im Wissen darum, dass die verdeckte Ermittlungsarbeit mein Leben, meinen Beruf, meine psychische Gesundheit gefährden oder zerstören kann.

Ich unterschreibe alles schnell, ohne es genau zu lesen.

»Willkommen im Trainingslager. Jetzt gehört Ihr Arsch mir«, knurrt Dr. Latham. Keine Ahnung, aus welchem Film das sein soll, aber es verfehlt seine Wirkung nicht. Es gelingt mir nicht zu lächeln.

In einem anderen Sitzungsraum in dem Gebäude wird mein Training fortgesetzt.

»Sehen wir uns doch mal ein paar Bestien an«, sagt Dr. Latham und drückt auf eine Fernbedienung. Der Raum wird dunkel.

Sie geht auf und ab und verdeckt dabei das Gesicht, das jetzt auf dem Bildschirm erschienen ist.

»Das ist Peter Kürten, bekannt als ›Der Vampir von Düsseldorf‹. Seine Frau hatte dem Polizeipsychologen berichtet, sie hätten ein ganz normales Sexleben gehabt. Kürten dagegen sagte dem Psychologen, er habe sich jedes Mal beim Sex vorgestellt, seine Frau zu erdrosseln. Die hatte also keinerlei Ahnung von seinen wahren Gefühlen. Hier sehen Sie seine Opfer, wie sie aufgefunden wurden.«

Als ich wieder hinschauen kann, sind die nächsten Täterfotos zu sehen.

»Béla Kiss bewahrte seine Opfer in leeren Metallbehältern auf … Hans van Zon, wie viele Serienmörder war er charmant, gut aussehend und außerordentlich charismatisch. Er ermordete unter anderem seine Freundin und hatte Geschlechtsverkehr mit der Leiche. Auch diese Frau hatte keine Ahnung, was wirklich im Kopf des Mannes vorging.«

Und so geht es immer weiter, eine schreckliche Litanei des Bösen.

»Ich erzähle Ihnen das nicht, um Ihnen Angst zu machen«, sagt Dr. Latham gelassen. »Sondern weil wir durch die Beschäftigung mit diesen Fällen das Verhalten von Serienmördern besser einschätzen können. Wie ein Mörder zum Beispiel den Tatort hinterlässt, gibt uns Aufschluss über seine Persönlichkeit, seinen Intelligenzgrad, seine Beziehungen, sogar über die Art von Auto, die er fährt.« Dr. Latham hält einen dicken Aktenordner hoch. »Hier drin ist alles, was wir über den Mann wissen, der diese Prostituierten ermordet hat. Ich warne Sie: Das ist keine leichte Lektüre. Dennoch müssen Sie sich ausführlich damit beschäftigen, denn Ihr Leben hängt vielleicht davon ab.«

»Nennt man so etwas ein Täterprofil?«, frage ich, als ich den Ordner entgegennehme.

»Das ist ein Teil davon, ja. Es gibt aber auch noch mehr Fotografien, Fallgeschichten, Exzerpte aus der Fachliteratur … Unsere Arbeit gleicht ein wenig dem Entschärfen einer Bombe. Bevor man an irgendwas zieht, sollte man wissen, wodurch der Zünder ausgelöst wird.«

»*Falls* Fogler schuldig ist.«

Dr. Latham betrachtet mich nachdenklich. »Wir haben Ihnen noch nicht gesagt, wie Stella Fogler getötet wurde, nicht wahr?«

Ich schüttle den Kopf. »Aber ich weiß, dass das Zimmermädchen sehr verstört war über die brutale Tat.«

»Die Polizei hat die Details nicht an die Öffentlichkeit gegeben, um Trittbrettfahrer zu vermeiden.« Dr. Latham hält einen Moment inne. »Und offen gestanden auch, um die Menschen nicht zu beunruhigen.« Sie greift nach der Ausgabe von *Die Blumen des Bösen* und reicht mir das Buch. »Seite zweiundachtzig.«

Das Gedicht auf dieser Seite trägt den Titel *An sie, die allzu froh.*

»Lesen Sie bitte vor. Nur die letzten drei Strophen.«

Obwohl das jetzt nicht nötig wäre, gebe ich mir Mühe, achte auf Klang und Rhythmus. Aber als mir die Bedeutung klar wird, gelingt es mir nicht mehr, und zum Ende hin klingt meine Stimme flach und tonlos.

ICH

So möcht' ich einst zur Nacht,
Wenn der Wollust Stunden klingen,
Zu deinen Schätzen dringen,
Ein Feigling zu dir kriechen stumm und sacht.

Dich züchtigen, du Gesunde,
Zerpressen deine Brust,
Ins blühende Fleisch voll Lust
Dir schlagen eine breite, tiefe Wunde.

Und – Wollust unerhört! –
Durch dieser Lippen reine
Giess' ich das süsse, feine,
Mein schändlich Gift, das,
Schwester, dich zerstört.

»Stella Fogler wurde mit einer Lampe erschlagen«, sagt Dr. Latham sachlich und zeigt mir weitere Fotos. Ich erkenne das Hotelzimmer. Stella Fogler liegt auf dem Bett. Ihre nackten Beine sind mit Blutergüssen übersät. Dann kommt eine Großaufnahme von Stellas Kopf, umgeben von einem dunklen Heiligenschein aus schwarzem Blut. Unwillkürlich schrecke ich zurück.

»Der Zustand des Zimmers weist auf einen Kampf hin«, fährt Dr. Latham fort. »Weil auch das Geld verschwunden war, ging die Polizei zunächst von einem misslungenen Raubüberfall aus. Doch es gab von Anfang an Details, die zu dieser Theorie nicht passten. Dass die Leiche zum Beispiel mit einem Laken bedeckt wurde. So etwas tun Raubmörder nicht. Die hauen so schnell wie möglich ab.«

»Aber wer tut so was?«, frage ich. »Und warum?«

Dr. Latham zuckt die Achseln. »Es könnte eine Geste der Achtung sein. Eine respektvolle Abschiedsgeste. Vielleicht konnte der Täter auch nicht ertragen, von den leblosen Augen angestarrt zu werden.« Sie drückt auf die Fernbedienung, eine Aufnahme von einer langen klaffenden Schnittwunde an Stellas Bein erscheint. »Was auch nicht ins Bild eines Raubmords passt, ist dieser tiefe Schnitt am rechten Oberschenkel, der vermutlich post mortem durch ein zerbrochenes Weinglas verursacht wurde. Die Wunde entspricht der Beschreibung in dem Gedicht, was die Polizei natürlich damals noch nicht wusste.«

Sie klickt das nächste Bild an. »Man ließ jedoch von dieser eigenartigen Wunde Abstriche machen, und das war ein Glück, denn sie erbrachten den bislang wichtigsten Hinweis. In der Wunde wurden Spuren von Nonoxynol 9 gefunden, einem Tensid, das in Kondomen vorkommt.« Dr. Latham zögert einen Moment, spricht dann weiter. »In der Bar, in der Sie Patrick getroffen haben, gibt es auf der Männertoilette einen Kondomautomaten. Sie haben uns berichtet, dass Patrick, kurz bevor Sie mit ihm ins Gespräch kamen, den Barkeeper um Kleingeld bat. Das bestätigt auch Ihre Videoaufnahme.«

Diese Aussage – makaber, grauenhaft, widerwärtig – trifft mich völlig unvorbereitet. Das Gedicht, dessen abscheuliche Bedeutung in blumigen Worten verborgen ist. Die Fotos, Dr. Lathams schockierende Erklärung. Die furchtbare Schändung der Leiche.

*Das war er nicht. Ausgeschlossen. Zu so etwas ist er nicht imstande,* beharrt eine Stimme in meinem Kopf. *Ich mochte ihn. Er ist* nett und sympathisch*, um Himmels willen.*

Als Schauspieler lernen wir, unserer Intuition zu vertrauen, da sie oft das Einzige ist, womit wir arbeiten können. Aber ich begreife jetzt, was Dr. Latham mir mit ihrer Lektion vermitteln will. *Wie viele Serienmörder war er charmant …* Dr. Latham will mir zeigen, dass die Intuition im Umgang mit solchen Menschen versagen kann.

»Aber … warum?«, bringe ich mühsam hervor. »Stella Fogler war doch keine Prostituierte. Warum wurde sie überhaupt getötet?«

»Das wissen wir eben nicht. Vielleicht wusste sie Bescheid über die anderen Frauen. Vielleicht hat er gemerkt, dass sie ihn verlassen wollte, und er war nicht bereit, das zu akzeptieren. Aber vielleicht konnte er sich auch einfach nicht mehr beherrschen.«

Ich denke wieder an Stella Foglers Worte.

STELLA Ich dachte, wir könnten ihn vielleicht irgendwie festnageln. Damit er mich nicht mehr verfolgt.

Kein Wunder, dass sie Angst hatte, wenn sie ihren Mann für einen Mörder hielt. Hatte sie womöglich sogar erwartet, dass er mir gegenüber gewalttätig sein würde? Dass die Aufnahme später den Beweis erbringen würde? Ich hatte geglaubt, dass ich lediglich die Untreue ihres Mannes beweisen sollte. Aber hatte Stella Fogler an jenem Abend ein weitaus düstereres und verzweifelteres Spiel inszeniert?

»Dass dieser Mord nicht dem bekannten Muster entspricht«, redet Dr. Latham weiter, »macht ihn besonders interessant. In den anderen Fällen war die Tat sorgfältig geplant worden, dieser Mord dagegen wirkt spontan, sogar hastig. Das könnte auf Leichtfertigkeit durch Selbstüberschätzung hinweisen. Oder sogar darauf, dass der Täter irgendwie unter Druck stand.« Dr. Latham schaltet den Bildschirm aus. »So oder so ist es ein gutes Zeichen. Es weist nämlich darauf hin, dass er anfängt, Fehler zu machen.«

# Einundzwanzig

Patrick Fogler klopft an die Tür der Terrace Suite.

»Wer ist da?«, ruft Stella Fogler vorsichtig.

»Zimmerservice.«

»Ich habe nichts bestellt.«

Keine Antwort. Ungeduldig geht Stella zur Tür und öffnet. »Sie haben eine falsche …«

Patrick drängt sich an ihr vorbei. »Hallo, Liebling. Erwartest du Besuch?«

»Patrick, bitte. Es ist nicht so, wie es scheint …«

Fogler lässt eine Tasche auf den Boden fallen, die ein seltsames dumpfes Geräusch macht, und schaut zu Dr. Latham hinüber. »Schlage ich sie jetzt?«

»Vermutlich. Du musst jedenfalls Kontrolle über die Situation bekommen.«

Frank Durban nickt. Wieder in der Rolle, schüttet er den Inhalt der Tasche auf den Boden. Metallketten, Handschellen und Stoffstreifen für Knebel fallen heraus.

»Ich würde schreien«, wende ich ein.

»Nicht unbedingt. Sosehr man vielleicht glauben möchte, dass man Widerstand leisten würde … in Wirklichkeit sind die meisten Opfer gelähmt durch eine Mischung aus Zögern und Fassungslosigkeit. Außerdem: Wenn Patrick Sie geschlagen hätte, stünden Sie unter Schock. Und das würde er nutzen, um Sie zu fesseln.«

Frank deutet einen Schlag an, dreht mich dann herum und legt mir Handschellen an. Sein Griff ist hart und zwingend. Ich spüre Franks Kraft und wimmere.

»Entschuldigung«, sagt er und lässt lockerer.

»Keine Handschellen«, wirft Dr. Latham ein. »Sie hätten Spuren hinterlassen, die man bei der Autopsie gefunden hätte. Die ganze Szene noch mal, diesmal ohne Handschellen.«

In einem Restaurant in der Nähe unterhalten wir uns später beim Tagesgericht über Sexualmorde.

»Sie müssen sich eins klarmachen, Claire: Unser Täter ist kein Sadomasochist nach moderner Auffassung. Es läge allerdings nahe, dass er sich in der BDSM-Szene bewegt, weil es da Übereinstimmungen mit seinen Themen gibt. Dort wird Bondage eingesetzt, um sexuelle Lust zu erzeugen, er jedoch würde es nutzen, um seine Ziele zu erreichen: Erniedrigung, Demütigung, Kontrolle. Macht über Leben und Tod eines Menschen.«

Der Kellner gießt uns Wasser nach und wirft mir ein Lächeln zu. Dr. Latham achtet nicht darauf und spricht weiter.

»Die BDSM-Szene ist tatsächlich sehr interessant. Warum erfreuen sich diese Praktiken heutzutage so großer Beliebtheit? Früher nahm man an, Menschen, die sich gerne auspeitschen lassen, seien in ihrer Kindheit geschlagen worden – *le vice anglais*. Doch seltsamerweise ist es die Star-Trek-Generation, die in ihrer Kindheit wohl eher selten geschlagen wurde, die jetzt mit Dominanz und Unterwerfung experimentieren möchte.«

Der Kellner bleibt stehen und hört fasziniert zu.

»Eine mögliche Antwort wäre, dass abweichendes Verhalten einfach die Kehrseite von Liberalität ist. Wenn Menschen erst einmal glauben, dass sie ein Recht darauf haben, ihre Ziele unter Missachtung sozialer Normen anzustreben, wird sich immer eine kleine, aber anwachsende Gruppe an den Rändern herausbilden, die meint, auch ihren dunkelsten, abseitigsten Bedürfnissen nachgeben zu dürfen. Unser Mörder sieht sich vielleicht sogar als romantischen Antihelden und nicht als ein gefährliches, perverses Individuum, dem man Einhalt gebieten muss.«

Nachmittagssitzung. Dr. Latham, Frank Durban und ich stehen vor je einem Whiteboard.

»Okay«, sagt Dr. Latham. »Ich bin der Mörder. Frank, du übernimmst Fogler.« Sie wirft Frank einen Marker zu.

»Was soll ich machen?«, frage ich.

»Noch nichts. Aber wenn Frank und ich beide das gleiche Wort auf unsere Boards schreiben – wenn es also eine Übereinstimmung gibt –, dann notieren Sie bitte dieses Wort auch auf Ihrer Tafel.«

»Er ist auf jeden Fall intelligent«, sagt Frank und schreibt HOHER IQ auf seine Tafel.

»Gilt auch für mich«, sagt Dr. Latham. »Das ist Ihre erste Übereinstimmung, Claire.«

»Und er ist interessiert an all diesem morbiden dekadenten Scheiß.«

Dr. Latham nickt. »Bei mir auch.«

Folgsam schreibe ich HOHER IQ und BAUDELAIRE. Bald ist meine Tafel voller Wörter, und Dr. Latham kommt zu mir und kreist die wichtigsten ein.

»Daraus werden Sie Ihre Figur entwickeln. Aus den Schwächen, die ihn anziehen. NAIV, um an seinen Kontrollzwang zu appellieren. VERLETZLICH, um seine räuberischen Instinkte zu wecken. GEHEIMNISVOLL, um seine Neugier zu erregen …« Lathams Stift quietscht auf der weißen Plastikfläche.

»Wenn er aber alles zwanghaft kontrollieren muss, wieso sollte er sich dann auf Claire einlassen?«, wendet Frank ein.

»Weil er einsam ist. Er wird spüren, dass er eine Schwelle überschritten hat, die ihn von anderen Männern trennt. Wenn ich richtigliege, dann wird er die Gelegenheit willkommen heißen, mit einer Person in Kontakt zu treten, die seine Neigungen teilt.«

»Als Sexpartnerin? Oder als potenzielles Opfer?«

»Ich bin mir nicht sicher, ob er da einen Unterschied sieht«, antwortet Dr. Latham.

»Ich glaube schon«, sage ich langsam.

Beide schauen mich an.

»An diesem Abend in der Bar sprach Patrick darüber, dass Baudelaire Frauen in zweierlei Typen unterschied: die Vénus Blanche und die Vénus Noire. Offenbar erzählte Baudelaire gerne der Weißen Venus von den Dingen, die er mit der Schwarzen Venus machte, fast als wolle er ihr Einverständnis. Und Sie sagen doch, dass unser Mörder hauptsächlich Prostituierte tötet. Vielleicht wünscht er sich jemanden, mit dem er all das teilen kann … all diese schrecklichen Dinge, die er den anderen Frauen angetan hat. Jemanden, mit dem er ehrlich sein kann.«

Dr. Latham zeigt mit ihrem Marker auf mich.

»Das ist gut, Claire«, sagt sie. »Sehr, sehr gut.«

Schwungvoll schreibt sie auf die Tafel SEELENGEFÄHRTIN.

# Zweiundzwanzig

## Willkommen bei Gruft.com

Dies ist eine Website nur für Mitglieder und Erwachsene, deren Fantasien sich um Power Exchange und Dominanz ranken. Sie enthält Material, das für die meisten Menschen anstößig ist. Wir entschuldigen uns nicht dafür, wie wir sind, warnen Sie aber hiermit ausdrücklich vor den Inhalten dieser Website.

Ich melde mich an, warte, bis eine Maske zum Ausfüllen erscheint. Einige Minuten später zeigt mir ein Piepsen an, dass meine Mitgliedschaft aktiviert wurde.

Vorher hatte Dr. Latham mir einen Zettel gegeben. »Ihre heutige Aufgabe ist diese Website. Finden Sie so viel wie möglich über die Leute heraus, die diese Seite nutzen. Reden Sie mit denen, Claire. Versuchen Sie rauszukriegen, wie die drauf sind.«

»Aber werden die nicht auch über mich Bescheid wissen wollen?«

»Doch, natürlich. Deshalb sollten Sie sich Ihre Geschichte zurechtlegen.« Dr. Latham schaut auf ihre Uhr. »Ich komme später wieder vorbei, um zu sehen, wie Sie klarkommen.«

Ich gebe beim Login mein Passwort ein und bin drin. Die Website ist in unterschiedliche Bereiche aufgeteilt: *Fotos, Fantasien, Foren.* Eine Nachricht erscheint:

*Hallo, du bist neu. Lege dir ein Profil an. Vielleicht möchtest du lesen, was andere neue Mitglieder über sich mitgeteilt haben. Du kannst dich auch direkt in den Foren vorstellen.*

Was soll ich schreiben? Ich wünsche mir unwillkürlich, Dr. Latham wäre hier, um mir zu helfen. Dann wird mir klar, dass die Psychologin mich vorsätzlich in dieser Situation alleine lässt. Ich soll meine ersten kleinen Schritte unternehmen als die Figur, die wir erschaffen wollen.

›Hi, ich bin Claire. 25 Jahre alt, Britin, lebe in New York.‹

Ich hole tief Luft.

›Ich weiß nicht, ob ich jemals mutig genug wäre, meine Fantasien in die Realität umzusetzen. Aber ich würde gerne Erfahrungen, Träume und Gedanken mit anderen Mitgliedern austauschen.‹

Binnen Sekunden bekomme ich drei Reaktionen.

›Hi, Claire. Gefällt dir das Bild?‹

Ich zucke zusammen, als ein Foto erscheint. Es ist grässlich, sieht aber so gefälscht aus, dass es letztlich nicht bedrohlicher ist als ein Cartoon. Ich antworte:

›Nein, eher nicht.‹

Die zweite Reaktion ist ausführlicher. Der Typ – er nennt sich ›Die Bestie‹ – schreibt, dass er mich würgen möchte. Dass er mich um Gnade flehen hören möchte. Und betteln um mehr. Ich schreibe:

›Für jemanden, der gerade erwürgt wird, rede ich aber ziemlich viel.‹

Die dritte Person schreibt: ›Lasst sie in Ruhe, ihr Idioten. Claire, erzähl uns doch einfach, was dich zu dieser Website führt.‹

Eine Stunde später habe ich schon neue Freunde: Victor, der den dritten Text geschrieben hatte, Carrie, Satansbraten, Beethoven und Der Marquis.

›Beim BDSM ist Eleganz alles. Es ist nicht befriedigend, jemand Devoten zu verschnüren und in den Bauch zu treten. Der versierte Top gewinnt schon viel Lust daraus, eine Stellung oder Tätigkeit zu ersinnen, in der bereits die kleinste Bewegung exquisiten Schmerz bereitet.‹

Das schreibt Beethoven. Carrie fügt hinzu:

›Sehe ich genauso. Eines meiner Lieblingstoys ist ein simples Holzbrett, auf die Kante gestellt und gerade so weit angehoben, dass man es nicht mehr bequem zwischen die Beine nehmen kann. Mein Bottom muss sich dazu ganz weit auf die Zehenspitzen stellen.‹

Ich schreibe: ›Was meinst du mit Bottom? Tut mir leid, aber das verstehe ich nicht.‹

Victor antwortet: ›Damit ist nicht ihr Gesäß gemeint, Claire, sondern ihre devote Partnerin.‹

Diese Welt hat ebenso einen eigenen Jargon wie das Theater, merke ich schnell. Mir wird ganz schwindlig vor lauter Abkürzungen und schließe kurz die Augen. Bei einigen Abkürzungen bin ich mutig genug nachzufragen, kapiere teilweise aber trotzdem nicht viel mehr. Bei Gesprächen über Brustklammern, Wartenbergräder, Topspace oder Ponyplay komme ich endgültig ins Schlingern.

Carrie schreibt: ›Deine Naivität ist reizend, Claire. Möchtest du dich nicht mal in echt treffen?‹

Victor schreitet ein. ›Lass sie in Ruhe, Carrie. Claire ist heute eindeutig als interessierte Beobachterin bei uns.‹

Ich merke, dass ich Victor sympathisch finde; er scheint sich als mein Führer durch diese fremde Unterwelt zu begreifen.

›Du meinst, erst mal gucken, bevor man kauft?‹

Carrie klingt spöttisch. Ich antworte:

›Eher gucken, bevor man den Sprung wagt. Und ich bin übrigens nicht völlig unbeleckt. Jemand, den ich geliebt habe, stand total darauf. Aber damals war ich noch sehr jung. Zu jung vermutlich.‹

Schon während ich tippe, spüre ich, dass das eine gute Idee ist, dass es eine passende Vergangenheit für Patricks Claire ist.

›Was ist aus dem geworden, Claire?‹

›Er ist leider gestorben, bevor er mir viel zeigen konnte.‹

Eine tragische Vorgeschichte. Erklärt meine Affinität zu dieser Welt, aber zugleich auch die Scheu davor.

Dr. Latham hatte recht. Allmählich taste ich mich an die Figur heran, die ich sein soll. Sie besteht nicht mehr aus Vokabeln auf einem Whiteboard, sondern entwickelt sich zu einem lebendigen Menschen.

Es ist schon nach Mitternacht, als ich mich auslogge. Meine Augen brennen, meine Handgelenke tun vom Schreiben weh.

Als ich an Dr. Lathams Büro vorbeigehe, ruft sie mich. Sie sitzt immer noch am Schreibtisch, umgeben von Papierstapeln.

»Sie arbeiten lange, Claire.«

»Sie auch.«

»Ich hab was für Sie.« Dr. Latham hält einen Umschlag hoch. »Überstunden bezahlen wir nicht. Aber wir zahlen. Ihr erster Wochenlohn.«

»Ist das ein Scheck? Ich habe kein Konto in den USA …«

»Das wissen wir. Keine Sorge, es ist Bargeld.«

Als ich den Umschlag in Empfang nehme, fällt mein Blick auf den Monitor. Dr. Latham verkleinert das Bild rasch, aber ich habe bereits gesehen, was da stand.

*Claire Wright. Persönlichkeitsprofil.*

# Dreiundzwanzig

*Wer sind Sie?*
Mein Name ist Claire Wright.

*Woher kommen Sie?*
Ich bin in Ferry Springs bei Boise geboren. Als ich zehn war, starb mein Vater bei einem Autounfall, bei dem vier Menschen ums Leben kamen. Er hatte den Wagen gefahren. Meine Mutter hat nie wieder geheiratet. Ich hatte, glaube ich, immer eine Schwäche für ältere Männer, für interessante Autoritätspersonen, die mir die Welt erklären konnten.

*Erzählen Sie weiter.*
Ich hatte die üblichen ersten Freunde an der Schule. Zum ersten Mal Sex hatte ich mit fünfzehn und danach gleich ziemlich oft. War mit ein paar vermeintlich verwegenen Typen zusammen, aber die wirkten eben bloß wild und waren es gar nicht. An der Oberschule hatte ich dann eine Affäre mit einem meiner Lehrer. Er war verheiratet.

*Wie hieß der Mann?*
Mr. Fairbank.

*Sie haben Ihren Liebhaber nicht mit Vornamen angesprochen?*
Verzeihung. Eliot. Eliot Fairbank. Mit ihm habe ich entdeckt, dass ich diesen dunklen Anteil habe, der sich wünscht, bislang unbekannte Grenzen zu überschreiten. Wir konnten nicht so oft zusammen sein, wie wir woll-

ten. Deshalb hat er mir viel geschrieben ... seine Fantasien, die er dann per E-Mail schickte oder in den Briefkasten warf.

*Wie ging das mit Eliot Fairbank weiter?*
Seine Frau hat eine der Mails an mich in seinem Computer gefunden und ist damit sofort zum Direktor marschiert.

*Wie war das für Sie?*
Ich war begeistert, weil ich dachte, wenn man Eliot entlassen und er sich von seiner Frau trennen würde, stünde uns beiden nichts mehr im Wege. Aber Eliot konnte es nicht ertragen, dass jeder über uns Bescheid wusste. Er ... er nahm sich das Leben. Aber vorher hat er mir noch eine letzte E-Mail geschickt.

*Was stand darin?*
Er wollte, dass wir es zusammen machten. Ein Suizidpakt.

*Aber Sie haben sich nicht darauf eingelassen.*
Ich habe darüber nachgedacht, hatte aber nie die Scham empfunden, die ihn offenbar quälte. Ich hatte immer geglaubt, er sei der Stärkere von uns beiden, derjenige, der mich von diesen Kleinstadtfesseln befreien würde ... aber letztlich habe wohl ich ihn auf Abwege gebracht, nicht er mich.

*Und danach?*
Bin ich viel gereist. Im Rückblick denke ich, dass ich wohl versucht habe, vor einer Situation zu flüchten, die vollkommen außer Kontrolle geraten war.

*Sind Sie wirklich geflüchtet? Oder waren Sie vielleicht eher auf der Suche?*

Wahrscheinlich beides. Oder nein ... Ich glaube, es war doch eine Suche.

*Und wonach?*

Das weiß ich nicht. Aber ich bin immer noch wissbegierig ... ich brauche wohl jemanden, der mich führt.

*Das sollten Sie nicht sagen. Zu offensichtlich. Er wird Ihr Potenzial selbst erspüren. Also, noch mal: Wer sind Sie?*

# Vierundzwanzig

»Heute«, sagt Kathryn Latham, »werden wir ein Szenario analysieren. Und zwar das Szenario eines Verbrechens.« Sie zeigt mir wieder Fotos auf dem Monitor. »Ich werde Sie in alle Details von einem dieser Morde einweihen.«

»Warum?«, frage ich.

»Warum?«, wiederholt Dr. Latham überrascht. »Natürlich damit Sie ganz genau wissen, wozu dieser Mann imstande ist.«

»Das will ich aber gar nicht wissen.«

»So etwas nennt man Hintergrundbriefing, Claire. Dabei erhalten Ermittler die Tools, um ihre Aufgabe zu bewältigen …«

Ich seufze. »Ich kenne meine Aufgabe. Eine Figur zu *verkörpern*. Auf diesem Gebiet bin ich *Expertin*. Sie sollten mich nicht als Ermittlerin betrachten, sondern als meine *Figur*, verstehen Sie? Wie soll ich mich denn auf diesen Mann einlassen, wenn ich ständig daran denke, dass er irgendwelchen armen Frauen ins Herz sticht oder sonst was? Meine *Figur* muss glauben, dass sie mit einem tollen Mann zusammen ist … einem Mann, der sie fasziniert, den sie anziehend findet, mit dem sie sich eine Beziehung vorstellen kann.«

Dr. Latham denkt nach. »Finden Sie Patrick Fogler denn anziehend, Claire?«

»Ja«, antworte ich, nachdem ich kurz überlegt habe.

»Gut. Dann müssen Sie das ja nicht groß spielen.« Dr. Latham wendet sich wieder ihren grausigen Bildern zu. »Auf diesem ersten Foto war …«

»Ich muss in die Schatten abtauchen.«

Dr. Latham sieht mich fragend an.

»Das stammt von Henry, dem Ex-Polizisten, für den ich diese Aufträge gemacht habe«, erkläre ich. »Er sagte, wenn man als verdeckter Ermittler arbeitet, muss man die Gedankenwelt der Verdächtigen zu seiner eigenen machen. Sonst spüren die, dass etwas nicht stimmt.«

»Henry, der Ex-Polizist, leitet diese Operation aber nicht, sondern ich. Und ich will, dass Sie nervös sind. Weil Sie dann aufpassen werden.«

»So wird es nicht funktionieren.« Ich zögere, rede dann in einem Wortschwall weiter. »Schauen Sie, obwohl Sie behaupten, objektiv zu sein, sind Sie doch bereits felsenfest überzeugt davon, dass Patrick der Mörder ist. Das ist doch so überhaupt nicht *zulässig*, oder? Sie verhalten sich wie ein Regisseur, der am ersten Probentag erklärt, Soundso sei der Oberschurke. Das ist kein guter Stil, dabei wird alles total eindimensional. So kann ich nicht arbeiten. Ich muss meiner Figur vertrauen, und das geht nur, indem ich meinem Gegenüber genauso vertraue. Und wenn das bedeutet, dass ich Ihnen manchmal sagen muss, Sie sollen mich mit irgendwas verschonen … ist das nicht zu ändern.«

Ich halte inne, weil ich alles losgeworden bin, was ich sagen wollte. Aber auch, weil es mir vorkommt, als höre Dr. Latham mir nicht richtig zu. Sie scheint mich eher zu studieren, wie eine Castingleiterin.

»In Ordnung.« Sie nickt. »Wir machen es auf Ihre Art. Tauchen Sie in die Schatten ab, Claire, wenn Sie das für hilfreich halten. Keine Einzelheiten über Morde mehr.« Streng fügt sie hinzu: »Aber bei allem anderen habe ich das Sagen. Haben Sie das verstanden?« Dr. Latham drückt auf die Fernbedienung, der Bildschirm wird schwarz.

»Danke«, sage ich, ein wenig überrascht.

Und unwillkürlich fällt mir wieder ein, was Henry auch noch gesagt hatte: *Und dieser Teil ist am gefährlichsten. Dass man aus den Schatten nicht mehr rauskommt. Dass sie Besitz von einem ergreifen.*

# Fünfundzwanzig

Ab jetzt lerne und erfahre ich viel Neues, nicht zuletzt über Baudelaire.

Die Vénus Blanche und die Vénus Noire bekommen Namen: Apollonie Sabatier und Jeanne Duval. Die eine ist hellhäutig, anmutig und so erhaben, dass sie von ihren Bewunderern »La Présidente« genannt wird; die andere ist eine kreolische Nachtclubtänzerin, die als Prostituierte arbeitete, als der Dichter zu arm war, um sie beide zu ernähren. In Apollonies Salon in Paris trafen sich im neunzehnten Jahrhundert berühmte Künstler und Intellektuelle. Die Schriftsteller Balzac, Flaubert und Victor Hugo zählten zu ihren Verehrern. Aber es war Jeanne, die Vénus Noire, zu der Baudelaire immer wieder zurückkehrte. Er steckte sie mit Syphilis an, sie zog ihn mit in die Opiumsucht. Zwei vom Leben gebeutelte Figuren, verbunden durch Armut und Besessenheit.

»Baudelaire hat mehrere Jahre lang anonym Gedichte an Apollonie Sabatier geschickt«, sagt Dr. Latham. »Als *Les Fleurs du Mal* dann unter seinem Namen veröffentlicht wurden, fand Apollonie heraus, von wem die an sie gerichteten Gedichte stammten. Doch dann wurden dreizehn der Gedichte – darunter sechs, die er für seine Vénus Blanche geschrieben hatte – verboten, und Baudelaire wurde wegen Verhöhnung der öffentlichen Moral angeklagt. Er fragte bei Apollonie an, ob sie ihre Verbindungen einsetzen und ihm helfen könne. Falls sie es versucht hat, war sie jedenfalls erfolglos, denn an dem Urteil wurde nichts geändert. Doch nach dem Prozess hatte Baudelaire Sex mit seiner Weißen Venus. Niemand weiß, was sich in dieser Nacht genau ereignet hat. Doch einige Tage später schickte er ihr einen Brief, in dem er schrieb, er könne nicht mit ihr zusammen sein, denn ihm graue vor Leidenschaft, weil er nur allzu genau die Schändlichkeiten kenne, zu denen sie verleite.«

»Glauben Sie, dass es Patrick ähnlich geht? Dass er sich vor Intimität fürchtet, weil sie ihn dazu verführen könnte, sich zu offenbaren?«

»Davon gehe ich aus. Sie müssen ihm zeigen, dass Sie sich nicht vor den dunklen Anteilen fürchten, die Sie in ihm spüren. Dass Sie sich vielmehr davon angezogen fühlen. Dass Sie ihm ebenbürtig sind und alles Grauen mit ihm teilen können.«

»Und wie soll ich das anstellen?«

Dr. Latham zögert. Dann deutet sie auf das Buch, das zwischen uns liegt.

»Mittels der Gedichte. Sie berühren ihn offenbar, sprechen etwas in ihm an. Und nun sollten Sie sich von ihnen ansprechen lassen. Diese Gedichte sind Ihr Zugang zu Patrick, Claire.«

Dr. Latham lässt sich meine Krankenhausunterlagen aus England zuschicken.

»So richtig ernst gemeint haben Sie es aber nicht«, sagt sie trocken, während sie die gefaxten Seiten durchsieht. »Drei relativ flache Schnitte in der linken Armbeuge. Sah vermutlich dramatisch aus, hätte aber Stunden gedauert, bis Sie verblutet wären. Typischer Hilfeschrei eines durchgedrehten, hormongesteuerten Teenagers.«

»Fühlte sich damals aber anders an.«

»Das glaube ich wohl.« Dr. Latham betrachtet mich forschend. »Benutzen Sie das, Claire. Nicht die Selbstverletzung natürlich, sondern die Intensität von damals. Er muss das Fragile hinter dem hübschen Gesicht erahnen können. Die Abgründe. Er muss spüren, dass auch Sie auf Abwegen sind, wie er selbst.«

Frank holt mich ab, wie fast jeden Morgen. Doch als ich ihn unten am Eingang erwarte, sagt er: »Heute musst du packen, Claire. Du wirst vorerst nicht mehr hierherkommen können.«

»Warum nicht?«

»Kathryn möchte dich an einem Ort unterbringen, der zu deiner Geschichte passt. Wir haben eine Filmausstatterin beauftragt, etwas für dich zu entwerfen.«

»Eine Ausstatterin? Ich fühle mich geehrt.«

Ich wecke Jess und durchstöbere ihren Schrank nach Sachen, die zu meiner Rolle passen. Frank hat mir absolutes Stillschweigen auferlegt, weshalb ich Jess nur sagen kann, dass ich für die Polizei arbeite. Mein Honorar für diesen Auftrag habe ich Jess ausgehändigt und ihr eingeschärft, mich nicht anzurufen und auch nicht anzusprechen, falls sie mir irgendwo begegnet.

»Pass gut auf dich auf«, sagt sie ängstlich. »Lass dich von diesen Leuten nicht verrückt machen.«

»Tu ich schon nicht.« Als ich in ihrer Dessousschublade krame, sehe ich unter Spitzenhöschen die Pistole schimmern. Einen Moment lang bin ich versucht zu fragen, ob ich sie mitnehmen kann. Aber das ist natürlich Blödsinn. Außerdem habe ich ja Frank und sein Team, die immer in meiner Nähe sein und mithören werden.

»Toi, toi, toi«, sagt Jess, als sie mich umarmt. Ich halte sie fest und will gar nicht mehr loslassen.

Frank besteht darauf, mir die Reisetasche zum Auto zu tragen. Wir fahren Richtung Norden, nach East Harlem. Da kann man so günstig leben, dass jemand wie ich es sich leisten kann. Und die Columbia University, an der Patrick lehrt, ist nicht weit entfernt.

Wir halten vor einem heruntergekommenen Wohnblock aus den Sechzigern. Frank berichtet, dass Teile dieses Viertels in jüngster Zeit gentrifiziert wurden.

Für diese Ecke hier gilt das nicht.

Die Wohnung ist ein abartiges Dreckloch. An den Wänden Tierschädel und ramponierte Heavy-Metal-Poster, rundherum schwarze Kerzen. In einer Ecke ein zerschrammter E-Bass. Es riecht durchdringend nach Dope.

»Großer Gott«, sage ich und schaue mich um. »Im Ernst jetzt?«

»Hat eine Menge Geld gekostet, das hier so fertig aussehen zu lassen«, sagt Frank lässig. Er greift nach einem Totenschädel, in dem eine Kerze steckt. »Vielleicht hat sie ein bisschen übertrieben.«

Ich habe gerade ein eckiges Glasgefäß entdeckt, in dem etwas Silbergraues herumkriecht. »Ist das etwa eine *Schlange*?«

Frank nickt. »So was würde jemand wie du offenbar haben.«

Ich seufze und nehme ihm meine Tasche ab.

»Und du solltest wissen, Claire, dass die gesamte Wohnung mit versteckten Kameras ausgestattet ist. Wir werden sie nur nutzen, wenn wir müssen, aber gelegentlich testen. Im Badezimmer hast du Intimsphäre. Aber in allen anderen Räumen können wir dich sehen.«

»Und wo seid ihr?«

»In der Wohnung direkt drunter.«

»Hat Mrs. Durban nichts dagegen?«

»Es gibt keine Mrs. Durban«, knurrt Frank. »An sich schon, aber sie lebt jetzt mit einem Typ zusammen, der Biohochzeitstorten macht.«

»Tut mir leid für dich, Frank. War es …«

»Und hier ist dein Mikro«, unterbricht er mich und reicht mir eine abscheuliche Kette mit einem großen schnörkeligen Anhänger. »Die trägst du bitte, sobald du die Wohnung verlässt. Sie hat auch einen Ortungssender, wir wissen also immer, wo du bist.«

»Hilfst du mir beim Zumachen?«, sage ich und wende Frank den Rücken zu.

Ich höre seine Atemzüge, den rauen Atem des großen, wuchtigen Mannes, während er mit dem kleinen Verschluss des Anhängers ringt. Dann tritt er ein paar Schritte zurück. »Und du solltest dir ein Safeword ausdenken. Ein Wort, das du normalerweise nicht benutzt.«

»Wie wär's mit … Konstantinopel?«

»Wieso das denn?«

Ich zucke die Achseln. »Da wollte ich als Kind immer hin. Weil es sich so abenteuerlich anhört.«

Frank nickt. »Konstantinopel. Okay. Aber du darfst es nur im entscheidenden Moment benutzen. In dem Moment, in dem du das Wort aussprichst, stürmen wir rein und nehmen ihn fest. Danach gibt es kein Zurück mehr.«

Die Kette auf meiner Brust fühlt sich monströs schwer an, und plötzlich bekomme ich Angst. *Ich bin doch einfach bloß Schauspielerin. Ich will auf einer Bühne stehen und vom Publikum beklatscht werden. Wie bin ich nur in diese Lage geraten?*

Dann denke ich an die Greencard, meine Belohnung. *Es ist nur ein Auftrag. Ein etwas eigenartiger Auftrag zwar, aber der gleiche Prozess wie auf der Bühne oder im Film. Werde zu deiner Figur.*

»Versuch, dir keine Sorgen zu machen«, sagt Frank ruhig, als habe er meine Gedanken erraten. »Und versuch auch, nicht an die ganzen üblen Sachen zu denken. Wir sind immer in deiner Nähe. Deine Sicherheit hat oberste Priorität für uns.«

Und dann die letzten Schritte.

»Hältst du das wirklich für hilfreich?«, sagt Frank zu Kathryn, als die Stylistin die Schere zückt. »Dass sie seiner Frau ähnelt?«

»Weiß ich nicht, Frank«, antwortet Kathryn. »Niemand weiß es. Operationen wie die hier gibt es kaum.«

»Wie das auf Patrick wirkt, ist nicht entscheidend«, sage ich, als die Haarsträhnen fallen. »So macht man es einfach, Frank. So bereitet man sich auf eine Rolle vor.«

Ich starre mein fremdes Spiegelbild an. Und spüre, wie mich die Aufregung packt, das Lampenfieber und die Euphorie vor dem Auftritt.

Morgen werde ich mich Patrick nähern. Kathryn hat beschlossen, dass ich so weit bin.

Die Vorstellung beginnt.

# Sechsundzwanzig

INNEN. WOHNUNG/KÜCHE – NACHT.

Es ist nach Mitternacht. Ich sitze an der Küchentheke und trinke Wein. Die halbe Flasche ist schon weg. Ich trage ein loses Top, meine Beine sind nackt.

Ich streiche mir durch die Haare, die jetzt kürzer sind. Sie fühlen sich so fremd an, als sei ich schon eine andere Person. Aber vielleicht liegt es auch am Alkohol.

Ein bisschen schwankend stehe ich auf und gehe vor einer der versteckten Kameras auf die Knie.

ICH Ich hab deinen Rat nicht befolgt, Frank. Ich denke an die üblen Sachen. Und jetzt hab ich Angst.

INNEN. WOHNUNG DARUNTER – CONT'D.

Frank beobachtet mich auf einem Monitor.

ICH Aber ich muss ja nur mein Zauberwort sagen, und dann bist du sofort da, nicht? Detective Frank, mein Retter.

Ich stehe auf. Jetzt ist mein Kopf außerhalb des Bildes, nur meine Beine sind zu sehen.

ICH Ich weiß, dass du da bist, Frank, und dass du mich beobachtest. Danke für deine Ansage, dass ich das Wort nur im entscheidenden Moment benutzen soll, aber … ich weiß, wie Männer sind, verstehst du?

Mein Top fällt zu Boden.

ICH Ich geh jetzt schlafen, Frank. Du kannst mir zusehen, wenn du magst. Mein Ritter. Würde mir sogar gefallen.

Ich wende mich von der Kamera ab und gehe weg. Unten atmet Frank langsam aus.

# Siebenundzwanzig

INNEN. COLUMBIA UNIVERSITY/VORLESUNGSSAAL – TAG.

PATRICK FOGLER Wir können nicht darauf hoffen, Baudelaire zu verstehen, wenn wir seine Ansichten und sein Verhältnis zu Frauen nach heutigen Kriterien bewerten. »Moi, je dis: la volupté unique et suprême de l'amour gît dans la certitude de faire le mal.« Das lässt sich folgendermaßen übertragen: Für mich besteht die einzigartige und überragende Lust bei der Liebe in der Gewissheit, Böses zu tun. Für Baudelaire sind Frauen nicht einfach nur Individuen. Sondern idealisierte Repräsentantinnen ihres Geschlechts – Symbole fleischgewordener Vollkommenheit und gleichzeitig Symbole dafür, dass in dieser verderbten Welt Vollkommenheit immer nur als Illusion erlebt werden kann.

Kathryn und ich hatten diverse Möglichkeiten erörtert, wie ich mich Patrick annähern könnte. Am Ende entschied sich Kathryn für den einfachsten Weg: Patricks wöchentliche Vorlesung. Das NYPD verfügt über eine ganze Abteilung, die einzig und allein damit beschäftigt ist, falsche Papiere auszustellen. Weshalb ich mich jetzt im Besitz eines Studentenausweises von der Columbia University befinde, mit Foto und meinem eigenen Namen. Ich sitze ganz hinten im Vorlesungssaal, schreibe nichts mit, sondern höre nur zu, vorgebeugt und fasziniert.

PATRICK Dieser Konflikt zeichnete sich sowohl in Baudelaires Leben als auch in seinem Werk ab. Sie erinnern sich vielleicht an jenen berühmten Brief, in dem er sich von der Vénus Blanche abwandte und schrieb …

Patrick spricht bereits seit zwanzig Minuten, schaut jetzt jedoch zum ersten Mal auf seine Notizen.

PATRICK »Vor wenigen Tagen noch waren Sie eine Göttin, meine Teuerste, edel und erhaben. Doch nun sind Sie eine Frau … Mir graut vor Leidenschaft, weil mir die Schändlichkeiten, zu denen sie verleiten kann, nur allzu vertraut sind.«

Ich bemerke, dass nicht nur ich von seinen Ausführungen gefesselt bin. Alle Studierenden im Raum hören gebannt zu.

PATRICK Für Baudelaire ist Sex nicht körperliches Begehren, sondern metaphysisches Verlangen. Keine unbeseelte Leibesübung, sondern eine, wenn auch flüchtige, Verbindung mit den erschreckenden dunklen Mysterien des Universums. Wie allen Mystikern bleibt jedoch auch Baudelaire die Enttäuschung nicht erspart. Die Erfüllung, das Heroische, besteht allein im Versuch. Gibt es hier Fragen?

Eine Studentin in den vorderen Reihen hebt die Hand, und Patrick nickt ihr zu.

PATRICK Megan.

MEGAN Sie sagen, Baudelaire behandelt Frauen wie Sexualobjekte, benutzt und verachtet sie. Aber verschaffen Sie diesem Typ nicht eine Plattform für Frauenverachtung, indem Sie ihn auf den Lehrplan setzen?

Patrick geht auf diese Frage ruhig und ausführlich ein. Er legt dar, dass man sich nicht nur mit dem Werk von Schriftstellern befassen sollte, deren Ansichten man teilt, sondern auch mit jenen, die man vielleicht ablehnt. Dass Baudelaire trotz seiner persönlichen Verfehlungen ein großer Erneuerer der Kunst war. T.S. Eliot habe ihn beispielsweise als seinen wichtigsten Einfluss bezeichnet und sogar Fragmente von *Les Fleurs du Mal* in *The Waste Land* eingebaut.

PATRICK Ohne *Les Fleurs du Mal* keine Dekadenz, ohne Dekadenz keine Moderne, und ohne Moderne gäbe es uns nicht. Wir studieren Baudelaire nicht wegen seiner Moral, sondern wegen seines genialen Werks. Gibt es weitere Fragen?

Keiner meldet sich. Die Studierenden klappen ihre Laptops zu und gehen hinaus. Patrick sortiert seine Notizen.

Eine Studentin tritt zögerlich zu ihm.

ICH Professor Fogler?

Ich hoffe, dass ich den Virginia-Akzent so hinbekomme wie bei unserer ersten Begegnung.

Falls Patrick mich erkennt, lässt er es sich nicht anmerken.

Er wirkt ruhig und höflich, aber wieder liegt etwas wie Belustigung in seinen minzgrünen Augen.

PATRICK Ja?

ICH Ich wollte mich nur bei Ihnen bedanken.

Ich zeige ihm seine Ausgabe von *Die Blumen des Bösen.*

ICH Sie erinnern sich bestimmt nicht, aber Sie haben mir das Buch geliehen. Ich habe angefangen zu lesen ... und war so fasziniert, dass ich beschlossen habe, Ihre Vorlesung zu besuchen.

PATRICK Fasziniert von Baudelaire?

ICH Ja ... zum Teil aber auch von unserem Gespräch. Was Sie gesagt haben.

»Sei direkt«, hatte Kathryn gesagt. »Das wird ihm gefallen. Er hat kein Interesse an durchschnittlichen Frauen. Du musst außergewöhnlich wirken.«

PATRICK Doch, ich erinnere mich tatsächlich an Sie. Aber nicht mehr an alle Einzelheiten des Gesprächs. Ich war damals etwas zerstreut.

»Geh ruhig gleich auf Stellas Tod ein. Du hast das im Fernsehen mitbekommen. Es macht dir nichts aus. Du findest es vielleicht sogar spannend.«

ICH Ja, ich weiß. Es stand ja überall in den Zeitungen. Und ich habe Sie im Fernsehen gesehen.

PATRICK Bizarre Art von Ruhm.

ICH Ich habe immer wieder über das nachgedacht, was Sie mir erzählt haben ... dass Baudelaire der Weißen Venus seine Gedichte schickte. Ich frage mich, ob er sie damit schockieren wollte. Oder ob er glaubte, sie werde sich irgendwann auf die Intimität einlassen, die er ihr anbot, indem er sie nach und nach in seine düstersten Fantasien einweihte.

»Trauer-Junkies und Mitleid-Freaks langweilen und nerven ihn sicher. Falls er Stella tatsächlich getötet hat, sucht er jetzt nach einem anderen Abenteuer. Nach etwas, womit er seine neue Freiheit feiern kann.«

PATRICK *Was die Weiße Venus wusste*. Das wäre ein interessantes Thema für eine Dissertation. Die aber wohl von einer Frau geschrieben werden müsste.

ICH Vielleicht sollte *ich* die schreiben.

PATRICK Warum nicht? Es war jedenfalls ein erfreuliches Gespräch.

Ich zittere innerlich. Von den nächsten Sekunden hängt die gesamte Operation ab. Und von einem Vorschlag, bei dem ich letztes Mal abgewiesen wurde.

Aber damals hatte er noch eine Frau. Und ich bin jetzt eine andere Person.

ICH Könnten wir uns vielleicht noch weiter darüber unterhalten? Bei einem Kaffee oder so?

Er zögert, schaut zur Tür. Dann:

PATRICK Ja, gut. Aber nicht hier. Bevor dieses Gebäude zur Maison Française wurde, war es eine Anstalt für reiche Geisteskranke, und manchmal habe ich den Eindruck, das ist es immer noch. Wir sollten den Campus verlassen.

INNEN. ÜBERWACHUNGSWAGEN IN DER NÄHE – TAG.

Frank und Kathryn hören über Kopfhörer mit.

FRANK Es funktioniert. Es wird wirklich funktionieren.
KATHRYN Warten wir's ab.

INNEN. KELLERBAR IN NEW YORK – TAG.

Der Abend ist warm und sonnig, aber Patrick geht mit mir in eine schummrige Kellerbar an der Amsterdam Avenue. Auf den Tischen flackern Kerzen in Gläsern. Wir sind die einzigen Gäste. Möchte er vielleicht nicht mit mir gesehen werden? Will er keine Spuren hinterlassen, damit uns später niemand in Verbindung bringen kann?

Ich verdränge den Gedanken. Bin diese andere, aktivere, impulsivere Claire. Nicht die verschreckte Schauspielschülerin, die Kathryns grausige Vorführungen über sich ergehen ließ.

Wir setzen uns in eine Ecke und reden.

ICH … dieses Verlangen, Grenzen zu überschreiten, die heuchlerische Selbstgefälligkeit des Durchschnittsbürgers zu erschüttern. Natürlich tun die Leute schockiert über Baudelaires Gedichte. Aber eigentlich haben die doch bloß Angst – Angst vor ihrer eigenen Spießigkeit.

*Naiv, um an seine Kontrollsucht zu appellieren. Verletzt, um seine räuberischen Instinkte zu wecken* … Aber auch noch etwas anderes, das ich ganz alleine erschaffen habe: eine Leidenschaftlichkeit, ein intellektueller Eifer, eine jugendliche Begeisterung für Ideen, die ausdrückt: Ich verliebe mich in Geist, nicht in Körper. In *seinen* Geist? Warum nicht?

PATRICK So was sagen die meisten Leute. Aber sie meinen es nicht.

ICH Ich bin aber nicht »die meisten Leute«.

INNEN. ÜBERWACHUNGSWAGEN. CONT'D.

Kathryn nickt.

Nicht übel.

INNEN. KELLERBAR – SPÄTER.

PATRICK … es wird immer angenommen, Baudelaire schriebe über Dekadenz. Doch er schrieb über *Vertrauen.*

ICH Inwiefern?

PATRICK Einem anderen Menschen das Schlimmste anzuvertrauen, was man im Kopf hat … kein Sprung in einen dunklen Abgrund kann mehr Angst machen.

ICH Ich habe gern Angst.

Patrick lächelt wie über ein altkluges Kind. Ich lasse mich nicht beirren und wende den Blick nicht ab. Und da gibt irgendetwas nach ...

PATRICK Aha. Geben Sie mir mal Ihre Hand.

*»Einiges können wir vorhersehen oder sogar planen. Aber größtenteils wird es darauf ankommen, wie du dich in dem Spiel schlägst, das er spielen will ...«*

Patrick nimmt meine Hand und legt sie auf das offene Glas mit der brennenden Kerze. Meine Handfläche ist direkt über der Flamme.

PATRICK Eine meiner Studentinnen hat mir dieses Spiel gezeigt. Was auch passiert: Sie dürfen Ihre Hand nicht wegziehen.

ICH Aber ich werde mich verbrennen.

Ich spüre die Hitze an meiner Haut.

PATRICK Nein. Die Flamme wird aufgrund von Sauerstoffmangel erlöschen. Ich verspreche es Ihnen.

Er legt seine Hand auf meine, übt einen sachten Druck aus. Er zwingt mich zu nichts, sondern spürt nur das Zittern meiner Hand, während ich versuche, sie nicht zu bewegen, obwohl alles in mir danach schreit, sie ganz schnell wieder wegzuziehen.

PATRICK Es ist schwer, jemandem zu vertrauen, nicht wahr?

Ich habe schon zig Vertrauensspiele mitgemacht, weil sie zum Warm-up für Schauspieler gehören. Aber die waren ganz anders. Ich starre auf die Flamme. Ein langer spitzer Fingernagel, eine Kralle, die sich in meine Hand bohren will. Unbehagen wird zu Schmerz, ich will den Kopf in den Nacken werfen und aufjaulen, Nadeln stechen in meine Haut, ich leide Qualen. Spüre, wie mein Fleisch köchelt, blubbert, brutzelt wie etwas auf einem Grill ...

Plötzlich flackert die Flamme wild. Im nächsten Moment erlischt sie.

PATRICK *(überrascht)* Sie haben mir vertraut. Danke.

Ich reiße meine Hand zurück. Auf meiner Handfläche zeichnet sich ein roter Ring ab. Aber keine Brandblase. Rasch sauge ich an der Stelle, bis der Schmerz nachlässt, und merke dabei, dass er hauptsächlich in meinem Kopf war.

ICH Obwohl ich Sie kaum kenne.
PATRICK Um so interessanter, oder? Wo wohnen Sie?
ICH In East Harlem.
PATRICK Wollen wir zu dir gehen?
ICH Wozu?
PATRICK Für Sex natürlich. Geht es nicht darum?

ICH Warum nicht.

INNEN. ÜBERWACHUNGSWAGEN – CONT'D.

Frank starrt Kathryn entsetzt an.

FRANK Damit haben wir nicht gerechnet. Wenn es nun körperlich wird?

KATHRYN *(gelassen)* Ist es schon.

FRANK O Gott!

Nervös spielt er an den Reglern herum.

INNEN. BAR – CONT'D.

ICH Wir könnten Sex haben als – wie nanntest du das vorhin – seelenlose Leibesübung und dann vergessen, dass wir uns je begegnet sind. Oder …

PATRICK Oder?

ICH Wir könnten uns weiter unterhalten.

Patrick lächelt.

PATRICK Schön, dann unterhalten wir uns weiter.

INNEN. ÜBERWACHUNGSWAGEN – CONT'D.

Frank seufzt erleichtert. Kathryn zuckt nur die Achseln und wendet sich wieder ihrem Notizblock zu.

INNEN. KELLERBAR – SPÄTER.

Patrick kommt mit zwei weiteren Gläsern Wein.

PATRICK Flirtest du immer deine Professoren an?

ICH Nein. Na ja, gut, einmal meinen Lehrer. Aber das nahm kein gutes Ende.

PATRICK Ach so?

ICH Die ganze Beziehung war ziemlich extrem.

PATRICK Definiere *extrem*.

ICH Du weißt schon. Das Übliche.

PATRICK Nein, weiß ich nicht. Erzähl's mir.

ICH Das, was die Leute meinen, wenn sie von Kinky Sex sprechen.

PATRICK Was, *du? Kinky?*

ICH Warum nicht?

PATRICK Aber dafür bist du gar nicht der Typ.

ICH Vielleicht bin ich überhaupt kein »Typ«.

PATRICK Das finde ich nun aber spannend.

*»Er hält mit Sicherheit Ausschau nach jemandem wie dir, und sein Verlangen wird ihn dazu verleiten, Risiken einzugehen. Das Risiko macht vielleicht sogar einen Teil des Reizes für ihn aus. Und das wird dir in die Hände spielen, Claire. Er ist ein Darsteller, wie alle Sexualmörder. Deshalb denken die sich ausgeklügelte Rituale für ihre Morde aus oder platzieren die Leichen so, dass sie gefunden werden. Solche Mörder sehnen sich in Wahrheit nach Publikum.«*

INNEN. KELLERBAR – SPÄTER.

ICH Ich glaube nicht, dass er mir wehtun wollte. Er wollte wohl nur testen, inwieweit ich ihm …

PATRICK Vertraue?

ICH Dieses Wort scheint dir wichtig zu sein.

PATRICK Einige Leute glauben, dass ich meine Frau umgebracht habe, Claire. Jeder Mensch, der mir nahekommt, wird in diesem Schatten leben müssen. Deshalb ist Vertrauen in der Tat sehr wichtig für mich.

ICH Und, hast du denn deine Frau umgebracht?

INNEN. ÜBERWACHUNGSWAGEN – CONT'D.

Frank beugt sich gespannt vor. Kathryn reagiert kaum; sie weiß, dass es nicht so einfach sein wird.

INNEN. KELLERBAR – CONT'D.

PATRICK Natürlich nicht.

ICH Hast du deine Frau geliebt?

PATRICK Sehr. Aber bedauerlicherweise auf eine Art, die meine Frau nicht immer als Liebe begreifen konnte. Und nach einer Weile wurde zum Problem, dass ich sie bedingungslos liebte. Es kann schwer sein, damit zu leben, dass man vergöttert wird.

ICH Sie war deine Vénus Blanche.

PATRICK Ja, das mag wohl so sein.

Einen Moment denke ich, er wird das weiter erklären. Doch dann:

PATRICK Ich werde jetzt wohl mal aufbrechen.

AUSSEN. AMSTERDAM AVE., NEW YORK – DÄMMERUNG.

PATRICK Danke. Das war ein schöner Abend.

ICH Klingt, als hättest du das nicht erwartet.

PATRICK Es gibt nicht viele Menschen, von denen ich glaube, dass ich gerne mit ihnen zusammen sein würde. Und noch weniger, mit denen es dann tatsächlich so ist.

Als er weggeht, rufe ich ihm nach:

ICH Wir sehen uns doch wieder, oder?

PATRICK Das Buch hast du ja immer noch, nicht? Gute Nacht, Claire.

# Achtundzwanzig

Als ich in die Wohnung zurückkomme, ist Kathryn geradezu enthusiastisch.

»Ein exzellenter Anfang. Er hat dir die Tür geöffnet. Nur einen Spalt, aber das ist mehr, als ich zu hoffen gewagt hatte.« Kathryn tigert nervös auf und ab. Sie muss angespannter gewesen sein, als ich vermutet hatte.

Ich dagegen sinke völlig erschöpft in einen Sessel. Weil ich so konzentriert war, kam ich nicht dazu, Angst zu haben. Aber jetzt bin ich völlig erledigt.

Und mir dämmert auch, dass Patrick Fogler eine viel anspruchsvollere Herausforderung sein wird als all die Männer, mit denen ich in Hotelbars und Kellerkneipen geflirtet habe.

Frank geht neben mir in die Hocke und inspiziert meine Hand.

»Das ist morgen wieder gut. Bleibt höchstens noch ein kleines Mahl. Großer Gott.« Frank streicht mir sachte über die Hand, als er sich aufrichtet. »Gut gemacht«, sagt er leise.

»Sollte Fogler sich bei dir melden, reagiere vorerst nicht darauf«, sagt Kathryn. »Wir müssen uns sehr genau überlegen, wie wir weiter vorgehen wollen. Vielleicht erst mal eine Weile Stillschweigen, ihm Rätsel aufgeben …«

»Psychospielchen?«, erwidere ich. »Hältst du das wirklich für eine gute Idee?«

Kathryn wirft mir einen geistesabwesenden Blick zu, als hätte sie meine Anwesenheit gerade erst bemerkt. »Es läuft gut, Claire. Du kannst stolz auf dich sein.«

»Stolz!«

»Ja. Warum nicht?«

Ich zucke die Achseln. »Ein junger Professor, seit Kurzem verwitwet, macht einen halbherzigen Versuch, mit einer Studentin ins Bett zu gehen, die durchblicken lässt, dass sie in ihn verknallt ist. Wenn das ein Verbrechen sein soll, könnte man vermutlich sämtliche männlichen Mitglieder des Fachbereichs in den Knast schicken. Ich hab doch überhaupt nichts erreicht.«

»Nichts, was Fogler heute Abend gesagt oder getan hat, widerspricht meinem Profil des Mörders«, entgegnet Kathryn scharf. »Zeig ihr die Aufnahme, Frank.«

Frank schaltet den Fernseher an, drückt ein paarmal auf die Fernbedienung. Ein etwas unscharfes Bild erscheint. Patrick und ich in der schummrigen Kellerbar.

»Wir haben es hingekriegt, aus dem Treppenhaus zu filmen«, sagt Frank. »Um fünf nach sieben bist du aufs Klo gegangen. Und nun schau mal, was Fogler jetzt macht.«

Ich sehe, wie ich aus dem Bild verschwinde. Patrick wartet kurz ab. Dann greift er über den Tisch hinweg nach meiner Handtasche und durchsucht sie. Nimmt alle Gegenstände heraus, betrachtet meinen Studentenausweis, tastet dann das Futter der Tasche ab. Schließlich steckt er alles wieder zurück. Seine Miene ist die ganze Zeit unverändert. Bevor er meine Parfumflasche wegpackt, hält er inne und schnüffelt an der Kappe.

»Bestimmt wollte er sichergehen, dass ich keine Reporterin bin«, sage ich. »Er hat mir erzählt, dass nach Stellas Tod immer wieder Reporterinnen auf ihn angesetzt wurden.«

»Kann sein«, erwidert Kathryn. »So oder so ist es gut, dass wir alles präzise vorbereitet haben.« Mein Studentenausweis ist mit dem kronenförmigen Logo der Uni und einer echten Nummer versehen.

»Jetzt ist er wie ein Raubtier, das eine einzelne Antilope belauert und sich überlegt, ob es sich lohnt, sie zu jagen«, fügt Kathryn hinzu. »Du darfst niemals aus der Rolle fallen, Claire. Keine einzige Sekunde.«

# Neunundzwanzig

Und dann … nichts.

Wir warten zwei Wochen lang. Zwei Wochen kein Lebenszeichen von Patrick Fogler.

»Er vermutet, dass es sich um eine Falle handelt«, befürchtet Frank.

»Nein, tut er nicht. Das hätte ich gespürt«, widerspreche ich ihm mit fester Stimme.

»Aber weshalb meldet er sich dann nicht?«

»Vielleicht hat er es sich anders überlegt. Oder er steht einfach nicht auf mich.«

Frank sieht Kathryn an. »Sollen wir unseren Plan ändern? Soll Claire ihn ansprechen?«

Kathryn schüttelt den Kopf. »Nein, wir warten weiter ab.«

»Aber es könnte nicht schaden, wenn ich wieder zu seiner Vorlesung gehen würde«, wende ich ein. »Ich bin doch schließlich von Baudelaire fasziniert.«

»Unter gar keinen Umständen. Du machst dich rar, so war es vereinbart. Halte dich daran.«

Kathryn erlaubt mir, weiter meinen Schauspielunterricht zu besuchen, weil ich dann beschäftigt bin.

In der nächsten Stunde führt Paul uns in die Arbeit mit Masken ein. Er setzt sehr ausdrucksstarke japanische Masken ein, und ich bekomme das lächelnde Gesicht eines verwahrlosten, ärmlichen Mädchens, das unschuldig, hilflos und ein wenig kokett zugleich wirkt.

Paul spricht über die Masken, als seien *sie* die echten Menschen, nicht wir. Als ein Student, der die Maske eines alten Mannes trägt, eine Studentin mit einem Stock pikt, sagt Paul: »Das macht er immer, der alte Schelm.«

Da die Masken keine Augenlöcher haben, wir uns also nicht damit bewegen könnten, ohne uns anzurempeln, lässt Paul uns in einer Reihe stehen, mit dem Gesicht zu ihm. Die Geschichte handelt von einem reichen Großgrundbesitzer, der auf den Reisfeldern eine Frau vergewaltigt, weil deren Familie die Pacht nicht bezahlen kann. Reicher Mann klopft an eine imaginäre Tür; weiter hinten in der Reihe stehend, öffne ich ihm in der Rolle des armen Mädchens. Reicher Mann greift mich an, und ich muss die Angst darstellen, obwohl ich nicht sehen kann, was mein Kommilitone spielt.

Plötzlich merke ich, dass ich unter der Maske weine. Ich weiß nicht, warum – es passierte so schnell und unerklärlich wie Nasenbluten. Für mich, die ich es gewohnt bin, meine Tränen steuern zu können, ist dieser Kontrollverlust so verstörend wie das Weinen selbst.

Nach der Szene setze ich mich hin und zerre mir, nach Luft schnappend, die Maske vom Gesicht. Paul geht vor mir in die Hocke, damit er mir ins Gesicht schauen kann. »Alles okay mit dir, Claire?«

Ich nicke nur.

»So ist es eben manchmal«, sagt Paul ruhig. »Manchmal muss man der Maske etwas dafür bezahlen, dass man sie aufgesetzt hat.«

Das sagt er so ernsthaft, dass ich noch mal nicke. Ich kann ihm nicht sagen, dass für mich die eigentliche Maske und die eigentliche Bühne nicht in diesem Raum sind.

Am Donnerstag kann ich das Warten nicht länger ertragen.

Ich fahre mit der U-Bahn zur 116th Street. Diesen Teil der Stadt, abseits vom Trubel und der Hektik des Times Square, liebe ich. Die Grünflächen und historischen Häuser erinnern mich an England. Und an tolle Filme, von *Ghostbusters* bis *Still Alice.*

In einem Pulk von Studierenden steige ich die Treppe der Low Library hoch, gehe dann nach rechts zur Buell Hall. Dort lese ich die Aushänge. *Die Ästhetik der Dekadenz von Baudelaire bis de Sade* findet um zwölf statt. Daneben wurde ein handgeschriebener Zettel befestigt. *Die Vorlesung wird heute von Dr. Anne Ramane gehalten.*

»Entschuldigung«, sage ich zu einer Frau, die aussieht, als arbeite sie an der Uni. »Wissen Sie zufällig, warum Professor Fogler die Vorlesung heute nicht hält?«

»Ja, sicher. Er ist auf einer Konferenz in Europa«, antwortet die Frau.

»Ach so. Danke.«

Patrick ist also einfach verreist. Nichts Besonderes.

Aber ich finde es seltsam, dass Frank und Kathryn das nicht wussten.

»Ein Versehen«, sagt Kathryn wegwerfend. »Wir hätten auch in Kürze nachgeforscht. Die entscheidendere Frage ist aber, Claire, weshalb du gegen meine ausdrückliche Anweisung in die Vorlesung gehen wolltest.«

»Ist doch gut, wenn *irgendwer* hier proaktiv ist«, erwidere ich.

»Wir müssen dir hundertprozentig vertrauen können …«

»Seltsam, du hörst dich schon wie er an«, unterbreche ich sie. »Wie dein *Soziopath*. Und Vertrauen muss auf beiden Seiten da sein. Ich muss mich genauso hundertprozentig darauf verlassen, dass ihr es nicht vermasselt.«

Kathryn runzelt die Stirn, weil ich so mit ihr rede.

»Claire hat nicht unrecht«, wirft Frank ein. »Im Umgang mit Patrick soll sie eigenständig handeln, wieso dann jetzt nicht?«

»Jemand muss hier das Sagen haben«, entgegnet Kathryn kalt. »Und das kann keinesfalls Claire sein. Sie scheint vergessen zu haben, wie gefährlich diese Operation ist.«

*Vielleicht bin ich aber auch einfach weniger besessen als du*, denke ich.

Und ich frage mich jetzt unwillkürlich: *Wenn Kathryn nicht einmal darüber Bescheid weiß, dass Patrick verreist ist – was übersieht sie vielleicht sonst noch?*

# Dreißig

Kathryn beschließt, dass Patricks Abwesenheit uns eine gute Gelegenheit verschafft.

»Während er nicht in deiner Nähe ist, wird er vielleicht eher bereit sein, seine Fantasien zu offenbaren.«

»Wieso das denn?«

»Zum einen, weil Fantasien extrem wichtig für ihn sind, falls er unser Mörder ist. Zwischen den Morden ist er dann nämlich auf seine Fantasien angewiesen. Zum anderen wird er es genießen, dich auszuforschen. Er wird Spiele spielen und dich herausfordern und hie und da etwas offenbaren. Wenn ihr euch dann weiter annähert, werden seine Fantasien – sofern ich recht habe – den Morden immer ähnlicher werden beziehungsweise den Inhalten aus den Baudelaire-Gedichten. Wir werden ihm schreiben, oder vielmehr du. Aber kein Übereifer, bitte.«

An: Patrick.Fogler@columbia.edu
Von: fremdesMädchen667@gmail.com
Betreff: unsere Begegnung

Hallo Patrick,
ich wollte nur sagen, dass ich dich gestern bei der Vorlesung vermisst habe. Dr. Ramane war sehr gut, aber kein Ersatz für dich ... außerdem bin ich hinterher nicht mit ihr in eine Bar gegangen.
Tut mir leid, falls ich an dem Abend zu viel geredet habe. Ich war vermut-

lich noch aufgedreht wegen des Vertrauensspiels. War jedenfalls schön, mit dir zu sprechen, und vielleicht laufen wir uns ja mal wieder über den Weg.

Herzliche Grüße
Claire

»Er wird nicht antworten«, mutmaßt Frank.

»Wenn er der Mörder ist, wird er antworten«, widerspricht Kathryn gelassen. »Wenn er der Mörder ist, wird er sich von Claires Verletzlichkeit so angezogen fühlen wie ein Hai von Blut.«

An: fremdesMädchen667@gmail.com
Von: Patrick.Fogler@columbia.edu
Betreff: unsere Begegnung

Claire,
freut mich, von dir zu hören. Vielleicht können wir uns irgendwann nach meiner Rückkehr treffen.
Patrick

An: Patrick.Fogler@columbia.edu
Von: fremdesMädchen667@gmail.com
Betreff: unsere Begegnung

Wirklich? Um ehrlich zu sein, hatte ich den Eindruck gewonnen, dass du mich nicht so interessant findest.

An: fremdesMädchen667@gmail.com
Von: Patrick.Fogler@columbia.edu
Betreff: unsere Begegnung

Ich kann mir nicht erklären, wie du auf diese Idee kommst. Hätte mich schon früher gemeldet, fand das aber sinnlos, da ich ohnehin nicht in der Stadt bin.

An: Patrick.Fogler@columbia.edu
Von: fremdesMädchen667@gmail.com
Betreff: unsere Begegnung

Das ist aber sehr konventionell ... wie hätte Baudelaire das wohl gemacht? Ich stelle mir gern vor, seine Venus zu sein und all diese ausgefallenen Gedichte zu bekommen. Wüsste zu gerne, ob er wusste, dass sie all diese Szenen erregend finden würde, die er sich ausgedacht hat.
Allzu viel vorstellen muss ich mir im Grunde auch nicht, denn ich bin ja selbst schon in dieser Position gewesen und weiß, wie es sich anfühlt, Zugang zur Innenwelt eines anderen Menschen zu bekommen. Ein faszinierendes Gefühl.
Manche Leute würden es vielleicht als pornografisch bezeichnen, was dieser Mann für mich geschrieben hat. Aber ich fand diese Texte so schön und aufrichtig wie jedes Gedicht.

Es entsteht eine lange Pause, drei Tage lang höre ich nichts von ihm. Dann, ganz plötzlich:

An: fremdesMädchen667@gmail.com
Von: Patrick.Fogler@columbia.edu
Betreff: unsere Begegnung

Wenn das so ist, wird der Anhang dir während meiner Abwesenheit vielleicht Vergnügen bereiten.

- FürClaire.doc

# Einunddreißig

»Es ist alles da.« Der sonst so gelassene Frank ist sichtlich aufgeregt, als er Foglers Text zum dritten Mal liest. »Großer Gott, es ist wirklich alles da.«

Kathryn antwortet nicht. Einziger Laut im Raum ist das Klicken des Kulis, mit dem sie herumspielt.

»Es ist genauso gelaufen, wie du erwartet hast«, sage ich zu ihr. »Er hat wirklich über alles geschrieben. Gewalt, Schmerz, Macht …«

Frank liest vor: »*Der Moschushauch deiner Erregung erfüllt die Luft wie der modrige Duft einer seltenen Blume, einer Orchidee, die ihre himmlischen Ausdünstungen erst entfaltet, als sie welk dahinsiecht* … das ist echt abgedrehtes Zeug, Kathryn.«

Das Klicken hört auf.

»Das kann er aus jedem x-beliebigen erotischen Roman abgeschrieben haben«, sagt Kathryn widerstrebend. »Es weist auf spezielle Vorlieben hin, das stimmt schon. Aber ich könnte nicht mit Überzeugung behaupten, dass nur ein Mörder so was schreiben würde.«

»Aber verdächtig bleibt er.«

Kathryn nickt. »Auf jeden Fall.«

»Was machen wir also als Nächstes?«

Kathryn wendet sich mir zu. »Er hält sich zurück. Du musst ihm zeigen, dass du mehr auf diesen Bereich stehst, als er glaubt. Schreib ihm etwas in diesem Stil, aber heftiger.«

»*Ich* soll das schreiben? Könntest du nicht …?«

»Was glaubst du wohl, weshalb ich von dir verlangt habe, dich auf diesen einschlägigen Websites umzuschauen? Selbstverständlich muss es dein eigener Ton sein.«

Als ich mich an den Laptop setze, rufe ich mir in Erinnerung, dass ich schon weitaus schwierigere Aufgaben bewältigt habe; dass ich versucht habe, Passanten in den Straßen von New York Pullover aus Giraffenwolle zu verhökern.

An: Patrick.Fogler@columbia.edu
Von: fremdesMädchen667@gmail.com
Betreff: unsere Begegnung

Lieber Patrick,
danke für deinen Text – hat mir gut gefallen. Aber was du da beschreibst, ist harmlos für mich. Mir macht es manchmal selbst Angst, wie extrem das ist, worauf ich stehe … Gott, wieso erzähle ich das einem Fremden? Manchmal, wenn ich mir anschaue, was ich gut finde – Praktiken, bei denen ich mich hilflos, verletzlich und verängstigt fühle –, denke ich, dass irgendwas mit mir nicht stimmt.
Ich erzähle dir das, weil ich vermute, dass du mich verstehen kannst … aber jetzt wage ich nicht, dir mehr zu schreiben, falls ich mich doch irre. Vielleicht sollten wir uns lieber Adieu sagen, bevor das alles zu weit geht.
Ich habe auch etwas geschrieben. Sag mir doch bitte, ob es dir gefällt.
Claire

- FürPatrick.doc

An: fremdesMädchen667@gmail.com
Von: Patrick.Fogler@columbia.edu
Betreff: unsere Begegnung

Du erweist dich als wirklich erstaunlicher Mensch, Claire.
Was du geschrieben hast, hat mir Genuss bereitet, und ich freue mich auf ein Treffen nach meiner Rückkehr. Einstweilen ist der angehängte Text vielleicht mehr nach deinem Geschmack.

- FürClaire2.doc

In seiner zweiten Fantasie beschreibt Patrick, wie er mir die Augen verbinden und mich mit einem Gürtel schlagen würde.

In der dritten, schildert er, wie ich auf weißen Laken liege, umgeben von Kerzen wie ein Leichnam auf einem Altar. »Ich nehme eine dicke, schwere Kirchenkerze in jede Hand. Die Flammen sind wie Speerspitzen, weiß glühend, schwarz qualmend, die Dochte umgeben von schmelzendem Wachs. Eine Kerze halte ich über dich, lasse Wachs herausfließen. Du zuckst zusammen, gibst aber keinen Laut von dir. Das Wachs wird fest auf deiner Haut, milchweiß wie eine Narbe.«

In der vierten Fantasie beschreibt er, wie ich in einem Hotelzimmer von einem eiskalten Unbekannten überrascht werde, der mich ans Bett fesselt und würgt.

»Das ist gut«, sagt Kathryn, die hinter mir steht und mitliest. »Er liefert uns hier einiges an Stoff.«

»Was denn genau?«, fragt Frank stirnrunzelnd.

»Die Kerzen, die Fesseln … Und das Hotelzimmer weist auf den Mord an seiner Frau hin.«

»Aber da ist nichts, was nur der Mörder wissen könnte«, stellt Frank klar. »Und kein Messer weit und breit. Ein Verteidiger würde sofort einwenden, das Hotelzimmer könnte Fogler gewählt haben, weil er sich gerade in einem aufhielt.«

»Wir müssen ihm Zeit lassen, Frank. Anhand dieses Materials kann ich bereits mit Bestimmtheit sagen, dass Patrick Fogler sexuelle Vorlieben hegt, die er nur mit einem kleinen Prozentsatz der Bevölkerung gemein hat. Das Netz muss ganz langsam zugezogen werden, damit er nicht durch die Maschen schlüpft.«

An: Patrick.Fogler@columbia.edu
Von: fremdesMädchen667@gmail.com
Betreff: unsere Begegnung

Sehr schön, Patrick. Jetzt interessiert mich, wie weit du wohl gehen würdest.
Was das Treffen angeht ... mal sehen. Ich bin so oft enttäuscht worden.
Nur einmal nicht, aber das nahm ein schlimmes Ende; ich hatte dir ja davon erzählt.
Aber schreib mir wieder, Patrick. Bitte.
Claire

# Zweiunddreißig

»Heute«, verkündet Kathryn, »wirst du lernen, wie man zuhört.«

»Wie bitte?«

»Heute …« Sie unterbricht sich. »Ach so. Haha. Witzig.«

Vor zehn Tagen ist Patrick nach Europa gereist. Seine letzte E-Mail liegt fünf Tage zurück. Wir wissen, dass er wieder in Manhattan ist, aber seit ich ihn gebeten habe, mir weiter zu schreiben, herrscht Funkstille. Kathryn versucht, mich zu beschäftigen, aber ich spüre, dass sie ebenso unruhig ist wie ich selbst. Alle drei schlagen wir letztlich die Zeit tot und warten nur darauf, wieder von Patrick zu hören.

»Was ich dir jetzt zeigen werde«, fährt Kathryn fort, »sind einige wichtige sprachpsychologische Techniken.«

Sie legt eine Folie auf einen Overheadprojektor. Zwei Spalten werden projiziert; über einer steht FALSCH, über der anderen RICHTIG. Kathryn deutet auf den ersten Punkt.

»Erstens: werten. Das solltest du vermeiden. Wenn du *Das ist furchtbar* oder *Das ist toll* sagst, ist das weitaus weniger nützlich als eine neutrale Reaktion wie *Ach ja?* oder *Darüber würde ich gern mehr hören*. Bemerkungen wie *Ich an Ihrer Stelle würde* und dergleichen sind auch nicht angeraten. Und denk immer daran, dass Schweigen das wirksamste Verhörmittel ist.« Kathryn hält inne. »Du wirkst unkonzentriert, Claire. Stimmt was nicht?«

Ich stöhne: »Das haben wir alles in der ersten Woche beim

Schauspielunterricht durchgenommen. Bei einer Improvisation, die ›Blockieren und Akzeptieren‹ heißt.«

Kathryn betrachtet mich stirnrunzelnd. »Claire, ich habe eine siebenjährige Ausbildung absolviert. Ich glaube kaum, dass dir ein paar zusätzliche Tage …«

»Ich glaube kaum, dass dir ein paar zusätzliche Tage …«, äffe ich sie so treffend nach, dass sie rot anläuft.

»Da fällt mir ein«, erwidert sie kalt, »dass wir deine Monatsblutung einberechnen müssen. Damit wir für die Operation deine weniger launischen Tage nutzen.«

Wow. Das war sogar für Kathryns Verhältnisse echt fies. Ich starre die Profilerin fassungslos an.

»Okay, okay«, sagt sie und wirft die Hände in die Luft. »Schreib Patrick. Bitte ihn um ein Treffen. So kann es eindeutig nicht weitergehen.«

# Dreiunddreißig

Mein Freund ist noch nicht da.

Das würde man wohl vermuten, wenn man mich in dieser stillen Bar im West Village dabei beobachten würde, wie ich meine Virgin Mary in so winzigen Schlucken trinke, als müsse sie für den ganzen Abend reichen. Eine Studentin, die auf ihre Verabredung wartet. Vielleicht ein bisschen stilvoller gekleidet als die meisten anderen Frauen hier.

»Hallo, Claire.«

Ich erschrecke, als er aus der Dunkelheit tritt, und schaffe es gerade so, nicht zusammenzuzucken. Er beugt sich herunter und küsst mich auf die Wange. Und als seine hellgrünen Augen einen Moment lang in meine blicken, bin ich mir plötzlich ganz sicher, dass Patrick alles erspürt; dass er um die Drähte auf meiner Haut weiß und um den Betrug in meinem Herzen.

»Was trinkst du?«, fragt er, als er sich entspannt neben mir niederlässt, und winkt dem Barkeeper.

»Wir bleiben nicht hier, sondern gehen gleich in eine andere Bar.«

Patrick runzelt die Stirn. »Wieso haben wir uns dann hier verabredet?«

»Weil man sich an diesem anderen Ort nicht verabreden kann. Gehen wir?«

Ich äußere mich nicht weiter dazu, bis wir schon fast dort sind. Kathryn hat mir erklärt, dass der Club noch einer der wenigen ist, die aus der Zeit als so legendäre Clubs wie The Mineshaft und The Vault New York zu einem Synonym für sexuelle Freizügigkeit machten, verblieben sind.

Schließlich bleibe ich vor der Tür stehen. »Hier ist es.«

Es gibt kein Schild, nur einen Klingelknopf mit Türöffner. Wir gehen die Treppe runter und landen in einem kleinen Raum. Bis auf einen Eingang mit Vorhang und eine Frau mit Nasenpiercings, die hinter einem Stehpult die Gäste empfängt, ist der Raum leer. Die Frau beäugt mich missbilligend, was ich angesichts der Tatsache, dass ich eine nagelneue Prada-Jacke trage, erstanden von meinem zweiten Monatslohn, ziemlich nervig finde.

Als wir die Mitgliedsformalitäten hinter uns gebracht und die Regeln unterschrieben haben und durch die geheimnisvolle Tür gehen, verstehe ich den Blick. Prada wird hier nicht geschätzt. Es gibt ohnehin so gut wie keinen Stoff, lediglich Leder, PVC, Gummi und Klarsichtfolie. Und Haut. Jede Menge Haut, vorzugsweise gepierct, beschrieben oder tätowiert.

Komischerweise ist mein erster Gedanke: *Wie kommen die denn nach Hause, so wie die aussehen?*

Ein Mann mit freiem Oberkörper und Lederhose geht an uns vorbei. Er hält eine Kette in der Hand, die zu einem Ring am Nippel einer atemberaubend hübschen jungen Frau führt, auf deren Brust mit Marker SKLAVIN geschrieben wurde.

Als ich mich umschaue, sehe ich Masken und Fesselgeschirre aus Leder, seltsame Golfball-Knebel. Ein Mann trägt eine Maske, die sein gesamtes Gesicht verdeckt; er atmet durch einen Schlauch. Die Musik in den Räumen ist so tief und laut, dass ich sie im Zwerchfell spüre.

Beobachtet von einer kleineren Gruppe, schlagen zwei Männer auf einem Podest abwechselnd mit einem Paddle eine Frau, die in ein Streckgerüst gespannt ist. An der Wand hinter dem Gerüst hängen allerlei Gerätschaften ordentlich an Haken wie in einer Tischlerwerkstatt: Seilrollen, Lederfesseln, Handschellen, Klemmen, neunschwänzige Katzen und Gehstöcke.

Patrick und ich sehen eine Weile zu. Schließlich hören die Männer auf ein vereinbartes Zeichen hin auf. Einer zwingt die Frau, das Paddle zu küssen, während der andere sie losbindet. Die Zuschauer zerstreuen sich und verschwinden in den dunklen Seitenräumen.

»Was möchtest du jetzt machen?«, frage ich. Ich muss schreien, damit er mich hören kann.

»Einen Ort suchen, an dem man was zu trinken bekommt«, antwortet Patrick. »Vorzugsweise einen guten Burgunder. Und wo man sich gegenseitig verstehen kann.«

»Und, was meinst du? Ganz ehrlich?«

»Ehrlich?« Patrick betrachtet mich über den Rand seines Weinglases. »Ich war wohl etwas überrascht, mich dort wiederzufinden. Dann war ich recht fasziniert. Und zuletzt musste ich mich beherrschen, um nicht zu lachen.«

»Lachen?«, wiederhole ich erstaunt.

Er zuckt lächelnd die Achseln. »Das ist doch alles so furchtbar *ernsthaft*, oder nicht? Und wirkt dabei zugleich grotesk. Diese ganzen lächerlichen Regeln über Erlaubnis und Safewords und dergleichen. Das ist doch in etwa so gefährlich wie Disney World.«

»Oh.«

»Doch ich weiß die Offenheit zu schätzen, mit der du mich

an deinen Vorlieben hast teilhaben lassen, Claire«, fügt er hinzu. »Auch wenn Spiele um Dominanz und Unterwerfung nicht nach meinem Geschmack sind, kann ich immerhin nachvollziehen, was andere daran reizvoll finden.«

»Aber was meinst du mit ›nicht nach deinem Geschmack‹? Du hast doch diese Fantasien geschrieben …«

Er schüttelt den Kopf. »Ich ahme nur nach. Ich kann im Stil von Baudelaire oder Proust schreiben oder auch einen billigen Porno. Da gibt es für mich keinen Unterschied. Ein großer Teil des Vergnügens dabei besteht darin, eine andere Identität anzunehmen … mich in eine andere Person hineinzuversetzen. Um mich geht es dabei nicht unbedingt.«

»Dann …« Ich runzle die Stirn. »Dann stehst du gar nicht auf BDSM?«

»Nur insoweit, als es meiner Partnerin Lust verschafft. Mich selbst interessiert das eher nicht.«

»Aber wieso hast du dich dann überhaupt darauf eingelassen, diese Fantasien zu schreiben?«

Er lächelt. »Weil *du* mich darum gebeten hast. Und ich wollte dir etwas schenken, das dir gefällt. Außerdem ergründe ich gerne, was Menschen umtreibt. Liegt vermutlich daran, dass ich ein Waisenkind war.«

Ich starre ihn an. »Du warst eine *Waise*?«

»Ja.« Meine heftige Reaktion scheint ihn zu erstaunen. »Aber ich hatte Glück, mir ging es gut bei meiner Pflegefamilie. Warum?«

»Weil …« Mir raucht der Kopf. Meine Figur hat nur ein totes Elternteil, fällt mir ein. Ich kann Patrick also nicht erzählen, dass ich auch ein Pflegekind war.

»Ich habe meinen Vater verloren, als ich zehn war«, murmle ich. »Und mit meiner Mutter verstehe ich mich nicht. Aber ich weiß, dass das nicht das Gleiche ist.«

Er nickt. »Vermutlich nicht. Aber mir war auch, als hätte ich da etwas bei dir gespürt … eine gewisse Härte und zugleich Verletzlichkeit. Eine Abgeklärtheit … das lässt sich schwer beschreiben. Wenn man das selbst fühlt, erspürt man es auch bei anderen. Bei Menschen, die sich nach uneingeschränkter Liebe sehnen, die selbst lieben wollen, aber nur schwer damit zurechtkommen, wenn sie die Liebe dann finden. Außenseiter, die dazugehören wollen, die nach einer Ersatzfamilie suchen … Und manchmal glauben wir dann, sie bei einem Club oder einer anderen Gruppe zu finden. Vielleicht fühlst du dich deshalb zur Fetischszene hingezogen, Claire. Vielleicht willst du einfach einer Gruppe von Außenseitern angehören.«

»Mag sein«, sage ich, ersetze aber in meinem Kopf das Wort *Fetischszene* durch *Theaterwelt.*

*Du verstehst mich, Patrick.*

»Als Waise hat man dauernd so ein Gefühl, an das man sich irgendwann gewöhnt«, spricht Patrick weiter. »Wie wenn man nachts im Meer schwimmt und sich plötzlich fragt, was eigentlich unter einem ist. Und man merkt, dass man ertrinken wird, wenn man sich nicht bewegt, weil man durch nichts gestützt wird. Da ist nur Dunkelheit und tiefes Wasser. Man ist alleine, mutterseelenalleine. Alle anderen haben jemanden, aber man selbst ist einsam.«

*Ich weiß, Patrick. Ich weiß.*

Wir reden stundenlang weiter. Was total seltsam ist. Wenn ich mich mit Männern unterhalte, graben die mich nach Kurzem an oder ich sie. Der Gesprächsteil dauert höchstens eine halbe Stunde, dann ist das erledigt. Nur zu reden, über Lyrik, New York, Patricks Reisen nach Europa, ist etwas vollkommen Neues für mich.

Und trotz all meiner Bemühungen, einen professionellen Abstand zu wahren, mag ich den Mann. Er ist klug und gebildet, und obwohl er viel mehr über Kunst und Literatur weiß als ich, ist er nie herablassend, sondern scheint sich aufrichtig für meine Meinung zu interessieren.

Ich muss mich dazu anhalten, die Verweise auf meine dunkle Vergangenheit in die Unterhaltung einfließen zu lassen, mit denen ich ihn aus der Reserve locken soll.

Was natürlich nicht passiert. Er reagiert kaum darauf, und schließlich lasse ich es einfach bleiben.

Als wir aus der Bar gehen, besteht Patrick darauf, mich mit dem Taxi vor meinem Haus abzusetzen. East Harlem sei eine unsichere Gegend, sagt er.

Er bringt mich zur Tür, und da zieht er mich an sich und küsst mich zum ersten Mal. Ich wusste, dass es dazu kommen würde. Und natürlich muss ich den Kuss erwidern.

Nur ein Bühnenkuss, sage ich mir. Hast du schon x-mal gemacht. Bedeutet rein gar nichts. Deine Figur genießt es, in Patricks Armen zu liegen, seine muskulöse Brust zu spüren, seine Lippen, das Wissen, dass es gerade gelingt, die Abwehr dieses Mannes zu durchbrechen und zu entdecken, dass er dich mag, so wie du ihn. Deine Figur.

Nicht du selbst.

# Vierunddreißig

»Wir müssen dezenter vorgehen«, sagt Kathryn.

Sie kommen ein paar Minuten nach mir in die Wohnung, aber diesmal ist keine Begeisterung spürbar.

»Er wird auf jeden Fall extrem vorsichtig sein«, fügt Kathryn hinzu. »Heimlichkeit ist für ihn zur zweiten Natur geworden.«

»Vor Kurzem hast du noch gesagt, seine Einsamkeit würde ihn dazu verleiten, Risiken einzugehen«, wende ich ein.

»Das ist keine exakte Wissenschaft, Claire.«

»Auf mich wirkt es sowieso nicht wie Wissenschaft«, murmle ich.

»Wir stellen eine Hypothese auf und überprüfen sie dann«, erwidert Kathryn knapp. »Erweist sie sich als unbrauchbar, machen wir in einer anderen Richtung weiter.«

»Aber er hat sich noch immer nicht selbst belastet.« Zum ersten Mal höre ich einen Anflug von Frustration in Franks Stimme.

»Ich habe immer gesagt, es ist möglich, dass er die BDSM-Szene als Deckung benutzt, aber dass er vermutlich nicht wirklich dazugehört. Und diese Annahme ist durch die jüngste Entwicklung bestätigt worden …«

»Wir können uns aber vom Richter keinen Haftbefehl genehmigen lassen mit der Begründung, dass unser Verdächtiger ein Durchschnittsbürger zu sein scheint«, versetzt Frank. »Wir haben absolut nichts in der Hand.«

»Nein«, gibt Kathryn zu. »Bislang nicht.«

*Weil es nichts gibt.*

Diese Erkenntnis schlägt in meinem Hirn ein wie ein Blitz.

*Patrick ist unschuldig.*

Aber ich spreche den Gedanken nicht aus. Zum einen, weil ich schon weiß, dass Kathryn sagen wird, solche Urteile stünden mir nicht zu. Zum anderen aber, weil es mein Geheimnis bleibt, wenn ich nicht darüber spreche – etwas, das ich in den Armen halten kann wie eine Kuscheldecke.

So wie ich Patrick in den Armen halten will.

Ich frage mich, was passieren muss, damit Kathryn und Frank merken, dass sie den Falschen verdächtigen. Und was sie tun werden, wenn es so weit ist. Werden sie einfach aus seinem Leben verschwinden und von mir das Gleiche erwarten?

Dass dieser Zeitpunkt kommt, möchte ich gar nicht, fällt mir auf. Zumindest noch nicht so schnell.

Oder könnte es sogar sein, dass die ganze Geschichte anders ausgeht? Dass Patrick und ich vielleicht … ich wage es kaum, den Gedanken zu formulieren.

Dass er und ich zusammen sein könnten?

Das scheint fast ausgeschlossen. Aber dennoch: Nichts an diesem verrückten Szenario verläuft nach normalen Regeln.

Frank und Kathryn brechen auf, immer noch debattierend. Aber auch als sie weg sind, kann ich mich nicht entspannen. Die Wohnung wirkt beklemmend auf mich. Ich starre auf den ganzen Plunder und Mist und spüre erst jetzt so richtig, wie übertrieben und klischeehaft die Wohnung eingerichtet ist. Wie bei einer verhunzten Studenteninszenierung. So ein idiotisches

Einpersonenstück, bei dem die Darstellerin auch noch das Publikum anschreit.

*Das passt nicht zu mir. Und ganz bestimmt nicht zu Patrick.*

Die Schlange, die nachtaktiv zu sein scheint, windet sich in einem verschlungenen Knoten in ihrem Terrarium. Keine Ahnung, ob sie weiblich oder männlich ist, aber ich muss dringend raus hier.

Ich gehe in einen Club und genieße auf der Tanzfläche das Gefühl, wie die Musik meinen Körper erfasst. Am Notausgang steht ein Dealer, der mir zwei Pillen für den Preis von einer verkauft, weil es mitten in der Woche ist.

Um drei ist mein Körper müde, aber mein Hirn kommt nicht zur Ruhe. Da fällt mir die Harley Bar wieder ein, wo die Motorräder von der Decke hängen. Und Brian, der australische Barmann mit dem Geschirrtuch, der um drei Schluss hat.

Als ich hinkomme, macht er den Laden gerade dicht. Ich muss nicht groß flirten, bevor er mich fragt, ob ich mit zu ihm kommen will.

Aber aus irgendeinem Grund hat Sex mit einem Unbekannten in dieser Nacht nicht die gewohnte Magie für mich. Statt mich kühn und mutig zu fühlen, finde ich das Ganze ein bisschen sinnlos.

Denn sooft Brian mir auch sagt, dass ich schön, umwerfend, verrückt oder voller Geheimnisse bin: Der Mensch, von dem ich all das hören möchte, ist nicht bei mir.

# Fünfunddreißig

Gegen zwölf komme ich in die Wohnung zurück. Meine Augen brennen, und mein Mund fühlt sich so trocken an wie das Zeug, das Floristen für Gestecke benutzen. Als ich durch die Tür trete, bleibe ich stehen wie angewurzelt und traue meinen Augen nicht.

Über Nacht hat sich alles verändert. Die Wände sind eierschalenweiß, die Tierschädel und das Zeug vom Trödler sind verschwunden. Stattdessen schwedische Möbel, Sofas von West Elm, türkische Kelims in dezenten Farben. Gitarre und Verstärker sind auch weg, stattdessen stehen da Sonos-Lautsprecher, aus denen leise klassische Musik ertönt. Keine Rockposter mehr, sondern Drucke in hellen Holzrahmen. Auf einem Glascouchtisch ein Stapel Kunstbücher über Georgia O'Keeffe und Toulouse-Lautrec.

Und wie durch Zauberhand hat sich die Schlange in eine Schildpattkatze verwandelt, die mich träge vom Sofa aus beäugt.

»Sie heißt Augusta«, sagt Kathryn, die hereinkommt, als ich die Katze streichle.

»Im Ernst?«

»Was, glaubst du, die Katze braucht einen Decknamen? Natürlich heißt sie so. Wo warst du?«

»Brauchte eine Auszeit.« Ich weise auf die neue Einrichtung. »Wie kam es denn dazu?«

Kathryn stülpt die Lippen vor und betrachtet mich. Einen Moment lang glaube ich, sie wird mich anfauchen, aber dann sagt sie nur: »Achte künftig bitte darauf, dass du die Kette trägst, ja? Wir müssen für deine Sicherheit sorgen können.«

»Glaub mir, letzte Nacht wär das Mikro fehl am Platz gewesen. Es sei denn, Frank soll einen Herzinfarkt kriegen.«

Kathryn übergeht die Bemerkung. »Um deine Frage zu beantworten: Ich habe noch einmal über etwas nachgedacht, das du gesagt hattest. Über die Vénus Noire und die Vénus Blanche. Vielleicht lagen wir falsch. Vielleicht musst du wirklich eher die Weiße Venus sein, eine reine und elegante Schönheit haben, damit er fantasieren kann, wie er dich schändet.«

»Holla«, sage ich. »Grundlegende Veränderung der Figur. Muss ich erst mal durchdenken ...«

»Dafür hast du nicht viel Zeit. Patrick hat zwei Karten fürs Booth Theater, für heute Abend.«

»Für *Hedda Gabler*?«, sage ich verblüfft. Diese Inszenierung wollte ich unbedingt sehen, aber an Karten ist kaum ranzukommen.

Kathryn nickt. »Er holt dich um sieben ab. Hat eine Nachricht auf deiner Mailbox hinterlassen. Bis dahin versuch, dich ein bisschen auszuruhen, Claire. Du siehst furchtbar aus.«

# Sechsunddreißig

Die Wohnung gefällt ihm, sagt er. So hätte er sie sich vorgestellt. Schlicht und geschmackvoll.

Es riecht noch leicht nach Farbe, weshalb ich sage, ich hätte gerade erst renoviert.

Wir fahren mit dem Taxi zum Theater, wo wir an den AUSVERKAUFT-Schildern und den Leuten vorbeigehen, die Schlange stehen, um zurückgegebene Karten zu ergattern. Ich frage mich, wie Patrick es wohl geschafft hat, noch welche zu bekommen. Aber er ist natürlich wohlhabend. Stella kam aus einer reichen Familie. Und da die beiden bei Stellas Tod noch verheiratet waren, hat Patrick jeden Cent geerbt.

Frank hat mir erzählt, dass die Polizei ihn deshalb sofort verdächtigt hat. Was eigentlich unlogisch ist, denn Patrick kann ja nichts dafür, dass seine Frau reich war. Und Kathryns Verdacht wiederum hat mit Geld gar nichts zu tun.

Unwillkürlich beschäftigt mich Kathryns Besessenheit von diesem Fall. Wäre die Profilerin eine Figur in einem Theaterstück, dann wäre Patricks Verhaftung Kathryns »Überaufgabe«, wie Stanislawski das nannte: das innere Ziel einer Figur, die Leidenschaft, die sie vorantreibt und dazu veranlasst, Fehler zu machen.

Aber Kathryn ist Profipsychologin, sage ich mir. Trägt einen imposanten akademischen Titel. Es ist an ihr, das vollständige Bild zu erkennen. Ich muss ihr vertrauen.

*Professionell bleiben,* ermahne ich mich. *Du spielst nur eine Rolle. Du erledigst nur einen Auftrag.*

Patrick liebt Theater, das ist offensichtlich, noch bevor wir unsere Plätze einnehmen. Er wirkt sehr lebhaft und angeregt, genießt das Ambiente und die Atmosphäre gespannter Erwartung.

Illusion hat ihn seit jeher fasziniert, sagt er; dass etwas Vorhandenes für etwas anderes gehalten wird.

»Ich träume davon, eines Tages ein Stück über Baudelaire und seine zwei Venusfiguren zu schreiben«, offenbart mir Patrick, während wir auf den Beginn der Vorstellung warten. »Der Stoff ist wie geschaffen fürs Theater. Nicht für so ein Haus natürlich. Man bräuchte einen experimentellen Spielort, der in sich schon eine Provokation darstellt.«

»Wie würdest du das Stück anlegen?«

Er überlegt. »Vielleicht um den Prozess herum, bei dem Baudelaire verurteilt wurde, weil *Les Fleurs du Mal* als Verletzung der Moral erachtet wurden. Ich habe eine Schwäche für gute Gerichtsdramen.«

»Ich auch.«

»Wirklich?« Patrick wirft mir einen Seitenblick zu. »Der beste Gerichtsfilm?«

»Das ist einfach. Und ich meine nicht *Die zwölf Geschworenen*, obwohl Sidney Lumet da Regie geführt hat. Sondern …«

*»The Verdickt – Die Wahrheit und nichts als die Wahrheit«*, vollendet Patrick den Satz. »Drehbuch von David Mamet.«

Ich nicke. »Aber mein Lieblingsgenre ist der Film noir. Vor allem die Filme, die in New York spielen. Zum Beispiel *Laura* mit Gene Tierney in der Hauptrolle …«

»Hab ich bestimmt hundertmal gesehen. Erinnerst du dich an die Szene, in der …«

Während wir darauf warten, dass der Zuschauerraum dunkel wird, und uns lebhaft über unsere Lieblingsfilme und -dramen unterhalten, fällt mir auf, dass ich mich lange nicht mehr so wohlgefühlt habe mit einem Mann. Ich darf nur nicht an das Mikro und die Zuhörer denken.

Tue ich auch nicht. Meine Figur zumindest macht es nicht. Die ist begeistert von diesem Abend.

Die erste Hälfte der Inszenierung ist sogar noch besser, als ich zu hoffen gewagt hatte. Ich kann diese Hedda deutlich spüren: eine Frau, die aus Langeweile allerhand verrücktes Zeug anstellt und sich immer tiefer darin verstrickt, bis sie schließlich völlig außer Kontrolle gerät. Die Schauspieler sind so intensiv, dass ich in der Pause nicht mal reden möchte, sondern in Ibsens Welt verweilen will, bis die Vorstellung weitergeht.

Patrick erspürt meine Stimmung und sagt behutsam: »Ich hole uns was zu trinken. Wir müssen nicht reden.«

Während er weg ist, sagt plötzlich jemand hinter mir giftig: »Diese Knallchargen kommen natürlich beim Publikum gut an. Die wissen es eben nicht besser, die armen Herzchen. Ach, *hallo*, Claire!«

Ich versuche zu verschwinden, aber es ist schon zu spät. Raoul, ein Schauspieler. Freund einer Freundin von Jess.

»Ist das nicht *schrecklich*, Süße?« Er hält mir die Wange zum Kuss hin.

»Mir gefällt es«, sage ich matt. In diesem Moment kommt Patrick mit zwei kleinen Tetrapak Wein zurück. Er stellt sie ab und betrachtet dann Raoul und seine Freunde, wartet darauf, vorgestellt zu werden.

»Nicht dein Ernst!«, erwidert Raoul und fügt spöttisch hinzu: »Wenn man eine Weile nicht gearbeitet hat, verliert man wahrscheinlich die Urteilskraft.«

»Das ist Raoul«, sage ich unbehaglich zu Patrick. »Er spielt eine singende Ratte in einem Musical.«

»Ein singendes *Eichhörnchen*«, korrigiert Raoul und betrachtet mich skeptisch. »Sag mal, Claire, mit was für einem abgefahrenen Akzent sprichst du denn? Machst du jetzt einen auf volkstümlich, um Arbeit zu kriegen?«

»Die zweite Hälfte der Inszenierung soll besser sein, hab ich gehört«, erwidere ich rasch, um ihn abzulenken.

Aber Raoul kommt gerade erst in Fahrt. »Apropos Akzent: Bin diesem süßen Proll aus der Harley Bar begegnet. Da muss man wohl gratulieren, wie?« Mit australischem Akzent ahmt Raoul jetzt Brian nach: »›Mann, war der Hammer, diese Nacht mit Claire. Wenn wir noch härter gefickt hätten, wär ich jetzt beschnitten.‹«

Raouls Gefolge lacht, auch Patrick gluckst leise.

Dann tritt er auf Raoul zu, packt ihn an den Schultern, wie um ihm zu seinem gelungenen Witz zu gratulieren, und schlägt dann seine Stirn abrupt auf Raouls Nase. Raoul sackt in sich zusammen wie eine Marionette und sinkt zu Boden. Hinter uns hört man erschrockenes Murmeln.

Raoul ist auf den Knien gelandet und krümmt sich. Blut und Schleim tropfen ihm aus der Nase.

»Möchtest du die zweite Hälfte noch sehen?«, sagt Patrick ruhig zu mir. »Oder lieber gehen?«

# Siebenunddreißig

»Kein angenehmer Zeitgenosse«, sagt Patrick, als wir draußen sind. Es regnet leicht, aber er scheint es nicht zu bemerken.

»Ja, Schauspieler können echte Giftspritzen sein«, murmle ich, ziemlich zittrig.

Wir gehen Richtung Westen. »Was meinte er eigentlich?«, fragt Patrick, während er nach einem Taxi Ausschau hält.

»Womit?«

»Mit dieser Bemerkung, dass du Arbeit suchst.«

»Ach, na ja …« Ich zucke die Achseln. »Ich hatte diese dumme Idee, Schauspielerin werden zu wollen. Aber durch Leute wie Raoul und seine Freunde habe ich ziemlich schnell gemerkt, dass das ein idiotisches Vorhaben ist.«

»Ganz im Gegenteil: Ich halte das für eine hervorragende Idee. Du solltest deinem Leben eine Richtung geben. Und du wärst mit Sicherheit gut. Check doch mal das Theaterprogramm an der Uni. Die bieten auch Schauspiel-Workshops an.« Ein Taxi kommt in Sicht und hält, als Patrick winkt. »East Harlem«, sagt er zum Fahrer und hält mir die Tür auf.

»So was kann ich mir nicht leisten«, sage ich, als wir im Taxi sitzen.

»Ich könnte dir das Geld dafür leihen.«

»Das ist doch absurd, Patrick.«

»Wieso denn? Ich kann es mir leisten. Und dann schreibe ich mein Stück, und du übernimmst eine Rolle.«

»Du kennst mich doch überhaupt nicht«, erwidere ich, plötzlich wütend. »Ich könnte eine Betrügerin sein, die mit deinem Geld abhaut. So was gibt's.«

»Du eine Betrügerin?«, sagt er belustigt. »Ich denke, ich weiß alles über dich, was ich wissen muss, Claire. Vertrauen, weißt du noch?«

»Ich überleg mir das mit dem Schauspielunterricht«, murmle ich. »Aber dein Geld werd ich nicht nehmen.«

Ein Schweigen entsteht.

»Was Raoul von diesem Australier erzählt hat …«, sage ich schließlich.

»Du bist mir keinerlei Erklärung schuldig, Claire«, unterbricht mich Patrick. »Solange du nicht beschlossen hast, mit mir zusammen zu sein, ist es ausschließlich deine Angelegenheit, mit wem du schläfst.«

»Ich *möchte* es aber erklären, Patrick.« Und das stimmt. Ich habe den fast unwiderstehlichen Drang, ihm *alles* zu erzählen. Weil ich nämlich glaube, er wird sehr verletzt sein, wenn er herausfindet, dass das alles nur eine blöde verdeckte Ermittlung ist. Dann wird er mich sicher hassen. Und es ist mir sehr wichtig, nicht von Patrick gehasst zu werden.

Ich öffne den Mund. Will etwas erklären, Patrick einen Hinweis geben, ihn warnen, ihm versprechen …

Dann denke ich an Frank und Kathryn, die uns in einem Überwachungswagen folgen, der wie ein normaler Lieferwagen aussieht. Denke daran, dass die beiden mithören und sich auf mich verlassen.

Widerwillig halte ich mich wieder ans Textbuch.

»Ich habe dir doch erzählt, dass ich jemanden verloren habe.«

»Ja. Deinen Lehrer. Diesen Fairbank.«

»Aber ich habe dir nicht erzählt, wie er zu Tode kam.«

Patrick nickt. »Ich habe nicht gefragt, weil ich warten wollte, bis du dafür bereit bist.«

»Er war nicht nur mein Lehrer, sondern auch verheiratet.« Ich starre zum Fenster hinaus auf die nasse Straße. »Als das mit ihm und mir rauskam, wurde er entlassen. Seine Frau verließ ihn, und er konnte natürlich nicht mehr als Lehrer arbeiten. Es endete damit, dass …« Ich hole tief Luft. »Es sollte ein Doppelselbstmord werden. Aber ich hatte nicht den Mut, es für mich durchzuziehen. Und auch seither nicht.«

Jetzt rinnen mir Tränen übers Gesicht. Sie sind nicht nur Teil der Rolle, sondern es sind Tränen der Scham über die Lügen, die ich hier erzähle. Über diese erbärmlich kitschige Geschichte.

Der Taxifahrer bremst abrupt, hupt und muss auf die andere Spur ausweichen. Patrick umfasst meine Schultern, damit ich nicht vom Sitz falle. Die Berührung fühlt sich gut an.

*Ich könnte diesen Mann lieben,* denke ich. *Stattdessen belüge ich ihn.*

»Deshalb habe ich die Schule abgebrochen und bin nach New York gekommen«, spreche ich weiter. »Und seit damals fühle ich mich, als stünde ich permanent am Rand eines hohen Sprungbretts. Fühle mich zu verängstigt, um zu springen, schäme mich aber auch, umzukehren.«

*Patrick, ich könnte dich lieben.*

»So ein Dreckskerl«, sagt Patrick leise. »Mieser, feiger, widerlicher, egoistischer Drecksack. Dich zu verführen, war schon schlimm genug. Dich in seine erbärmlichen Sexfantasien reinzuziehen … wenn ich daran denke, packt mich die Wut, auch wenn du sagst, sie hätten dir gefallen. Aber dir überdies die Last seiner Schuld aufzubürden … das ist einfach charakterlos.«

Ich sehe Patrick verblüfft an. »Findest du?«

»Wer macht denn so was? Wenn der nicht schon tot wäre, würde ich ihn umbringen.« Patrick lächelt und streicht mir über die Wange. Aber ich sehe vor mir, wie Raoul zu Boden ging, und zweifle nicht daran, dass Patrick es ernst meint.

Als wir bei mir ankommen, steigt Patrick aus. Einen Moment lang glaube ich, dass er das Taxi wegschicken wird, und das Herz schlägt mir bis zum Hals. Doch dann beugt er sich hinunter und sagt zum Fahrer: »Warten Sie bitte.«

»Du fragst nicht, ob du mit raufkommen kannst«, sage ich leise, als Patrick mich zur Tür bringt.

Er betrachtet mich forschend. Regentropfen glitzern auf seinem Haar. »Habe ich dir erzählt, wie die Beziehung zwischen Baudelaire und seiner Weißen Venus endete?«

Ich schüttle den Kopf. »Ich weiß nur, dass es schließlich zu Sex kam. Und dass das auch zugleich das Ende war.«

Patrick nickt. »Baudelaire schrieb ihr, er wolle sie als Göttin in Erinnerung behalten, nicht als Frau.«

Ich lache. »Da kann ich dir gleich mal sagen, dass ich keine Göttin bin … eher ein bisschen das Gegenteil.«

»Was ich damit sagen will, ist Folgendes: Sex kann eine Prüfung für jede Beziehung sein. Wie Baudelaires Freund Flaubert sagte: Man sollte seine Gottheiten nicht berühren, weil man sonst ihre Vergoldung zerstört.« Patrick streicht mir eine Haarsträhne hinters Ohr. »Wenn ich also jetzt nicht frage, ob ich mit raufkommen kann, bedeutet das nicht, dass ich es nicht möchte,

Claire. Sondern nur, dass ich warten will, bis ich eingeladen werde.« Er hält inne. Als ich stumm bleibe, lächelt er. »Dann werde ich mich vorerst damit zufriedengeben.« Er beugt sich vor und küsst mich.

In einem Film wäre das jetzt wohl der Moment kurz vor dem Abspann. Die Liebenden eng umschlungen, in einer regnerischen Nacht in New York. Der Regen verleiht allem einen Schimmer und den Zauber einer Filmszene: die Straßenlaternen, das wartende gelbe Taxi, aus dem schnulzige Musik dringt. Die Frau schmiegt sich noch enger an den Mann und küsst ihn wilder. *Ich will dich.*

# Achtunddreißig

»Als ich für Henry gearbeitet habe, konnte ich jeden Mann innerhalb von fünf Minuten dazu bringen, alles zu sagen oder zu tun, was ich wollte«, argumentiere ich. »Aber bei Patrick gibt es bislang keinen einzigen Hinweis, der ihn belastet.«

»Da hat Claire schon recht«, sagt Frank leise.

Am nächsten Morgen sitzen wir bei mir in der Wohnung und besprechen, wie es weitergehen soll. Frank sieht erschöpft aus, die anstrengende Überwachung fordert ihren Tribut. Kathryn dagegen ist so energiegeladen wie immer – ein Jagdhund, begierig auf Beute.

Sie zuckt die Achseln. »Ich habe nicht behauptet, dass es schnell geht. Oder einfach ist.«

»Aber du hast gesagt, dass wir *irgendwas* rausfinden«, wende ich ein. »Und dass wir die Operation einstellen, falls nicht.«

»Damit meinte ich nicht, nach ein paar Treffen. Wenn wir jetzt aufgeben, erfahren wir nie, ob sich nicht ein wenig mehr Geduld gelohnt hätte.« Sie sieht Frank an. »Ich arbeite seit sieben Jahren an diesen Fällen, Frank. Mindestens acht Frauen sind ermordet worden. Ich werde jetzt nicht die Flinte ins Korn werfen, nur weil die *Schauspielerin* bockig ist.«

»Ich bin nicht bockig!«, protestiere ich. »Ich weiß nur nicht mehr, was wir hier zu beweisen versuchen. Oder wie wir das anstellen wollen.«

»Ich werd mir was einfallen lassen.«

»Ich werde mit ihm schlafen, oder?«, sage ich.

Die beiden reagieren genau gleichzeitig.

FRANK KATHRYN Auf keinen Fall. Unter keinen Umständen.

ICH Diesen Hinweis hat er mir gegeben, als er darüber sprach, dass Baudelaire mit seiner Weißen Venus Sex hatte. Patrick sagte, Sex sei wie eine Prüfung für eine Beziehung. Ich glaube, er wollte damit sagen, dass ich erst dann den wahren Patrick Fogler erleben würde.

KATHRYN Das sehe ich nicht so.

FRANK Damit würdest du eine Grenze überschreiten, von der Psychofalle zur Sexfalle.

ICH Aber dann würden wir die Wahrheit erfahren. Ob er ein Mörder ist ... oder ein normaler netter Mann, der um seine Frau trauert.

Kathryn starrt mich an.

KATHRYN O mein Gott ... du hältst ihn für unschuldig, oder? Du glaubst ihm jedes Wort! Claire, als deine Betreuerin ...

ICH *Betreuerin?* Ich bin doch nicht unmündig!

KATHRYN Als deine *Betreuerin* sage ich jetzt, dass ich die Operation in dem Moment stoppen werde, in dem du anfängst, an deinen eigenen Text zu glauben. Und was Sex mit Fogler angeht ... vergiss es.

Einen Moment lang starren wir einander an, und jede wartet darauf, dass die andere blinzelt. Schließlich:

ICH Das ist doch scheiße.

Ich gehe ins Schlafzimmer und knalle die Tür hinter mir zu. Höre Frank draußen sagen:

FRANK Starallüren. Vielleicht sollte ich mit ihr reden.
KATHRYN Dich wickelt sie sowieso um den kleinen Finger.

INNEN. DIE WOHNUNG. SCHLAFZIMMER. CONT'D.

Ich lausche an der geschlossenen Tür.

FRANKS STIMME Was soll das heißen?
KATHRYNS STIMME Ach, komm schon, Frank. Sie weiß genau, wie sie Männer wie dich manipulieren kann. Das macht sie schon ihr ganzes Leben lang.

Ich trete vor den Spiegel und starre mich an. Meine Figur starrt zurück. Berührt die Kette mit dem Mikro. Ich stelle mir vor, wie meine Figur sich die Kette mit dramatischer Geste vom Hals reißt und an die Wand wirft, wo sie zerbricht. Schreit, dass wir Patrick vollkommen falsch einschätzen. Dass er ebenso wenig Menschen ermordet wie ich. Als Szene wäre das fantastisch. Und so befriedigend. So *richtig*. Aber ich bleibe nur reglos stehen.

# Neununddreißig

An diesem Abend streife ich durch die Straßen und denke nach. Mir fällt ein, wie ich für *Tumult* eine Sexszene spielen musste. Der Regisseur sprach sie mit uns durch, ließ uns voll bekleidet proben, schickte alle vom Team weg, die nicht zwingend dabei sein mussten, damit wir so entspannt wie möglich sein konnten. Die Ironie dabei war natürlich, dass Laurence und ich zu diesem Zeitpunkt bereits eine sexuelle Beziehung hatten.

Damals hatte ich Laurence vorgeschlagen, die Szene mit echtem Sex zu drehen, aber er wollte nicht. Dennoch begannen nach dem Dreh die Gerüchte über die enorme Intensität zwischen uns. Und da wurde Laurence nervös. Erst jetzt kommt mir der Gedanke, dass seine Frau und seine Kinder vielleicht deshalb kurz darauf am Set aufgetaucht sind. Vielleicht wollte Laurence mich auf diese Weise loswerden. Hatte sich bei einem Auslandsdreh lediglich ein bisschen amüsieren wollen, doch dann fing das englische Mädchen zu klammern an.

Aber es hatte mir nichts ausgemacht, vor der Kamera nackt zu sein – im Gegenteil. Verglichen mit Daniel Day-Lewis, der im Rollstuhl lebte, um die Rolle eines Querschnittsgelähmten zu spielen, war das nichts. Doch es bewies, dass ich mich vollkommen auf meine Rolle einließ, dass ich sie buchstäblich mit Leib und Seele verkörperte.

Und deshalb akzeptiere ich Kathryns Einwände gegen Sex

mit Patrick auch nicht. Dass ich mich zu ihm hingezogen fühlte, wusste sie von Anfang an, und sie hat es sich skrupellos für ihre Operation zunutze gemacht. Und jetzt meckert sie, es darf keinen Sex geben.

Aber der Hauptgrund, warum ich zögere, ist die Angst, dass Patricks Gefühle für mich noch stärker werden, wenn ich mit ihm schlafe. Dass ich ihn ungewollt weiter in Dr. Lathams Netz hineinziehe. Und ich möchte auch nicht, dass Frank, Kathryn und jede Menge kleiner Kameras Zeugen meiner ersten Nacht mit Patrick sind.

So viele Stimmen in meinem Kopf, und sie sind sich durchaus nicht einig.

KATHRYN Das ist typisch für dich, Claire. Du kannst langfristig nicht zwischen deiner Rolle und der Realität unterscheiden. Du brauchst *mich*, für den Überblick und für Anweisungen.

MARCIE Sie haben sich doch bereits einmal so unprofessionell verhalten und damit Ihre Karriere zerstört. Und jetzt sind Sie gerade im Begriff, den gleichen dummen Fehler zu wiederholen. Ich möchte Sie nicht mehr vertreten.

FRANK Erinnerst du dich an Kathryns Vergleich mit der Bombenentschärfung? Am falschen Draht gezogen und … *bumm*.

Aber ich denke mir, dass auch Bombenentschärfer sich nicht immer mit Drähten und Zündern aufhalten. Manchmal jagen sie das Ding einfach in die Luft. Eine simple brachiale Lösung kann auch mal die beste sein.

In einem Punkt hat Kathryn allerdings recht: Ich bin emotional verstrickt, und zwar so heftig, wie ich das niemals erwartet hätte. Im Rückblick kann ich nicht mehr nachvollziehen, wann das passiert ist.

Aber wenn ich mich jetzt zurückziehe, verliere ich Patrick. Und das will ich auf gar keinen Fall.

# Vierzig

INNEN. KELLERBAR – NACHT.

Patrick und ich sitzen bei Kerzenlicht und der zweiten Flasche Wein in der Kellerbar, wo er mich an unserem ersten Abend hingeführt hat.

ICH Und Stella?

PATRICK Ich habe sie geliebt. Wir waren schließlich vier Jahre verheiratet. Aber jetzt … bin ich nicht traurig, dass sie tot ist. Nicht schön, so was zu sagen, oder? Aber es ist wahr. Denn sonst wäre ich jetzt nicht hier mit dir zusammen.

ICH Fragst du dich nicht, wer sie umgebracht hat?

PATRICK Ständig. Aber die Polizei ist unfähig. Ich bezweifle, dass wir es jemals erfahren werden.

Er bringt eine flache quadratische Schachtel zum Vorschein und legt sie auf den Tisch.

PATRICK Mach sie auf.

Ich öffne die Schachtel. Darin liegt ein Schmuckstück – ein fein ziselierter Halsreif aus Silber.

ICH Der ist wunderschön.

Dann kommt mir ein Gedanke.

ICH Hat der Stella gehört?

PATRICK Sie hat ihn manchmal getragen. Aber jetzt gehört er dir.

ICH Aber ... mein Gott, Patrick, der muss doch wahnsinnig wertvoll sein.

PATRICK Deshalb sollst du ihn ja haben. Würde es dir was ausmachen, diese Kette abzunehmen, die du immer trägst?

Ich berühre den abscheulichen Anhänger von Frank.

ICH Ganz ehrlich: Das würde mir nicht das Geringste ausmachen.

Doch dann zögere ich. Werden sie uns nicht mehr hören, wenn ich die Kette in die Handtasche stecke?

Patrick deutet mein Zögern auf seine Weise.

PATRICK Ich möchte dir dieses Schmuckstück wirklich sehr gerne schenken, Claire.

Ich entscheide mich.

ICH Hilfst du mir, bitte?

Ich neige den Kopf, entblöße meinen Nacken, damit Patrick den Schmuck austauschen kann. Und dabei treffe ich noch eine Entscheidung.

ICH Können wir zu *dir* gehen? Später, meine ich?
PATRICK Warum? Du wohnst doch ganz in der Nähe.

INNEN. ÜBERWACHUNGSWAGEN – NACHT.

Frank dreht hektisch an Knöpfen. Die Übertragung ist jetzt gedämpft, weil das Mikro in meiner Handtasche liegt.

MEINE STIMME *(undeutlich)* Ich fühle mich bei mir nicht so wohl.

FRANK *(flucht leise)* Scheiße!

Ich kann mir die Szene lebhaft vorstellen. Und merke, dass es mir egal ist.

INNEN. PATRICKS WOHNUNG – NACHT.

Patrick wohnt in einem wunderschönen modernen Apartment in Morningside Heights, mit Blick auf die Kathedrale. Türkische Teppiche, Bücher und europäische Gemälde bestimmen das Bild. Ich streife umher und betrachte alles, während Patrick uns Wein einschenkt.

Ich weiß wohl, dass ich das alles vorher mit Frank und Kathryn hätte besprechen müssen. Aber ich habe keine Lust mehr darauf. Ich will es jetzt. Will mich einlassen. Will springen, bevor ich nach unten geschaut habe.

*Nicht denken. Handeln.*

Patrick dreht sich um – und sieht, dass ich meine Bluse aufgeknöpft und den BH ausgezogen habe.

PATRICK Ich dachte, dafür bist du noch nicht bereit.

ICH Das dachte ich auch.

Ich trete zu ihm. Flüstere:

ICH Mach mit mir, was du willst, Patrick.

PATRICK Oh ja, das werde ich.

Seine Hände umfassen meine Brüste, dann zieht er leicht an meinen Nippeln. Ich sauge scharf die Luft ein. Dann zieht er fester, sodass ich ihm folgen muss, als er rückwärts Richtung Schlafzimmer geht.

INNEN. PATRICKS WOHNUNG/SCHLAFZIMMER – CONT'D.

PATRICK Das ist es, was ich will, Claire.

Er küsst mich gefühlvoll.

INNEN. PATRICKS WOHNUNG/SCHLAFZIMMER – ETWAS SPÄTER.

Wir lieben uns auf seinem Bett. Es ist leidenschaftlicher, wilder Sex, dabei aber liebevoll und ohne die geringste Spur von Gewalt.

# Einundvierzig

»Das war unfassbar dumm von dir. Und gefährlich außerdem«, tobt Kathryn, kaum dass ich die Wohnungstür geöffnet habe. Franks Gesicht sieht grau aus vor Erschöpfung. Die beiden haben offenbar die ganze Nacht auf mich gewartet.

»Guten Morgen«, sage ich höflich. »Wie hast du geschlafen, Claire? Hervorragend, danke schön. Und alles ist in Ordnung, nicht wahr? Ein weiterer Beweis dafür, dass ihr die Situation ganz falsch einschätzt.«

»Was denn, glaubst du etwa, ein Soziopath kann keinen harmlosen Sex haben? Hast du überhaupt ein einziges Wort von dem verstanden, was ich dir erklärt habe?«, knurrt Kathryn.

»Soziopath? Im Ernst? Nichts, was Patrick gestern Nacht gesagt oder getan hat …«

»Er wird wohl kaum seine Morde gestehen, während er an deiner Muschi lutscht«, faucht Kathryn.

Das lasse ich ihr nicht durchgehen. »Höre ich da eine Spur von Neid, Dr. Latham?«

»Ladys«, wirft Frank entnervt ein. »Bitte.«

Kathryn holt tief Luft. »Okay. Es ist nun mal passiert. Die Frage ist: Wie können wir davon profitieren?«

»Was schlägst du vor?«, fragt Frank.

Kathryn überlegt. »Beim nächsten Mal solltest du von ihm verlangen, dass er dir wehtut«, sagt sie zu mir. »Mach deutlich, wie sehr *du* das willst. Damit testen wir seine Selbstkontrolle.«

»Ach, um Himmels willen …«

»Und *dann* wäre ich tatsächlich neidisch. Weil ich nämlich gute Lust hätte, dich eigenhändig zu verhauen.«

»Wann in deinem Leben bist du so argwöhnisch geworden?«, erwidere ich mit erhobener Stimme. »So furchtbar *misstrauisch*?«

Kathryn seufzt übertrieben. »Ach, Claire. Werd erwachsen. Du bist keine Jugendliche mehr, die mit ihren Eltern im Clinch liegt. Das hier ist die *Realität*.«

»Er ist kein Mörder«, entgegne ich störrisch. »Kannst du denn nicht erkennen, dass *du* diejenige mit der Obsession bist? *Du* kannst nicht über deine eigene Nasenspitze hinausschauen. *Du* versuchst andauernd, die Fakten entsprechend deiner Lieblingstheorie zu verdrehen. Dieser ganze Blödsinn von wegen Morden, die nach Gedichten gestaltet wurden … das ist doch lächerlich abwegig. Und was das ganze idiotische Gerede über sexuelle Abweichungen angeht: längst überholt. Menschen experimentieren nun mal, das ist völlig normal. Patrick ist einer der einfühlsamsten und achtsamsten Männer, mit denen ich jemals Sex hatte.«

»Ich mag nicht über so viele sexuelle Erfahrungen wie du verfügen«, gibt Kathryn zurück. »Aber ich kenne mich sehr gut mit Serienmördern aus. Die haben lebenslange Erfahrung damit, sich als normal darzustellen. Sie sind sogar Experten darin, denn sie tun es tagtäglich. Die meisten, die ich kennengelernt habe, sind bessere Schauspieler, als du es je sein wirst.«

»Du bist zum Kotzen!«, schreie ich und will mich auf sie stürzen.

Frank hebt in Sekundenschnelle den Arm und hält mich auf. »Das wäre vielleicht nicht nötig gewesen, Kathryn«, murmelt er.

Sie beachtet ihn nicht, sondern durchbohrt mich förmlich mit dem Blick aus ihren blauen Augen. Fordert mich zum nächsten Angriff heraus.

»Ich werde jetzt duschen gehen«, sage ich kalt. »Und ich möchte, dass ihr beide verschwindet.« Damit wende ich mich ab und marschiere wortlos ins Badezimmer.

# Zweiundvierzig

Als Patrick und ich wieder zusammen sind und uns gerade gegenseitig entkleiden, ziehe ich den Gürtel aus meiner Hose und halte ihn Patrick hin.

»Du kannst mich damit züchtigen, wenn du möchtest.«

Er nimmt den Gürtel, prüft seine Geschmeidigkeit. »Und wenn ich das nicht möchte? Wäre das für dich auch okay?«

»Natürlich.«

»Dann würde ich mich dafür entscheiden.« Er wirft den Gürtel beiseite.

»Patrick …« Ich zögere.

»Ja?«

»Was wäre, wenn ich gar nicht auf diese Richtung stehe, über die wir gesprochen haben? Sondern dich nur irgendwie … weiß nicht … schockieren wollte oder so?«

Er lächelt. »Dann würde ich sagen: Danke, dass du jetzt aufrichtig mit mir bist. Wolltest du mich denn schockieren?«

»Irgendwie schon, ja«, murmle ich. »Ich wollte dich beeindrucken.«

»Claire Wright, du bist bezaubernd, weißt du das?«

»Glaubst du an Fügung, Patrick?«

»Was für eine Art von Fügung?«

»Dass es keine Rolle spielt, was wir getan haben, um zusammen zu sein, sondern dass es so kommen musste. Weil es so bestimmt ist.«

Er schüttelt den Kopf, noch immer lächelnd. »Nein, an so eine Art von Fügung glaube ich nicht. Nur an Zufall. Dem werde ich allerdings für immer dankbar sein, dass er uns zusammengeführt hat.«

Später liegen wir inmitten unserer Kleider am Boden und trinken Wein.

»Claire …«, beginnt Patrick leise. »Es gibt da etwas, das ich dir sagen muss. Es ist mir sehr wichtig. Erinnerst du dich daran, wie wir über Stella gesprochen haben?«

Unwillkürlich erstarre ich. Dann bringe ich meine Entspannungstechniken aus dem Unterricht zum Einsatz.

»Ja?«, erwidere ich so ruhig wie möglich.

Er spielt an meiner Brust, dreht einen Nippel hin und her, wie einen Knopf am Radio, mit dem er die richtige Wellenlänge einstellen will. »Seit Stellas Tod habe ich einen Abscheu vor Geheimnissen.«

*Oh nein.*

»Hast du denn ein Geheimnis, Patrick?«

Ich spreche dabei in Richtung meiner Handtasche, die ganz in der Nähe steht.

»Ja«, antwortet er. »Nur eines. Aber das muss ich dir anvertrauen.« Er sagt das so ernsthaft und zögerlich, dass es etwas Gewichtiges sein muss. Und er wirkt sogar nervös dabei. Patrick ist aber sonst nie nervös.

*Hat Kathryn doch recht? Und ich habe mich total geirrt?*

Ich warte ab, wie ich es gelernt habe. *Schweigen ist die beste Verhörmethode.* Mein Herz pocht wie wild. Er muss das an den Fingerspitzen spüren.

»Ich glaube, dass ich mich gerade in dich verliebe«, sagt er.

# Dreiundvierzig

»Heute werden wir an zwei der wichtigsten Methoden für die Gestaltung einer Rolle arbeiten: dem sensorischen und dem emotionalen Gedächtnis«, verkündet Paul. »Vor allem das emotionale Gedächtnis ist in unserem Beruf von einem gewissen Mythos umgeben. Doch letztlich bedeutet dieser Begriff nur, dass wir uns in die Vergangenheit zurückversetzen und uns an ein Ereignis so intensiv erinnern, dass wir es in ganzem Ausmaß für die lebendige Gestaltung der Rolle nutzen können. Ich gebe euch jetzt ein Beispiel, weshalb das so wichtig ist.«

Paul wählt Leon aus, einen großen schlaksigen Typ aus dem mittleren Westen, und trägt ihm auf zu spielen, dass er seine Brieftasche verloren hat. Wir sehen alle zu, wie Leon – der nicht zu den Begabtesten der Gruppe gehört – seine Taschen abklopft, beunruhigt blickt und dann immer aufgeregter wird.

»Okay«, sagt Paul schließlich, »jetzt versuchen wir etwas anderes. Leon, als du vorhin deine Jacke aufgehängt hast, habe ich deine Brieftasche rausgenommen und sie hier im Raum versteckt. Ich werde sie dir nicht zurückgeben. Du musst sie suchen.«

Leon blinzelt. »Da ist meine Monatskarte für die U-Bahn drin.«

»Weiß ich«, erwidert Paul. »Und an die achtzig Dollar. Und ein Foto von deiner Freundin sowie deine Kreditkarten. Du solltest jetzt lieber mit der Suche beginnen.«

»Scheiße«, sagt Leon fassungslos. Sichtlich verärgert geht er zu den Tischen an der Wand und fängt an, unsere Taschen zu durchwühlen oder auszukippen. Dabei sehen wir, dass sein Hals rot angelaufen ist vor Wut.

Als er schließlich merkt, dass es kein einfaches Versteck ist, geht er systematischer vor. Zwischendurch wirft er Paul immer wieder böse Blicke zu.

»Gut«, sagt Paul nach einer Weile, »das genügt.« Er greift in seine Tasche und zieht Leons Brieftasche hervor. »Hier.«

»Was für eine Scheißidee …«

Paul beachtet ihn nicht, sondern sagt zu uns: »Ich muss euch wohl nicht sagen, welche Darstellung überzeugender war. Aber warum? Zum einen natürlich, weil sich die Wahrhaftigkeit der dargestellten Gefühle nur auf das Publikum überträgt, wenn wir selbst sie als real empfinden. Doch es gehört noch mehr dazu. Bei Leons zweiter Suche haben wir gespürt, dass er ein *Ziel* hatte, dass er etwas Bestimmtes *erreichen* wollte. Diese Intensität hat sich übertragen. Leon wusste, dass er zu Fuß nach Hause gehen muss, wenn er die Brieftasche nicht findet. Und ihr alle habt gespürt, wie wütend er war, weil ich ihm das angetan hatte, nur um etwas zu demonstrieren.«

Ein paar aus der Gruppe lachen. »Arschloch«, knurrt Leon.

Ein bedrohliches Schweigen entsteht. »Was hast du gesagt?«, sagt Paul und starrt Leon an.

Jetzt ist auch Leons Gesicht knallrot. »Arschloch. Du mit deinen Scheißspielchen. Du bist doch auf einem Machttrip. Hast deine Lieblinge, und denen schmierst du Honig ums Maul. Wie ihr hier.« Er deutet mit dem Finger auf mich. »Wir anderen sind ja quasi unsichtbar.«

»Ich würde dich auch loben, wenn du dich ein bisschen anstrengen würdest«, entgegnet Paul ruhig. »Doch das tust du eben nicht. Für dich ist das hier nur ein Kurs, den du absitzt, damit du deinen Abschluss kriegst, nicht wahr?«

»Ich werde jedenfalls bessere Jobs kriegen als du«, versetzt Leon höhnisch. »Wenn du so super bist, weshalb bist du dann nicht berühmter? Wer's nicht bringt, kann immer noch Lehrer werden.« Er schnappt sich seine Jacke. »Ich brauch diese Scheiße nicht. Ich steig aus.«

Als er verschwunden ist, sagt Paul: »Gut so. Faule Mitläufer können wir hier nicht gebrauchen. Josh, zeig uns doch mal, wie du nach deinem Schlüsselbund suchst.«

Später demonstriert uns Paul, wie wir uns in der Entspannungsarbeit an eine Situation mit starken sensorischen Reizen erinnern können.

Er fängt mit leichten Übungen an. Als wir etwas Köstliches aßen. Als uns von etwas übel wurde.

Ich schließe die Augen und denke an ein Frühstück, das ich vor ein paar Monaten hatte. Nach einer durchgemachten Nacht hatte ich vierundzwanzig Stunden nichts gegessen, und obwohl ich es mir eigentlich nicht leisten konnte, lockte mich der Duft von gebratenem Speck in einen Diner. Ich konzentriere mich auf die Erinnerung, wie ich in der Nische sitze, das warme Leder an den Schenkeln spüre, einen großen weißen Becher dampfenden Kaffee in der Hand halte. Die Kellnerin stellt mir einen Teller mit Spiegeleiern, frisch aus der Pfanne, und zartem, knusprigem Speck hin …

Das Wasser läuft mir im Mund zusammen. So soll es sein,

hat Paul uns erklärt. Wenn der Körper dir sagt, es ist echt, ist es echt.

Dann denke ich daran, wie ich einmal Jakobsmuscheln gekauft hatte, die abends billiger waren, und vergessen hatte, sie in den Kühlschrank zu stellen. Ich aß sie dann trotzdem und wusste nach Sekunden, dass das ein folgenschwerer Fehler war. Unwillkürlich fange ich zu würgen an.

»Gut«, sagt Paul schließlich. »Jetzt nehmen wir die Gefühle dazu. Beginnen wir mit Glück.«

Das ist natürlich ein Kinderspiel. Ich muss nur an letzte Nacht denken, dann fange ich an zu strahlen.

*Ich auch, Patrick. Ich fühle das Gleiche für dich.*

Mir wird bewusst, dass ich genau danach seit meiner Kindheit gesucht habe. Bedingungslose Liebe. So angenommen werden, wie ich bin.

Das habe ich gefunden in einer Beziehung, die keinerlei Zukunft haben kann. Aber daran werde ich jetzt nicht denken. Keinesfalls.

*Auf das Glücksgefühl konzentrieren.*

»Gut, Claire«, sagt Paul, als er an mir vorbeikommt. »Hervorragend.«

Nach dem Unterricht nimmt Paul mich beiseite.

»Was Leon vorhin gesagt hat … da ist schon was dran. Ich halte dich tatsächlich für begabt.«

Ich stottere Dankesworte, doch er hält die Hand hoch.

»Aber ich nehme auch etwas an dir wahr, das ich immer mal wieder bei Schülern erlebt habe: eine Neigung, sich auf dieses Talent blindlings zu verlassen. Brillante Schauspieler wissen, wann sie auf Technik verzichten müssen. Wir arbeiten hier aus gutem Grund daran, den Bezug zu unseren Gefühlen herzustellen, denn wahrhaft gute Schauspieler haben eine zentrierte Mitte. Eine Art *Ganzheit.* Keinen hohlen Kern, der ständig eine andere Gestalt annimmt. Verstehst du, was ich sagen will?«

Ich nicke.

»Das emotionale Gedächtnis kann dir dabei helfen, dort hinzukommen, wenn du es zulässt«, fügt Paul hinzu. »Wenn du ihm erlaubst, dich zu deinen wahren Gefühlen zu führen. Für manche sind das allerdings sehr düstere Orte, Claire. Aber man muss sie dennoch aufsuchen.«

Er wirft mir einen Blick zu, der beinahe mitleidig wirkt.

# Vierundvierzig

»Wir müssen unser Vorgehen überdenken«, sagt Kathryn.

Inzwischen gehen wir drei uns entsetzlich auf die Nerven, weil wir so viel Zeit miteinander verbringen müssen. Es ist wie bei diesen Theaterstücken, die viel zu lange auf dem Spielplan stehen; diese albernen Krimidramen, die jahrelang ausverkauft sind. Frank mag ich mittlerweile, aber ich wünschte, er würde Kathryn mehr Kontra geben. Sie verstehe ich nicht im Geringsten. Ihr ganzes Leben scheint nur darauf ausgerichtet, Patrick zu entlarven.

»Wir müssen klären, was jetzt passieren soll und wie wir das erreichen wollen«, sagt sie. »Ich hatte insgeheim auf ein Geständnis beim Liebesgeflüster gehofft, aber diese Chance scheint vorbei zu sein.«

»Was schlägst du vor, Kathryn?«, fragt Frank.

Ich blende die beiden aus und betrachte ein Glas mit Evian vor mir, in dem sich das Sonnenlicht bricht. Ein Lichtfleck an der Decke erscheint als Ellipse im Wasserglas, dann als Acht und schließlich als kreisrunde Fläche.

*Er liebt mich, er liebt mich, er liebt mich, er liebt mich …*

»Claire? Stimmst du Kathryn zu?«

Ich rufe mich zur Ordnung. »Worum geht's?«

Kathryn seufzt. »Wie du weißt, hatte ich meine Zweifel, was die aktuelle Entwicklung angeht. Aber da es nun mal so gekommen ist, müssen wir uns überlegen, wie wir die intensive Beziehung, die da offenbar entsteht, für unsere Zwecke nutzen können.«

»Und wie soll das gehen?«

»Ich denke, wir sollten den Handlungsverlauf ändern. Wenn Patrick ein Mörder ist, dann unter anderem, weil er sich von Frauen betrogen fühlt. Deshalb würde ich vorschlagen, dass du ihn betrügst.«

»Du meinst, er soll mich mit jemand anderem ertappen?«, sage ich fassungslos.

»Warum nicht? Wenn er so verrückt nach dir ist, wie es den Anschein hat, wird er wütend werden. Ein normaler Mann würde die Wut verbal äußern. Aber wenn Patrick ein Mörder ist, wird er vielleicht gewalttätig.«

»Das ist eine verdammt riskante Strategie«, wirft Frank ein.

Sie zuckt die Achseln. »Hast du einen besseren Vorschlag?«

»Das mache ich nicht«, sage ich unumwunden.

»Du bist die *Schauspielerin*«, betont Kathryn. »Du schreibst *nicht* das Stück.«

»Wenn wir Patrick das antun ...«, beginne ich und verstumme dann. *Wird er mich hassen*, hatte ich sagen wollen. *Er wird mir nie mehr vertrauen.*

Doch genau aus diesem Grund schlägt Kathryn das ja vor.

Endlich habe ich einen Mann, mit dem ich es nicht verpfuschen möchte. Und nun soll ich genau das tun.

Ich höre Pauls Stimme. *Wir arbeiten hier aus gutem Grund daran, den Bezug zu unseren Gefühlen herzustellen, denn wahrhaft gute Schauspieler haben eine zentrierte Mitte. Eine Art* Ganzheit.

Ich stelle mein Wasserglas ab und stehe auf. »Ich steige aus«, sage ich leise.

»Was?«, fragt Frank stirnrunzelnd.

»Ich mache nicht mehr mit.«

»Ach, um Himmels willen«, sagt Kathryn. »Hör auf mit dem Theater und setz dich hin.«

»Es ist mir ernst damit. Ich höre auf. Tut mir leid.«

Kathryn sieht Frank an. »Frank?« In diesem Moment wird mir klar, dass etwas geplant ist für diesen Fall. Frank soll jetzt irgendetwas sagen oder tun, um mich aufzuhalten.

Macht er aber nicht. Sondern er sagt gedehnt: »Tja, Claire, die Entscheidung liegt wohl bei dir.«

»Sag es ihr, Frank«, drängt Kathryn. »Sonst tu ich es.«

»Was soll er mir sagen?«

»Wenn du aussteigst, wird man dich ins Flugzeug nach England setzen.«

Ich starre sie wortlos an.

»Du hast den Vertrag unterschrieben«, fügt sie hinzu.

»Ich habe den Vertrag nicht richtig gelesen. Ihr habt mir ja keine Zeit gelassen.«

Kathryn zuckt die Achseln.

»Wir konnten nicht riskieren, dass du auf halber Strecke aussteigst«, erklärt Frank entschuldigend.

»Und das können wir immer noch nicht«, ergänzt Kathryn. »Die Operation ist erst dann zu Ende, wenn ich es sage.« Sie wirft mir einen Blick zu, der so gleichgültig und kalt ist, als sei ich nur eine Laborratte. »Können wir dann jetzt endlich weiterarbeiten?«

# Fünfundvierzig

»Du bist heute Abend so still, Claire.«

Patrick kommt wieder ins Bett, mit einer Flasche Wein und zwei Gläsern. »Ist alles in Ordnung?«

»Ja, klar.« Ich richte mich auf und setze ein Lächeln auf. »Bin nur ein bisschen … nachdenklich, weiter nichts.«

Er lächelt auch. »Erzähl mir doch, worüber du nachdenkst.«

Ich seufze. »Wenn ich das nur könnte.«

Im Geiste hatte ich den Streit mit Frank und Kathryn nach deren Drohung noch einmal durchlebt. Ich hatte geschrien, gefleht, sogar geweint, doch es hatte alles nichts genützt. Ich sitze in der Falle. Bin nur eine Marionette. Plappere den Text der beiden nach, führe ihre Bewegungen aus.

Wie konnte es dazu kommen?

Mir ist klar geworden, dass Kathryn erst Ruhe geben wird, wenn sie etwas gegen Patrick in der Hand hat. So dürftig oder zweifelhaft es auch sein mag: Sie wird sich auf irgendetwas stürzen, das er sagt oder tut, und ihn dann verhaften lassen.

Und sollte es auch nur die verständliche Wut einer Waise sein, die von der Frau betrogen wird, die er liebt. Die Frau, von der er glaubte, dass sie ihn ebenso bedingungslos liebt.

»Ich dachte, wir wollten einander auch die dunkelsten Geheimnisse anvertrauen«, sagt Patrick sanft. »Glaub mir, Claire: Nichts, was du mir erzählst, könnte meinen Gefühlen für dich jetzt noch etwas anhaben.«

*Weil du nicht weißt, was Kathryn mit dir vorhat*, denke ich. Und dann: *Wenn ich es ihm nun erzähle?* Diese Idee ist so verrückt und zugleich so fantastisch einfach, dass ich beinahe nach Luft schnappe. *Wenn ich aus der Rolle falle? Wenn ich Patrick alles erzähle?*

Wollen wir eine Zukunft haben, muss er an irgendeinem Punkt die Wahrheit über mich erfahren. Doch dann fliegt alles auf, und man wird mich ausweisen.

*Es sei denn* … Meine Gedanken rasen. Es sei denn, ich erzähle es ihm, ohne dass Frank und Kathryn davon erfahren. Wenn ich Patrick in das Geheimnis einweihe, könnten wir gemeinsam Frank und Kathryn an der Nase herumführen, bis sie ihn aufgeben.

*Statt Patrick in die Falle zu locken, könnte ich ihn retten.*

»Warum lächelst du, Claire?«, fragt er.

»Geht gleich weiter«, sage ich und springe aus dem Bett. »Merk dir die Frage und bleib da. Ich muss dir etwas erzählen … etwas wirklich Schockierendes. Etwas …« Ich halte inne, weil mir das Ausmaß meiner Entscheidung erst jetzt richtig bewusst wird. »Etwas, das dich umhauen wird. Aber ich dusche vorher rasch. Dann reden wir.«

»Da bin ich ja gespannt«, sagt Patrick belustigt.

Ich marschiere ins Badezimmer. Dort nehme ich die Mikrofon-Kette aus meiner Jeanstasche und stecke sie ganz unten in Patricks Wäschekorb, unter die Handtücher.

*Tut mir ja leid, Kathryn. Aber du lässt mir keine Wahl.*

Ich hole tief Luft, konzentriere mich, spiele die Szene im Kopf durch. Wo ich stehen, was ich sagen werde. Tonfall.

Ernst? Aufgeregt? Entschuldigend? Tränenreich? Es ist schließlich extrem, was er verkraften muss. Und ich habe keinen zweiten Take.

Einen Moment lang fürchte ich, dass Patrick wütend auf mich sein wird, und denke an seine Reaktion auf Raoul im Theater. An Raouls blutende Nase.

Aber es wird bestimmt nicht so ablaufen. *Glaub mir, Claire: Nichts, was du mir erzählst, könnte meinen Gefühlen für dich jetzt noch etwas anhaben.* Darauf muss ich vertrauen.

Ich habe schreckliche Angst, bin aber auch froh. Zwar weiß ich wohl, dass es schiefgehen kann. Aber es gibt auch zumindest eine winzige Chance, dass er Verständnis hat und mir vergibt. Und diese kleine Chance reicht aus, um mich überschwänglich vor Freude zu machen.

Endlich werden wir uns ohne diese ganze Heimlichtuerei lieben können.

Ich stelle die Dusche an und greife nach dem Duschgel. Die Plastikflasche rutscht mir aus der Hand und rollt hinters Waschbecken. Ich bücke mich, um sie aufzuheben.

Und da entdecke ich es: Ein dünner Draht ist hinten am Becken befestigt.

Ich berühre ihn. Er fühlt sich klebrig an. Ich löse ihn mit dem Fingernagel ab und verfolge seinen Lauf. Er führt nach oben, taucht hinter dem Wasserhahn wieder auf und verschwindet schließlich hinter dem Spiegel.

Einen Moment lang starre ich fassungslos mein Spiegelbild an.

Dann nehme ich den Spiegel von der Wand und drehe ihn um. Am unteren Rand ist eine winzige Lücke ins Glas geritzt, und in der Lücke steckt ein elektronischer Chip. Eine winzige Überwachungskamera.

Das weiß ich, weil es genau die gleiche Sorte ist, wie sie auch in meiner Wohnung angebracht wurde.

Was kann das bedeuten? Ich begreife es nicht. Frank hat mir immer gesagt, ich soll die Kette tragen, weil sie nicht riskieren können, Patricks Wohnung zu verwanzen. Also, wie kommt dieses Ding hierher?

Aufgeregt verfolge ich den Draht in die andere Richtung, zum Boden, ziehe ihn von der Wand weg, wo er zwischen den Kabeln eingebettet war. Unter einem Schrank verschwindet er in einem Verteilerkasten. Das Ding sieht wie eine große schwarze Spinne aus, und eine Vielzahl an Drähten verzweigt sich in alle Richtungen.

Nicht nur eine Kamera. Dutzende, in der ganzen Wohnung verteilt. Und überall Drähte. Es ist ausgeschlossen, dass Patrick nichts davon weiß.

Ich reiße den Kasten von der Wand.

*Glaub mir, Claire: Nichts, was du mir erzählst, könnte meinen Gefühlen für dich jetzt noch etwas anhaben.*

»Oh, du Scheißkerl«, sage ich laut, mit meinem normalen britischen Akzent. Weil mir gerade klar wird, was das bedeutet. Warum es vollkommen sinnlos ist, noch etwas vortäuschen zu wollen.

Patrick weiß von diesen Kameras.

Nicht er wird verdächtigt.

Sondern ich.

# Sechsundvierzig

Rückblenden und umgeschriebene Szenen jagen durch meinen Kopf.

FRANK Wir sollten uns draußen unterhalten, Detective.

INNEN. POLIZEIPRÄSIDIUM/GANG – CONT'D.

Die beiden Detectives sprechen mit gedämpften Stimmen.

DETECTIVE DAVIES Entweder sie sagt die Wahrheit, oder sie hätte einen Oscar verdient.

FRANK Wo stehen wir also jetzt?

DAVIES Patrick Fogler?

FRANK Oder die Option, dass sie wirklich so eine gute Schauspielerin ist.

DAVIES Wir sollten uns ein bisschen eingehender mit Claire Wright befassen, finde ich.

Was sie wohl getan haben. Dabei ergab sich leider Folgendes:

DAVIES Sie hat zwar ein Teilalibi, aber der Mann, mit dem sie nach Hause ging, war betrunken und kann sich nicht erinnern, wann sie seine Wohnung verlassen hat. Claire hätte problemlos in Stella Foglers Hotel zurückgehen können.

Worauf sich in Detective Frank Durbans Kopf folgende neue Szene abspielt:

INNEN. LEXINGTON HOTEL/FLUR – NACHT.

Ich klopfe an die Tür von Stellas Suite.

ICH Mrs. Fogler? Hier ist Claire ... ich habe etwas von Patrick, das ich Ihnen geben möchte.

Zuerst keine Reaktion. Dann öffnet Stella. Sie hat ein Glas in der Hand und schwankt leicht.

STELLA Ach, Sie sind es. Die Frau, die meinen Mann nicht rumkriegen konnte. Was wollen Sie?
ICH Wir sollten nicht hier draußen reden.

Dann folgt eine Reihe ungünstiger Ereignisse.

INNEN. VERHÖRRAUM – TAG.

HENRY Diesem Anwalt Rick zufolge hat Claire ihre Rolle etwas zu intensiv gespielt. So intensiv, dass sie dabei tausend Dollar von ihm kassiert hat.

Das zweite ungünstige Ereignis:

INNEN. POLIZEIPRÄSIDIUM/BÜRO – TAG.

DETECTIVE DAVIES Der Filmproduzent sagt aus, Claire Wright habe ihn attackiert, dann eine Pistole auf ihn gerichtet und Geld verlangt, damit sie das Video nicht an seine Frau schickt. Und am selben Abend hat Claire für Stella gearbeitet, könnte also die Pistole bei sich gehabt und Stella damit gedroht haben. Dann ist vielleicht was schiefgelaufen, und es kam zu einem Kampf.

FRANK Gibt es irgendwelche Beweise, dass der Typ die Wahrheit sagt?

DAVIES Nur die Aufnahme aus der Überwachungskamera, als Claire das Büro des Produzenten verlässt. Sie geht raus, als habe sie nicht das Geringste zu befürchten. Aber man sieht noch den Griff der Pistole, der aus ihrer Handtasche ragt.

INNEN. POLIZEIPRÄSIDIUM/BÜRO – TAG.

FRANK Aber wenn Claire Stella Fogler ermordet haben sollte ... wie lassen sich dann die Wunden erklären, die der Leiche post mortem zugefügt wurden?

DAVIES Stella hatte den Gedichtband. Vielleicht ist sie durch das Buch auf die Idee gekommen. Hat sich gedacht, wenn sie das alles so inszeniert, sieht es nicht nach einem Raubüberfall aus.

FRANK Bis zu dieser Sache mit dem Kondom?

DAVIES Frauen, die häufig Gelegenheitssex haben, tragen meist Kondome bei sich. Claire könnte eines an der Wunde am Schenkel gerieben haben, damit die Forensiker darauf stoßen und die Ermittler daraus schließen, dass der Täter ein Mann gewesen sein muss. Was wir ja auch prompt getan haben.

FRANK Nur Soziopathen könnten so strategisch denken, wenn sie kurz zuvor jemanden erschlagen haben.

DAVIES Oder eine Person, die es gewohnt ist, unter Stress zu agieren. Auf einer Bühne zum Beispiel.

FRANK Okay. Wir betrachten sie als Verdächtige.

Und dann, viele Wochen später:

INNEN. KATHRYN LATHAMS BÜRO – TAG.

FRANK Wir haben quasi keinerlei Anhaltspunkte … nur diese Schauspielerin, Claire Wright.

KATHRYN Interessant … Wie wäre es, wenn wir sie unter einem Vorwand hierherholen, um diverse psychologische Tests mit ihr zu machen?

FRANK Ist das rechtlich zulässig?

KATHRYN Wird es sein, wenn sie die entsprechenden Einverständniserklärungen unterschreibt. Wir könnten ihr weismachen, dass wir sie brauchen, um ein psychologisches Profil des Mörders zu erstellen. Das wird Claire bestimmt gefallen: die Vorstellung, dass es ihr gelingt, sich in die Ermittlungen hineinzuschummeln.

FRANK Und wann sagen wir ihr, dass sie verdächtigt wird?

KATHRYN Wenn sich der Verdacht nicht als falsch erweist, vielleicht vorerst gar nicht. Wir servieren ihr eine melodramatische Geschichte über Patrick und die Gedichte, irgendetwas, das ihr theatralisches Wesen anspricht.

*Der Wechsler-Intelligenztest. Der MMPI zur Ermittlung psychischer Störungen. Die Psychopathie-Checkliste.*

Schon damals fand ich es seltsam, dass man testen wollte, ob ich eine Psychopathin bin. Sie wussten der Köder würde bei mir funktionieren. Erst die Videokamera, mit der sie mich filmten. Dann der Appell an meine Eitelkeit ….

INNEN. BEOBACHTUNGSRAUM – TAG.

DETECTIVE DURBANS STIMME Klar haben wir weibliche Kolleginnen, die das übernehmen würden. Ich möchte nicht respektlos sein, aber haben Sie die mal *gesehen*? Ich glaube, dass Claire eine viel bessere Chance hätte, seine Abwehr zu durchdringen.

KATHRYN LATHAMS STIMME Hat beim letzten Mal auch nicht funktioniert.

DETECTIVE DURBANS STIMME Er hat ihr aber das Buch gegeben. Du selbst hast gesagt, dass das für ihn ein Zeichen von Intimität war.

*Die beiden haben darauf gewartet, dass ich mich in die Ermittlungen hineinschummle.*

KATHRYN Sehr gut, Claire. Das ist natürlich freudianischer Kokolores. Aber es beeindruckt mich, wie Sie sich auf meine unterschwellige Manipulation eingelassen und sie ausgebaut haben. Und die Tränen waren hübsches Beiwerk.

Bedeutet so viel wie: Du bist vielleicht doch die Täterin.

# Siebenundvierzig

Ich laufe ins Schlafzimmer zurück, den Verteilerkasten in der Hand, und feuere ihn aufs Bett. »Was ist das?«, frage ich schroff.

Patrick sieht mich erschrocken an. »Was …?«

»Du wusstest schon alles, was ich dir erzählt hätte, oder? Du weißt nämlich verdammt viel!«

Er blinzelt.

»Was haben sie dir erzählt?«, brülle ich.

»Dass du vielleicht meine Frau umgebracht hast«, sagt er leise. »Nachdem ich aus Europa zurückkam, waren sie bei mir und haben mir gesagt, dass du möglicherweise die Mörderin bist. Das schien vieles von dem zu erklären, was du gesagt und getan hattest … Und als sie mir sagten, du seist am besagten Abend in Stellas Suite gewesen, mit einer Pistole …«

»Kapierst du es nicht?«, erwidere ich fassungslos. »Ich habe *dir* bedingungslos vertraut. Nicht denen, sondern *dir*. Und du … du verlogener mieser Dreckskerl …« Ich schlage mit den Fäusten auf ihn ein, doch sie scheinen seinem muskulösen, schlanken Körper nichts anhaben zu können. »Ich habe mich in dich verliebt!«, schreie ich. Sogar jetzt, in dieser grauenhaften Lage, tut es mir gut, das endlich auszusprechen. »Die haben gesagt, das darf nicht passieren … aber ich war ja zu dumm. Verstehst du nicht, Patrick? Ich liebe dich!«

Erst als ich auf sein Gesicht einschlagen will, hält er meine Arme fest. »Um Himmels willen, Claire, beruhige dich …«

Und dann fliegt die Tür auf, und Frank Durban reißt mich von Patrick weg. Ich leiste keinen Widerstand. Es ist ohnehin egal. Alles ist egal.

»Claire Wright, ich verhafte Sie wegen des Verdachts, Stella Fogler ermordet zu haben …«, beginnt Frank.

Mit einem Wutschrei stoße ich ihn von mir weg. Als er rückwärtstaumelt, tauche ich unter seinem Arm hindurch – mein Kampftraining für die Ausbildung ist mir nun endlich mal nützlich – und rase los. Ich weiß nicht, wohin, weiß nur, dass meine Welt gerade komplett auf den Kopf gestellt wurde.

»Scheiße!«, höre ich Frank schreien, als er mir nachsetzt. »Scheiße!« Und dann in sein Funkgerät: »Verstärkung, schnell!«

# Achtundvierzig

Ich gehe zu unserer Wohnung, weil ich keine andere Idee habe. Frank ist nirgendwo aufgetaucht, seit ich abgehauen bin. Aber Jess ist nicht da, und ich habe meine Schlüssel nicht dabei. Ich kaufe eine Flasche Wodka und warte, aber Jess taucht nicht auf.

In einer Endlosschleife wirbeln mir Bilder und Sätze durch den Kopf.

RICK Nehmen Sie's mir nicht übel, Claire, aber irgendwie sind Sie gar nicht der Typ Frau dafür.

ICH Hab auch schon gemerkt, dass man interessantere Sachen machen kann, um die Miete zu bezahlen.

PRODUZENT Es geht nicht direkt um dieses Video, Claire. Ich mache derzeit Castings für eine ganze Reihe von Projekten.

FRANK Wir haben uns hauptsächlich auf eine Person konzentriert.

KATHRYN Die Verdächtige würde veranlasst, diverse Aspekte ihrer Persönlichkeit zu enthüllen, die dann mit meinem Profil von Stella Foglers Mörder verglichen werden könnten.

ICH Ich bin ein Kirchhof, den das scheue Mondlicht hasst,
Durch den die Würmer ziehn …

KATHRYN Schauen wir mal, was die Tests ergeben haben.

PATRICK Ich glaube, dass ich mich gerade in dich verliebe.

Als die Flasche halb leer ist, wird mir klar, dass Jess verreist sein muss. Ich habe keine andere Möglichkeit, als in die Wohnung zurückzugehen, in der Frank und Kathryn mich einquartiert haben – die Wohnung voller Kameras, Mikrofone und Lügen.

Dort ist niemand, aber mir ist klar, dass man mich in Kürze finden wird. Ich verwüste alles: reiße die Kabel heraus, zerre Mikrokameras hinter Spiegeln hervor, schlitze die Polster auf, zerfetze die Kunstbücher. Dann hebe ich den Fuß und trete mit Wucht auf den Glascouchtisch. Beim ersten Mal entsteht ein Muster aus Rissen, beim zweiten Mal gibt es eine befriedigende Glasexplosion.

Und dann … nichts mehr außer dumpfer Verzweiflung. *Man wird mich verhaften*, denke ich.

Es ist wie damals bei *Tumult.* Nein, noch schlimmer. Ich sacke in dem ganzen Chaos zu Boden.

Im besten Fall wird man mich ausweisen und nach England zurückschicken. Mein Traum, meine zweite Chance, ist zerstört.

Ich greife nach einer der Glasscherben. *Ich wollte ihm damit zeigen, dass ich nicht nur gespielt hatte.* Halte mir die Scherbe ans Handgelenk. *Hallo, alter Freund.*

Der Schmerz muntert mich auf. Er sagt: *Du hattest recht. Nicht du bist schuld, sondern die. Du warst umwerfend. Du warst so echt.*

Ich ziehe mir die scharfe Kante quer übers Handgelenk, so mühelos, als reiße ich eine Packung Nüsse auf. Einen Herzschlag lang nichts, dann quillt das Blut heraus. Euphorie und Grauen toben in meinem Gehirn.

*Vielleicht begreifen die jetzt, was sie angerichtet haben.*

Und falls nicht … egal.

Die können mich kreuzweise.

Ich streiche mir mit der Scherbe ein weiteres Mal über den Arm, wie ein Geiger mit dem Bogen über die Saiten.

Meine letzte Verbeugung. *Danke und gute Nacht.* Die Vorstellung ist vorbei, Leute. Hat Spaß gemacht, aber irgendwann ist immer Schluss. Noch ein letzter Schnitt, dann wird mir schwarz vor Augen, als rase ein Tunnel auf mich zu, als erlösche ein Strahler, und mein Kopf sinkt auf meine Brust.

Vorhang. Applaus.

Ende der Vorstellung.

Ausblende.

# Neunundvierzig

INNEN. CLAIRES WOHNUNG – NACHT.

Die Katze tapst zwischen den Glasscherben umher und miaut kläglich.

Ein Krachen, als jemand gegen die Wohnungstür tritt. Sie erbebt, und beim fünften Tritt bricht sie aus den Angeln. Frank Durban kommt hereingestürzt.

FRANK  Nein!

Claire liegt bewusstlos in einer Blutlache.

FRANK  Claire! Claire, wach auf! Oh Scheiße!

Er reißt sein Funkgerät aus der Tasche, drückt panisch darauf.

# Fünfzig

»Es war nicht lebensgefährlich«, sagt Kathryn abfällig. »Sie hatte sich nur ein Handgelenk aufgeschnitten. Typische melodramatische Geste.«

»Wenn niemand sie gefunden hätte, wäre sie gestorben«, versetzt Frank scharf. »Sie ist immer noch in der Notaufnahme.« Er wendet sich Patrick Fogler zu. »Wir schicken jemanden, der die restlichen Kameras entfernt.«

Patrick sieht sich im Zimmer um. »Alle? Sie meinen … das war's? Kommt sie vor Gericht?«

Frank schüttelt den Kopf. »Ohne Geständnis haben wir nichts in der Hand, das für eine Anklage ausreichen würde. Tut mir leid, Patrick.«

»Aber man wird sie in der geschlossenen Psychiatrie unterbringen«, fügt Kathryn hinzu. »Wo sie wahrscheinlich verbleiben wird, bis die Einwanderungsbehörde sie ausweist und nach England zurückschickt.«

Patrick nickt. »Und was glauben Sie denn nun? Hat sie Stella ermordet?«

Ein langes Schweigen.

»Ganz ehrlich: Ich glaube, dass wir es nie erfahren werden«, sagt Kathryn dann. »Und ich weiß auch nicht, ob wir es jemals erfahren hätten, selbst wenn wir sie immer weiter beobachtet hätten. Wirklichkeit ist für Claire Wright wohl immer etwas, das sie sich selbst ausdenkt.«

# Einundfünfzig

Greenridge. Eine psychiatrische Klinik dreißig Kilometer nördlich von New York. In meinen neun Monaten in den USA bin ich kaum aus Manhattan rausgekommen. Keine meiner bisherigen Erfahrungen mit dem Land hat mich auf das Elend im Gesundheitswesen vorbereitet.

Die Station, auf der ich untergebracht werde, ist mit elektronischen Schlössern gesichert. Zu unserer Sicherheit, heißt es. In Wirklichkeit sind wir Gefangene. Angeblich gab es wohl eine Anhörung bei Gericht, aber der Pflichtverteidiger füllte nur irgendwelche Formulare aus, in denen stand, ich stelle eine Gefahr für mich selbst und für andere dar. Das ist wohl das übliche Vorgehen. Ein Patient, ein massiger Schwarzer, den die Pfleger »Fleischkopf« nennen, ist rund um die Uhr ans Bett gefesselt. Die anderen Insassen können sich frei bewegen, schlurfen aber nur schwerfällig über die gebohnerten Böden und murmeln irgendwelches Zeug vor sich hin, das ich nicht verstehe. Alle sind dauerhaft auf Medikamenten.

Trotz der Hitze können die Fenster nicht geöffnet werden. Die männlichen Patienten sind mit freiem Oberkörper unterwegs, und die Pfleger tragen bloß ihre Kittel. Nachts sind Männer und Frauen nur durch einen Gang getrennt. In der ersten Nacht habe ich Schreie gehört, eine Frau wurde angegriffen. Die Pfleger haben den Mann von ihr weggezerrt, aber zwei Stunden später ist er erneut bei ihr aufgetaucht.

Der Psychiater, der für mich zuständig ist, heißt Dr. Andrew Banner. Er ist jung und hat die typische schlechte Haut von Menschen, die chronisch überarbeitet sind. Bei unserer ersten Begegnung testet er lange meine Reflexe.

»Waren Sie starken Belastungen ausgesetzt, irgendwelche Traumata?«, fragt er mich.

»Das habe ich Ihnen doch schon erzählt.« Aus unerfindlichen Gründen klappern mir die Zähne. »Es war eine verdeckte Ermittlung für die Polizei. Die haben mich in dieser Wohnung untergebracht, die mit Kameras gespickt war. Haben mir aber nicht gesagt, dass sie auch anderswo Kameras angebracht hatten. Weil sie eigentlich mich beobachtet haben.«

»Kein Autounfall? Sie wurden nicht überfallen?« Banner leuchtet mir mit einer kleinen Taschenlampe in die Augen.

»Nein.« Ich beiße die Zähne zusammen, damit sie nicht mehr klappern.

»Nervöse Zustände? Epilepsie? Zuckerschock? Depression? Gewaltfantasien?«

»Nein.« Ich schaue auf meinen bandagierten Arm. »Außer dem hier, meine ich.«

»Hören Sie manchmal Stimmen, obwohl niemand da ist?«

»Eigentlich nicht, nein.«

Er schaltet die Taschenlampe aus. »*Eigentlich* nicht?«

»Manchmal stelle ich mir einen Film vor, sehe mir zu, wie ich eine Szene spiele.«

Er schreibt etwas auf. »Haben Sie in den letzten zwölf Monaten irgendwelche nicht verschreibungspflichtigen Medikamente eingenommen?«

»Nur Ecstasy. Aber nicht oft.«

»Aha.« Wieder eine Notiz.

»Hören Sie«, sage ich zum fünften oder sechsten Mal. »Es hat mit diesem Stella-Fogler-Mord zu tun, der vom Februar. Die Polizei hat mich durch einen Trick mit einer Psychologin zusammengebracht, damit sie alle möglichen Tests mit mir machen konnte.«

»Was für Tests?«

Ich versuche, mich zu erinnern, aber die Medikamente, die mir hier verpasst werden, vernebeln mir das Gehirn. »Hauptsächlich haben wir geredet. Über meine Pflegefamilien. Das gehörte wohl zu meinem psychologischen Profil, das sie erstellen wollte.«

Das schreibt Dr. Banner auch auf.

»Glauben Sie mir?« Ich merke selbst, wie verzweifelt ich klinge.

»Natürlich.«

»Wirklich?«, sage ich erleichtert. »Vielen Dank. Einen Moment lang hörte sich das sogar für meine eigenen Ohren verrückt an.«

Während Dr. Banner weiterschreibt, sagt er: »Ich hatte hier kürzlich einen Patienten, der glaubte, in seinem Bauch wachse ein Baum. Der Mann erinnerte sich daran, ein Apfelgehäuse gegessen zu haben, und glaubte, dass die Kerne in ihm gekeimt hätten. Deshalb litt er unter quälenden Bauchkrämpfen. Nachdem er Medikamente bekam, hatte er keine Krämpfe mehr. Der Mann redete sich selbst ein, die Medikamente seien ein Gift, das den Baum abgetötet habe.«

»Aber der Mann war immer noch geistesgestört«, sage ich verständnislos.

»Dieses Wort benutzen wir nicht, Claire. Wir leben alle in unserer eigenen Realität.« Dr. Banners Blick wandert zu seinem Laptop. »Es ist ein bisschen wie bei einem Rechnernetzwerk. Verschiedene Geräte sind mit unterschiedlicher Software ausgestattet. Manchmal gibt es Kompatibilitätsprobleme. Die müssen dann vom technischen Support behoben werden. Verstehen Sie, was ich damit sagen will?«

»Nein, eigentlich nicht.«

»Dann will ich es mal so ausdrücken: In Ihrem System gibt es chemische Störungen, die korrigiert werden müssen.«

Es stellt sich heraus, dass er damit Antipsychotika meint, die laut Dr. Banners Aussage kaum Nebenwirkungen haben. Aber sie lähmen mein Hirn so sehr, dass ich nicht mehr denken kann. Außerdem habe ich ständig Hunger. Ich verbringe meine Tage im Fernsehraum und warte lethargisch darauf, dass die Pfleger das nächste Tablett mit kohlehydrathaltigem Essen bringen. Bei einem Gespräch mache ich den Fehler, Dr. Banner zu erzählen, dass ich schlecht schlafe, weil ich mich vor den anderen Patienten fürchte, worauf er mir außerdem noch Schlaftabletten geben lässt. Und wenn einem hier etwas verschrieben wird, muss man es nehmen. Die Pfleger stehen so lange bei einem, bis man alles geschluckt hat. Wie in *Durchgeknallt*, nur ohne Whoopi Goldberg.

Es ist absurd, dass Banner so mit Medikamenten um sich schmeißt, immerhin sind die meisten Patienten wegen Drogensucht hier gelandet. Die unterhalten sich über ihre Pillen wie über gutes Essen und wetteifern, wer das beste Zeug kriegt. Jede Nacht mit Schlafmitteln zugedröhnt, fühle ich mich bedroht, zumal die Wacheren hier bestimmt Bescheid darüber wissen. Aber ich kann nichts machen.

Nach etwa einer Woche verkündet Dr. Banner meine Diagnose: *paranoide Psychose.* Als ich protestiere, es sei alles wirklich passiert, die Polizeiermittlungen seien so real gewesen wie die Klinik hier, winkt Banner ab und erklärt, die Fakten seien nicht wichtig, sondern meine Reaktion darauf. Ich hätte eine *dissoziative Identitätsstörung*, bei der ich mich als unterschiedliche Persönlichkeiten erleben würde. Auch eine *wahnhafte Störung* läge vor, bei der ich die eigene Wahrnehmung nicht mehr von der Realität unterscheiden könne. Dr. Banner glaubt außerdem, dass meinen Symptomen eine *histrionische Persönlichkeitsstörung* zugrunde liegt, die durch *extreme Stressbelastung* verstärkt wurde.

Für das alles ist die Behandlung wie gehabt: eine erhöhte Dosis derselben Medikamente.

Ganz langsam legt sich meine Unruhe, entweder wegen der Drogen oder einfach weil viel Zeit vergeht. Ich erschrecke nicht mehr bei jedem Geräusch, wache nicht mehr aus Albträumen auf und erbreche mich nicht mehr. Der rasend schnelle Endlosfilm bruchstückhafter Bilder wird langsamer und hält schließlich an. Und ich sehe mich nur noch selten als Schauspielerin im Film meines Lebens.

Der seelische Schmerz und die Sehnsucht nach Patrick Fogler sind hartnäckiger. Mir wird aber klar, wie dumm es war, mich in ihn zu verlieben. Erst zum zweiten Mal in meinem Leben habe ich mich verliebt, und zum zweiten Mal bin ich auf etwas hereingefallen, das nicht real war.

Was aber nicht bedeutet, dass meine *Gefühle* nicht real wären.

Das ist mein kostbarstes Geheimnis, das ich weder Banner

noch den anderen Therapeuten offenbare. Ich habe Angst, dass sie mir diese Gefühle wegnehmen werden, wenn sie davon erfahren. Und ich habe sonst nichts mehr. Sie sind das Einzige, was mir von Patrick geblieben ist.

Frank und Kathryn hasse ich nicht, sondern sie sind mir einfach nur egal. Selbst als ich noch glaubte, dass Kathryn auf meiner Seite sei, wusste ich schon, dass ich nur eine Schachfigur für sie war. Ich hatte Kathryn nie gemocht und ihr auch nie vertraut, und jetzt weiß ich, dass meine Intuition mich nicht getrogen hat.

Zu Anfang warte ich noch angespannt darauf, dass jemand von der Polizei oder der Einwanderungsbehörde auftaucht und mich abholt. Doch nach all den Wochen muss ich etwas anderes befürchten: dass ich einfach hier weggeschlossen bleibe und die mich vergessen. Solange Dr. Banner nicht beschließt, dass ich geheilt bin, hat niemand ein Interesse daran, mich hier rauszuholen.

# Teil drei

# Zweiundfünfzig

»Es geht mir jetzt besser«, sage ich probehalber. »Wirklich, ich fühle mich gut.«

Dr. Banner sieht mich fast mitleidig an. »Bedauerlicherweise ist eines der Merkmale der Cluster-B-Persönlichkeitsstörungen eine verzerrte Selbstwahrnehmung der Betroffenen. Häufig werden dabei genau jene Eigenschaften als wertvoll erlebt, die Beziehungen zu anderen Menschen zerstören.«

Ich runzle die Stirn. »Wollen Sie damit sagen, es geht mir erst besser, wenn ich mich für krank halte? Das ist doch wohl ein bisschen wie in *Einer flog übers Kuckucksnest*, oder nicht?«

»Ich will damit sagen, dass Ihre Einschätzung nicht als so zuverlässig gelten kann wie meine und die meines Teams.«

»Und was ist mit Dr. Latham? Was sagt *sie* denn?«

»Es ist mir nicht gelungen, Ihre Dr. Latham ausfindig zu machen, Claire.«

*Ihre?* Ich betrachte ihn prüfend. »Glauben Sie etwa, dass ich Dr. Latham erfunden habe?«

»Das habe ich nicht gesagt. So oder so spielen die Tatsachen …«

»Keine Rolle. Ich weiß. Aber Dr. Latham ist Psychiaterin, und sie hat diese ganzen Tests mit mir gemacht. Die Ergebnisse könnten Sie nutzen.«

»Falls es diese Tests gibt«, antwortet Banner ausweichend, »wären sie gewiss nützlich. Aber ich kann Ihnen versichern, dass beim Berufsverband amerikanischer Psychiater keine Kathryn Latham eingetragen ist. Ich habe das überprüft.«

»Ich könnte Sie zu ihrem Büro bringen …«

»Das wird nicht möglich sein, Claire.«

»Warum denn nicht? Es würde nur ein paar Stunden dauern. Dann würden Sie mir vielleicht glauben«, dränge ich. Ich glaube, dass Banner mich mag, weil ich die Einzige hier bin, mit der er ein zusammenhängendes Gespräch führen kann. Mir ist aufgefallen, dass er mit mir viel öfter spricht als mit den hirntoten Junkies. »Und ich könnte mir selbst wieder glauben. Anstatt mir dauernd Sorgen zu machen, dass der ganze Mist nur in meinem Kopf existiert.« Ich fange an zu weinen, was mir total peinlich ist.

Banner betrachtet mich. »Also gut«, sagt er schließlich. »Wenn Sie das Gefühl haben, dass es wirklich helfen könnte, Claire, organisiere ich einen Wagen, der uns dort hinbringt.«

Wir fahren am nächsten Tag, im Minibus der Klinik: Dr. Banner, ich und ein muskelbepackter Pfleger namens Anton, der sicher nur dabei ist, damit ich nicht abhaue. Als wir in Union City ankommen, gerate ich in Panik, weil ich das Gebäude nicht wiederfinde. »Es ist irgendwo hier«, sage ich verzweifelt und starre auf beiden Seiten zum Fenster raus. »Ich bin ganz sicher.«

Dr. Banner schreibt alles auf, was ich sage, weshalb ich mich nach einer Weile auf meine Hände setze, um nicht dauernd nervös herumzufuchteln. Dann biegen wir um eine Ecke, und zu meiner maßlosen Erleichterung sehe ich die fast leeren Parkplätze und den heruntergekommenen Gebäudekomplex vor mir.

»Da ist es!«, rufe ich aus und deute darauf. »Ich hab's Ihnen ja gesagt. Halten Sie bitte an.«

Wir steigen aus. Die Gebäude wirken noch verwahrloster als beim letzten Mal. »Keine Sorge, das sah immer schon so aus«, sage ich.

Ich gehe zur Eingangstür und ziehe daran, aber sie geht nicht auf. Als ich durch die Scheibe spähe, sehe ich, dass der Empfang nicht besetzt ist. Auf einem Schild steht, dieses leer stehende Gebäude werde von einem Sicherheitsdienst überwacht. Und die Nummer eines Immobilienmaklers ist angegeben.

»Hier ist niemand«, stellt Banner fest.

»Warten Sie«, erwidere ich panisch. »Ich kann Ihnen die Wohnung zeigen, in der die ganzen Kameras installiert waren. Sie ist gleich auf der anderen Flussseite.«

Aber noch bevor wir dort eintreffen, ahne ich schon, was wir vorfinden werden.

Eine Frau mit südafrikanischem Akzent öffnet die Tür und sagt, sie habe die Wohnung über Airbnb gemietet, weil sie tolle Bewertungen hatte.

Das Gleiche wiederholt sich bei der Wohnung darunter, in der sich Frank Durban aufgehalten hat.

Dr. Banner vermeidet es, mich anzusehen, aber ich merke, dass Anton dicht bei mir bleibt.

»Kann ich mal Ihr Handy benutzen?«, frage ich Dr. Banner verzweifelt.

»Wen möchten Sie anrufen, Claire?«

»Frank … Detective Durban. Er kann Ihnen sagen, wo Sie Dr. Latham finden können.«

Banner zögert. »Ich werde ihn anrufen. Und dann sollten

wir zurückfahren.« Er gibt eine Nummer in sein Handy ein und lässt sich mit dem Polizeipräsidium verbinden.

Ich warte, während man ihn durchstellt. Er wiederholt mehrmals, dass er Detective Frank Durban sprechen möchte. Schließlich beendet Banner das Gespräch mit ausdrucksloser Miene.

»Und? Was hat er gesagt?«, frage ich nervös.

»Detective Durban ist seit drei Monaten krankgeschrieben.«

»Aber das kann doch gar nicht sein! Er ist mir überallhin gefolgt und hat mich überwacht! Ich hatte sogar ein Safeword …«

»Wie lautete das, Claire?«

»Ähm … Kan … Kam …« Ich schüttle entnervt den Kopf. »Es fällt mir nicht mehr ein.« Ich fange wieder an zu weinen.

»Anton, begleiten Sie Claire bitte zum Bus«, sagt Dr. Banner ruhig. »Wir sollten sie jetzt zurück nach Greenridge bringen.«

# Dreiundfünfzig

Dr. Banner möchte, dass ich an einer Gruppentherapie teilnehme. Mir kommt das ziemlich sinnlos vor – was soll denn hilfreich daran sein, mit einer Gruppe verpeilter Drogensüchtiger zu reden? –, aber dann willige ich doch ein, um es mal auszuprobieren und um Banner für mich einzunehmen.

Wir sind zu acht in der Gruppe, die sich zwischen den Mahlzeiten in der leeren Kantine trifft. Eine der Psychiatrieschwestern, Orla, leitet die Gruppe.

»Heute wollen wir als Erstes Claire willkommen heißen«, sagt Orla. Ihre Stimme klingt ruhig und gelassen. »Hi, Claire. Wir gratulieren dir zu diesem wichtigen Schritt.« Die anderen klatschen lahm.

»Okay«, sagt Orla und wendet sich dem Mann neben ihr zu. »Was hast du in dieser Woche erlebt, Ethan?«

Ethan redet irgendwas von Schuldgefühlen, weil er seiner Schwester Geld gestohlen hatte, um Drogen zu kaufen. Ich höre nur mit halbem Ohr zu, weil mir gerade aufgefallen ist, woran mich diese Sitzung erinnert.

Leute, die sich um einen Lehrer scharen und nacheinander etwas vortragen.

Und *Applaus* dafür bekommen.

Durch Ethans Beitrag entwickelt sich für diese Sitzung das Thema »Schreckliche Dinge, die wir getan haben«. Eine Frau hat auf ihren Mann eingestochen, weil sie ihn für den Teufel hielt. Eine andere wollte sich vor den Augen ihrer Kinder aus dem Fenster stürzen.

Ich bin als Letzte dran. »Claire«, sagt Orla zu mir. »Gibt es irgendetwas, das dir Sorgen bereitet?«

»Es gab da diese Zeit, als ich kein Geld für die Miete hatte und wegen der Polizei nicht arbeiten durfte«, antworte ich. »Deshalb habe ich mich in Hotels in Manhattan als Prostituierte ausgegeben.«

»Okay«, sagt Orla nach einer kurzen Pause. »Danke, dass du das mit uns geteilt hast. Anna …«

»Whoa«, sagt Michael, der Mann rechts von mir. »Wie hast du *das* denn gemacht? Irgendwelchen Typen erzählt, du bist eine Nutte?«

Alle starren mich abwartend an. Deshalb erzähle ich es ihnen.

INNEN. NEW YORK/BAR DES ROOSEVELT HOTEL – NACHT.

REBECCA Was ist der höchste Preis, den Sie jemals für eine Frau bezahlt haben, Alan?

ALAN Vierhundert Dollar.

REBECCA Verdoppeln Sie die Summe.

ALAN Das ist nicht Ihr Ernst!

REBECCA Tatsächlich – auf Ernst habe ich keine Lust. Ich will Spaß haben, und deshalb bin ich achthundert Dollar wert. Aber wenn Sie sich's anders überlegt haben …

ALAN Nein, warten Sie … achthundert geht klar.

REBECCA Die Hälfte im Voraus.

ALAN *(zieht seine Brieftasche hervor)* Sie haben das alles so geplant, oder?

REBECCA Natürlich. Wir gehen getrennt nach oben – Sie zuerst. Und nicht zum Empfangstresen schauen.

»Ich hatte nicht vor, mit dem ins Bett zu gehen«, beende ich meinen Bericht. »Aber ich war diese Anmachszenen sowieso gewöhnt, weil ich als Lockvogel für eine Anwaltskanzlei arbeitete. Der Unterschied war nur, dass jetzt nicht mehr die eifersüchtige Ehefrau mich bezahlte, sondern der Ehemann. Und er konnte auch noch die Hälfte der Summe und seine Ehe behalten. War eine Win-win-Situation.«

Die Gruppe hat fasziniert zugehört. Alan hatte ich mit einem gepflegten Neuenglandakzent gesprochen, die Nutte Rebecca mit einem kehligen trägen Akzent aus dem Süden.

Ein langes Schweigen tritt ein. Dann scheint sich Orla zur Ordnung zu rufen.

»Machen wir weiter«, sagt sie. »Anna, möchtest du etwas mit uns teilen?«

# Vierundfünfzig

»Bei der Gruppentherapie hat sich gezeigt, dass Sie noch nicht geheilt sind«, erklärt Dr. Banner. »Wie ich bereits vermutet hatte.«

Zu spät fällt mir auf, dass ich in die nächste Falle getappt bin. »Wie lange muss ich hierbleiben?«

»Bis Sie keine Gefahr mehr für Ihre Mitmenschen sind, Claire.«

»Und wann wird das sein?«

»Sie machen Fortschritte. Die Medikamente können aber nur die Symptome verringern, nicht die zugrunde liegenden Themen aufarbeiten.«

»Und woran werden Sie merken, wenn ich geheilt bin? Worauf achten Sie?«

»Sie meinen, an welchen Verhaltensveränderungen ich merke, dass Sie geheilt sind?«

Ich nicke.

»Wenn ich Ihnen das jetzt sage«, antwortet Banner mit spärlichem Lächeln, »werden Sie mir das garantiert perfekt vorspielen. Deshalb will ich es mal so sagen, Claire: Ich weiß, dass Sie auf dem Wege der Besserung sind, wenn Sie nicht mehr so tun, als sei es so.«

# Fünfundfünfzig

Das Internet zu benutzen, ist uns nicht erlaubt. Aber im Stationsbüro gibt es einen uralten Rechner mit Internetzugang. Ich habe manchmal beobachtet, wie die Pfleger Facebook checken, wenn keine Ärzte in der Nähe sind.

Die Patienten können kleine Aufgaben übernehmen, um sich zu beschäftigen. Ich melde mich fürs Abfallraustragen und verschaffe mir damit Zugang zu dem Büro. Dabei halte ich mich lange genug mit den Papierkörben auf, um zu beobachten, wie ein Pfleger das Passwort eingibt. Spätnachts schleiche ich mich ins Büro und logge mich ein.

Ich gebe den Begriff »histrionische Persönlichkeitsstörung« ein und stoße auf diverse Links zu Psychologie-Websites. Wie ich dann herausfinde, gehört die histrionische Persönlichkeitsstörung zur Cluster-B-Gruppe und zeichnet sich aus durch andauerndes Verlangen nach Anerkennung, durch Impulsivität, den ständigen Drang, jemanden zu verführen, selbstgefährdendes sexuelles Verhalten, Labilität, manipulatives Verhalten, permanentes Bedürfnis nach Aufregung, die Angst, verlassen zu werden, die Neigung, Beziehungen eine Bedeutung beizumessen, die real gar nicht da ist, und die Tendenz, die Realität zu verzerren, zu missachten oder falsch zu deuten. Achtzig Prozent der Menschen mit dieser psychischen Erkrankung sind Frauen, und sie sind überdurchschnittlich suizidgefährdet und neigen zur Selbstverletzung.

In diesem Zusammenhang lese ich auch etwas über Hysterie, heutzutage keine zulässige Diagnose mehr. Das Wort stammt vom altgriechischen Wort für Gebärmutter ab. Im frühen zwanzigsten Jahrhundert behandelte man Hysterie mit Vibratoren, da man festgestellt hatte, dass Orgasmen die ausschließlich weiblichen Patienten beruhigten. Noch eine Generation zuvor wurden diese Frauen einfach eingesperrt.

Das heißt dann wohl: Ich bin vielleicht gar nicht verrückt, sondern nur die Sorte Frau, die bei Ärzten seit jeher nicht beliebt ist.

Ich denke an Kathryn Lathams Worte bei unserer ersten Begegnung. *Claire ist unsicher, impulsiv, verletzlich, emotional instabil, kann Ablehnung nicht verkraften, und obwohl sie sich angestrengt bemüht, es zu verbergen, hungert sie nach Bestätigung wie ein Junkie nach der Fixe. Was soll ich sagen, Frank? Sie ist eben Schauspielerin.*

Und ich erinnere mich auch noch daran, wie ich mich gefühlt habe, als sie das sagte. Wie *stolz* ich war. Sie hatte genau gewusst, wie sie mich manipulieren konnte.

So oder so bin ich jetzt hier, und ich muss versuchen, aus dieser Klinik rauszukommen. Ich muss eine vorbildliche Bürgerin werden, eine Frau ohne jedes Anzeichen von histrionischer Persönlichkeitsstörung, ein Idealbeispiel für seelische Gesundheit. Als ich mir die Merkmale der Krankheit noch mal anschaue, wird mir klar, dass ich einfach aufhören muss, mit Andrew Banner zu flirten, und ihn stattdessen davon überzeugen sollte, dass ich ebenso angepasst und langweilig bin wie er. Dann lässt er mich vielleicht gehen.

# Sechsundfünfzig

»Sie machen gute Fortschritte«, verkündet Banner beim nächsten Gespräch.

»Heißt das, ich werde entlassen?«

»Es ist noch zu früh, um Ihre Medikamente zu verändern, Claire. Und diese spezielle Kombination muss unter Aufsicht eingenommen werden. Ich werde bei der nächsten gerichtlichen Anhörung empfehlen, dass Sie noch eine Weile bei uns bleiben.«

Das finde ich zwar enttäuschend, aber auch interessant. Ich hatte nicht gewusst, dass es überhaupt eine weitere Anhörung für mich geben würde.

»Wie Sie es für richtig halten, Doktor«, sage ich fügsam.

In dieser Nacht recherchiere ich im Internet zum Thema Zivilprozess und finde heraus, dass die Klinik nach sechzig Tagen erneut die richterliche Erlaubnis einholen muss, mich hierzubehalten. Und ich entdecke, dass ich darüber informiert werden muss und dann das Recht auf einen eigenen Anwalt oder Vertretung durch jemanden von der Rechtsabteilung der sozialpsychiatrischen Dienste habe.

Einen Moment lang sehe ich mich vor dem Richter stehen und eine dramatische Rede halten, die alles verändern wird. Ich bin würdevoll, höflich, strahle aber eine eisige Leidenschaftlichkeit aus. Wie Charlotte Rampling in *The Verdict – Die Wahrheit und nichts als die Wahrheit.*

ICH Wir sind heute nicht hier, um eine Person zu verteidigen, Euer Ehren, sondern ein *Prinzip*. Das Prinzip der Gerechtigkeit.

Doch ich lasse den Gedanken sofort wieder fallen. Mit so einem Auftritt würde ich lediglich beweisen, dass sich mein Zustand kein bisschen gebessert hat.

Die Lage ist aussichtslos. Mache ich einen besseren Eindruck, dann nur aufgrund der Medikamente, wegen derer ich also hierbleiben muss. Wenn ich keinen besseren Eindruck mache, brauche ich mehr Medikamente und muss erst recht bleiben. Ich würde am liebsten laut schreien über diese Ungerechtigkeit. Stattdessen starre ich verzweifelt auf den Monitor und überlege, was ich noch tun könnte. Es muss doch *irgendjemanden* geben, der sich für mich einsetzen kann. Jemanden, der dem Richter schildern kann, wie extrem ich unter Druck stand. Jemanden, der aussagen kann, dass ich zwar vielleicht die von Dr. Banner diagnostizierte Persönlichkeitsstörung habe – denn, mal ganz ehrlich, welcher Schauspieler hat die nicht? –, aber dass ich nicht deshalb ausgerastet bin, sondern aufgrund von Dr. Lathams Psychospielchen.

Und dann kommt mir eine Idee.

Es gibt tatsächlich jemanden. Er wird nicht damit rechnen, von mir zu hören, aber ich habe nichts mehr zu verlieren. Und seine E-Mail-Adresse ist ebenso unvergessen wie alles andere.

Oder werde ich von meinen Gefühlen für ihn dazu verleitet, ihn für die geeignete Person zu meiner Befreiung zu halten?

Egal. *Nicht denken, handeln.*

Private Mails kann man von hier aus nicht schreiben, aber ich habe Zugang zum E-Mail-Server der Klinik. Die meisten

Menschen würden doch wohl eine E-Mail öffnen, die von einer psychiatrischen Klinik stammt. Aber zur Sicherheit schreibe ich auch noch DRINGEND PATRICK BITTE LESEN KEIN SPAM in die Betreffzeile.

Lieber Patrick,
bitte lösche diese E-Mail nicht. Zumindest erst, wenn du sie gelesen hast. Ich bin in einer psychiatrischen Klinik irgendwo nördlich von New York eingesperrt. Mein Arzt, ein gewisser Dr. Banner, hält mich für verrückt – zum Teil, weil ich den Fehler gemacht habe, ihm von Dr. Latham und all dem zu erzählen, und zum Teil, weil ich an diesem Tag, als ich aus deiner Wohnung flüchtete, einige problematische Entscheidungen getroffen habe. Ich kann nur mutmaßen, was man dir über mich erzählt hat, um dich in Kathryns Plan einzuspannen. (Über dich haben sie mir übrigens auch einige schreckliche Sachen erzählt, aber das steht auf einem anderen Blatt.) Bitte glaub mir, dass so gut wie nichts, was sie über mich gesagt haben, wahr ist.
Warum schreibe ich also jetzt ausgerechnet dir? Weil ich – trotz aller Täuschung und Lügen – noch immer glaube, dass wir beide eine tiefe innere Verbindung hatten. Dr. Banner würde bestimmt behaupten, dass ich das nur denke, weil ich eine Irre bin, die dazu neigt, die Realität zu verzerren, zu missachten oder zu missdeuten. Aber ich bin eben Schauspielerin. Und ich weiß, dass es Dinge gibt, die niemand vortäuschen kann. Zumindest hoffe ich das.
In Kürze wird eine gerichtliche Anhörung stattfinden, bei der es darum geht, wie lange ich noch hierbleiben muss. Der Arzt will mich dabehalten. Wenn er sich durchsetzt, weiß ich nicht, wie lange ich das noch ertragen kann. Die einzigen anderen Menschen, die sich für die Wahrheit einsetzen könnten, Kathryn Latham und Frank Durban, sind verschwunden.

Patrick, wenn du irgendein Schreiben verfassen könntest, in dem steht, dass ich nicht so verrückt bin, wie die glauben, wäre das eine große Hilfe. Oder vielmehr: meine einzige Chance.
Deine alte Gegenspielerin/Geliebte/Seelengefährtin
Claire

Ich brauche ewig zum Schreiben, weil ich keinerlei geistige Leistung mehr erbracht habe, seit ich hier in der Klinik bin. Es strengt mich so sehr an, dass die Wörter mir vor den Augen verschwimmen, als ich alles noch mal durchlese.

Dann sage ich mir, dass es entweder etwas bringt oder eben nicht, und drücke auf »senden«. Danach mache ich mir sofort Sorgen, dass ich mich bestimmt erbärmlich und jämmerlich anhöre.

Als ich mich auslogge, erfasst mich eine weitere Angst. Patrick wird die E-Mail sicher nicht löschen, sondern vielmehr an die Klinik weiterleiten. Dann wird Dr. Banner sie bei der Anhörung verwenden, als Beweis dafür, dass ich genauso bin, wie er behauptet.

Als mir klar wird, was ich geschrieben habe, läuft es mir kalt den Rücken hinunter. *Wie lange ich das noch ertragen kann.* Anders ausgedrückt: Ich werde mir etwas antun. *Man will mich hier festhalten* klingt nach Paranoia. Und was ich über Patrick und unsere angebliche *tiefe innere Verbindung* geschrieben habe, passt genau zu meinem Krankheitsbild: Beziehungen Bedeutung beimessen, die gar nicht real vorhanden ist.

Übelkeit erfasst mich, als mir klar wird, dass ich meine Lage wohl durch diese E-Mail nicht verbessert, sondern im Gegenteil verschlimmert habe.

# Siebenundfünfzig

Ich höre nichts von Patrick. Es sind Semesterferien, gut möglich, dass er die Nachrichten in seinem Uni-Postfach gar nicht liest. Diesen Gedanken kann ich besser ertragen als die Vorstellung, dass er die Mail gelesen und danach einfach gelöscht hat.

Beim nächsten Mal am Computer versuche ich herauszufinden, wie man so eine gerichtliche Anhörung anfechten kann. Ganz einfach: gar nicht, es sei denn, man hat Geld. Der Richter stellt sich meist auf die Seite der Klinikpsychiater. Deren Gutachten kann man nur anfechten durch ein zweites Gutachten von einem unabhängigen Psychiater. Aber selbst wenn ich mir das leisten könnte: Wie sollte ich das von hier aus regeln, vollgestopft mit Dr. Banners Medikamenten?

Spontan google ich Banners Namen und lande auf der Personalliste der Klinik. Dort steht, dass Dr. Andrew Banner spezialisiert ist auf »Cluster-B-Persönlichkeitsstörungen, darunter die Borderline-Persönlichkeitsstörung, die histrionische Persönlichkeitsstörung und die narzisstische Persönlichkeitsstörung, über die er auch mehrere Arbeiten veröffentlicht hat«.

Dreckskerl, denke ich. Deshalb ist der so versessen darauf, mich hierzubehalten. Der will mich *studieren.* Oder ist das wieder nur ein paranoider Gedanke?

Dann starte ich eine weitere Suche nach Kathryn Latham. Es wundert mich nicht, dass ich nichts finde. Sie hat wahrscheinlich einen falschen Namen benutzt, damit sie alles leugnen kann. Noch eine Lüge von ihr.

Ich denke kurz nach und gehe dann auf die Seite von Gruft.com. Vieles ist mir an Kathryns Operation noch rätselhaft, darunter auch, weshalb ich Kontakt zu dieser Webseite herstellen sollte. Ich kann nur vermuten, dass Kathryn meinen Umgang mit den anderen Usern beobachten wollte. Aber warum? Hatte sie gehofft, ich würde mich irgendwie dazu verleiten lassen, etwas Wichtiges auszuplaudern? Oder hat diese Website irgendeine andere Bedeutung, die mir entgangen ist?

Gruft. Seltsamer Name eigentlich für eine BDSM-Website, denke ich. Da könnte man sich anderes vorstellen. Einem Impuls folgend, gebe ich »Gruft + Baudelaire« ein und stoße prompt auf ein Gedichtzitat.

*Das ist ein Riesenbau, ein ungeheurer Sarg,*
*Ist eine Gruft, die zu viel Tote fasst.*

Das stammt aus dem Gedicht, das Patrick und ich zusammen gelesen haben, bei unserer ersten Begegnung. Es kommt mir vor, als läge das schon eine Ewigkeit zurück.

Ich gehe wieder auf die Gruft-Website, gebe mein altes Passwort ein, klicke auf »Foren« und schreibe:

Interessiert sich hier jemand für Baudelaire?

Nichts passiert. Aber ich sehe diverse Chats über Peitschenarten, mitsamt Fotos.

»Claire?«

Ich fahre herum. Eine Nachtschwester starrt verblüfft auf mich herunter. »Was machen Sie hier?«

Hastig versuche ich, die Seite zu verkleinern, aber die Schwester hat sie bereits gesehen.

»Was ist das?«, fragt sie empört, nimmt mir die Maus aus der Hand und inspiziert die Seite. »Das verstößt gegen die Regeln, Claire. Und es tut Ihnen nicht gut. Ich muss Dr. Banner informieren.«

# Achtundfünfzig

Ich sitze im Fernsehraum und lese oder tue zumindest so. Außer mir ist nur Fleischkopf da, dem vor einigen Wochen die Fesseln abgenommen wurden. Er wirkt ganz freundlich, und ich nehme mal an, dass er nicht gefährlicher als die anderen Patienten ist, wenn er jetzt frei herumlaufen darf.

Seit ich am Computer ertappt wurde, hat man meine Medikamentendosis erhöht. Den Plan, aus dieser Klinik rauszukommen, habe ich aufgegeben. Ich schaffe es kaum noch, die Augen offen zu halten.

Ich schaue eine Kiste mit zerlesenen Büchern durch, um etwas zu finden, das mein zugedröhntes Hirn noch begreifen kann. Es gibt Western, Kung-Fu-Hefte und ein paar Arztromane, was ich unter anderen Umständen komisch gefunden hätte.

Fleischkopf schaut auf. »Hey, Claire. Haste was gefunden?«

Ich blicke gelangweilt auf das Cover. »*Bett fünf.* Was liest du?«

Er beäugt das Cover seines Comicbands und grunzt. »*Judge Dredd.*«

»Wollen wir tauschen, wenn du durch bist?«

Fleischkopf wirft mir einen überheblichen Blick zu. »Ich les keine Bücher ohne Bilder.«

Ich schlage das Buch auf und starre auf die erste Seite. Die Wörter winden sich vor meinen Augen wie Maden. Nach einer Weile lege ich es weg und schaue Fernsehen. Achtundfünfzig Prozent der weiblichen Zuschauer finden, dass Frauen ihren

Ehemännern nach einem Seitensprung eine zweite Chance geben sollten.

»Sie haben Besuch, Claire.«

Ich muss eingenickt sein. Reiße meine müden Augen auf, als ich die Stimme des Pflegers höre. Fleischkopf neben mir hat seinen Comic auch weggelegt und glotzt stumpf auf den Fernseher.

In der Tür steht, mit vollkommen entsetztem Gesicht, Patrick.

# Neunundfünfzig

Wir gehen in einen der Besuchsräume. Patrick wirkt immer noch verstört, und mir wird klar, wie grauenvoll ich aussehen muss. Nicht nur habe ich drastisch zugenommen, sondern ich habe von den Medikamenten auch Pickel gekriegt, und meine Haare sind fettig und schlaff.

»Großer Gott, Claire«, sagt er. »Du siehst schlimm aus.«

»Du verstehst ja was von Komplimenten.« Eigentlich hätte ich mich über sein Kommen riesig freuen müssen, aber ich weiß gar nicht recht, was ich empfinde.

Als ich mir einen Stuhl zurechtstelle, komme ich ins Stolpern. Auch mein Gleichgewichtssinn ist durch die Medikamente beeinträchtigt.

»Es tut mir so leid, Claire …«

Das bezieht sich wohl nicht auf seine Bemerkung über mein Äußeres. Ich will ihm sagen, dass ihn keine Schuld trifft, aber mir fehlen die Worte.

»Vielleicht tröstet es dich«, fügt er hinzu, »dass sie mich auch belogen haben. Dr. Latham und Detective Durban. Das ist mir inzwischen klar geworden.«

Ich schüttle den Kopf. »Nein, das tröstet mich nicht.«

»Aber dann vielleicht Folgendes: Ich verklage das New York Police Department. Diese Operation war extrem verantwortungslos und womöglich gesetzwidrig. Deshalb bin ich unter anderem hier. Ich möchte bei dem Prozess auch dich erwähnen.«

Ich kapiere das alles nicht. »Warum?«

»Weil du noch viel stärker geschädigt wurdest. Hätten die dich nicht in diese Ermittlung reingezogen, hättest du nicht versucht, dich umzubringen. Und wärst niemals *hier* gelandet. Ich habe gerade mit deinem Arzt gesprochen. Was für ein Vollidiot. Du brauchst richtige Hilfe. Ich werde dafür sorgen, dass du sie bekommst, und das NYPD wird dafür bezahlen. Als Erstes klagen wir gegen deine Zwangseinweisung.«

»Patrick … bist du hier …« Die Vorstellung erscheint mir so absurd, so irreal und zugleich so wunderbar, dass ich laut auflache. »Bist du hier, um mich zu *retten*?«

»Und wenn es so wäre?« Er betrachtet mich. Weil ich mich wegen meines Aussehens schäme, senke ich den Kopf. Dann sagt Patrick: »In deiner E-Mail hast du geschrieben, es gäbe eine tiefe innere Verbindung zwischen uns. Aber damals bist du viel weiter gegangen. Erinnerst du dich?«

In meinem vernebelten Hirn regt sich etwas.

ICH Ich habe mich in dich verliebt! Die haben gesagt, das darf nicht passieren … aber ich war ja zu dumm. Verstehst du nicht, Patrick? Ich liebe dich!

Trotz meines Zustands kann ich noch spüren, wie gut es sich angefühlt hatte, diese Worte endlich auszusprechen.

Ich kneife die Augen zu. »Ja. Ich erinnere mich.«

»Hast du das wirklich gefühlt? Oder hatten die beiden dir aufgetragen, das zu sagen?«

»Ich weiß es nicht«, gestehe ich. »Damals habe ich so empfunden. Es tat regelrecht weh, so stark war das Gefühl. Aber so bin ich eben, Patrick. Schauspieler machen das ständig. Sich in ihr Gegenüber zu verlieben, wenn sie eine Rolle spielen. Und mir scheint das noch öfter zu passieren als anderen.«

»Aha.« Er blickt sich in dem tristen Raum mit den beigen Wänden um. »Jedenfalls musst du erst mal dringend aus diesem Horrorambiente raus. Du kannst bei mir wohnen, bis du weißt, was du möchtest. Danach kannst du deiner Wege gehen.«

Ich versuche zu protestieren, aber er unterbricht mich. »Jemand muss sich um dich kümmern. Außerdem habe ich ein eigennütziges Motiv. Ich habe endlich mein Theaterstück geschrieben und wünsche mir, dass du es liest.«

»Patrick ...«, sage ich hilflos. »Ich kann nicht mal einen Comic lesen.«

»Dann muss deine Medikation umgestellt werden. Ich rede mit den Ärzten. Und mit meinem Anwalt, damit du hier rauskommst.«

# Sechzig

Zwei Wochen später werde ich aus der Klinik entlassen. Patrick hält es für selbstverständlich, dass ich bei ihm wohne, und ich habe nicht die Kraft, mich zu widersetzen.

Er bringt mich in einem Gästezimmer unter, lässt mir Bäder mit süß duftenden Ölen ein, umhüllt mich mit riesigen weichen Handtüchern und kocht mir stärkende Mahlzeiten mit Bioprodukten. In seinem Haus gibt es einen Fitnessraum, und ich fange an zu trainieren, um das Gewicht aus der Klinik wieder loszuwerden. Dabei versuche ich angestrengt, nicht in die Spiegel zu schauen, aus denen mir hundert fette Claire Wrights entgegenblicken.

Manchmal muss ich an Kathryn Lathams Worte denken: *Wenn er der Mörder ist, wird er sich von Claires Verletzlichkeit so angezogen fühlen wie ein Hai von Blut.*

Aber Kathryn hat sich geirrt, denke ich dann entschieden. Und außerdem noch gelogen.

Jeden Tag kommt ein Psychiater zu mir, und Patrick verlässt dezent den Raum. In den ersten Sitzungen nimmt Dr. Felix mir auch Blut ab, um es auf Spuren der Medikamente zu überprüfen, aber hauptsächlich sprechen wir über alles, was während der verdeckten Ermittlung passiert ist. Als ich Kathryns Rolle bei der Operation beschreibe, wird Dr. Felix blass vor Zorn und sagt, seines Wissens sei so ein Vorgehen widerrechtlich. In Großbritannien gab es wohl mal einen Fall, bei dem eine Polizistin als Lockvogel eingesetzt wurde. Sie erlitt einen Nervenzusammenbruch, der Richter akzeptierte deshalb die Beweise nicht, und der Psychologe wurde wegen standeswidrigen Verhaltens verurteilt und bekam Berufsverbot.

»Da sind Sie sogar noch recht glimpflich davongekommen, Claire. Unter solchem Druck würde jeder Mensch eine Identitätsstörung erleiden, vor allem ohne Ausbildung für derartige Einsätze.«

Wir sprechen auch immer öfter über meine Vergangenheit, über die Dämonen, denen ich entkommen wollte, indem ich nach New York ging, die sich aber irgendwie in mein Handgepäck geschmuggelt haben. Dr. Felix schlägt mir Bewältigungsstrategien vor, bei denen ich meine Gedankenmuster mittels einer Methode ändern kann, die er mir als Dialektisch-Behaviorale Therapie vorstellt. Wir alle haben ein Lebensskript, sagt er, Geschichten, die wir uns als Kinder gestalten und die unser Leben formen, wenn wir sie nicht verändern. In Dr. Felix' Therapieform geht es darum, all diese Geschichten aufzuspüren und sie umzuschreiben.

»Es gibt eine Theorie«, erklärt er, »der zufolge Persönlichkeitsstörungen der Cluster-B-Variante daraus entstehen, dass die Gefühle eines Kindes von der Bezugsperson nicht angenommen werden. Wenn Ihre emotionalen Bedürfnisse von Ihren Pflegeeltern nicht beachtet oder sogar abgelehnt wurden, kann das zu den Verhaltensweisen führen, die Dr. Banner bei Ihnen diagnostiziert hat.«

Ich denke an Pauls Bemerkung. *Für manche sind das allerdings sehr düstere Orte, Claire. Aber man muss sie dennoch aufsuchen.*

An dem Abend bevor ich die Klinik verließ, kam Dr. Banner noch einmal zu mir. Ich hätte erwartet, dass er wütend sein würde, weil ich ihm entkommen konnte. Doch wenn es so war, ließ er es sich nicht anmerken.

»Ich bin nicht gänzlich überrascht, dass Sie uns verlassen, Claire«, sagte er. »Die meisten Psychiater würden sagen, dass jemand geheilt ist, wenn er oder sie funktioniert. Und Sie funktionieren eindeutig ziemlich gut.«

Ich wappnete mich innerlich gegen das *Aber*.

»Da ich mich aber auf diese Art von Persönlichkeitsstörungen spezialisiert habe, sehe ich, was die meisten Kollegen nicht erkennen würden: dass Sie eine Rolle spielen. Sie geben vor, jemand zu sein, der Sie nicht sind.«

Ich beugte mich vor und sprach so leise, dass Banner genau hinhören musste, um mich zu verstehen.

»Sie haben völlig recht«, sagte ich. »Ich bin genauso verrückt wie vorher. Aber das war der Typ mit dem Apfelbaum im Bauch auch.«

Eine Woche nachdem ich bei Patrick eingezogen bin, machen wir mit der Fähre einen Ausflug nach Liberty Island. Das ist alles neu für mich, weil ich noch kaum was von New York gesehen habe.

Wir stehen am Fuße der Statue und schauen auf die Lichter von Manhattan, die auf dem silberschwarzen Wasser tanzen.

»Claire«, sagt Patrick irgendwann, »wie viel von der Person, in die ich mich verliebt habe, war real?«

»Kathryn hat das schlau angefangen. Es war immer genügend von mir vorhanden, damit es echt wirkte.« Ich sehe ihn an. »Ich warne dich, die echte Claire gefällt dir vielleicht viel weniger. Zum Beispiel bin ich wesentlich dramatischer. Kathryn hat behauptet, ich sei so gierig nach Bestätigung wie ein Junkie nach der Fixe. Ich ändere ständig meine Meinung und meine Vorlieben, will dauernd im Mittelpunkt stehen und bin gelegentlich schrill und laut. Ach so, ja, und ich bin äußerst selten kleinlaut und angepasst, ich bin überhaupt kein Opfer und absolut nie unterwürfig. Die Claire, die du kennengelernt hast, war von Kathryn so entworfen worden, dass sie auf Männer wirkt.«

»Das klingt faszinierend«, murmelt Patrick und schaut zu dem Feuerwerk hinüber, das den Himmel über dem Battery Park erleuchtet. »Ich werde es wagen.«

Ich seufze. »Und ich bin leichtgläubig und beeinflussbar. Sogar als ich überzeugt davon war, dass du unschuldig bist, konnte Kathryn mir einreden, das läge an meiner Rolle.«

»Ich habe Stella nicht getötet, Claire.«

»Weiß ich. Und ich glaube, ich wusste es schon immer.« Ich betrachte sein Profil. »Ich habe sie auch nicht getötet.«

Er nickt.

»Wenn du willst, können wir das mit einem Lügendetektor bestätigen lassen«, schlage ich vor.

Patrick lächelt. »Das wird nicht nötig sein.«

Wir verfallen beide in Schweigen.

»Ich wusste, dass du unschuldig bist, nachdem wir zusammen im Theater waren«, sagt Patrick schließlich. »Nachdem du von diesem Schauspieler angesprochen wurdest.«

»Raoul. Die singende Ratte. Dem du dann den Kopfstoß verpasst hast.«

»Ich hab Panik bekommen«, gesteht Patrick mit einem kleinen Lächeln. »Weil ich dachte, der Typ würde alles auffliegen lassen. Aber er benahm sich so unerträglich dir gegenüber … dass es sich gut anfühlte, ihn so zuzurichten. Und danach, als du im Taxi so verstört warst … am nächsten Tag habe ich den beiden gesagt, dass ich von deiner Unschuld überzeugt bin.«

»Da hatte ich die Nase vorn. Das hatte ich über *dich* schon die ganze Zeit gesagt. Arme Kathryn. Eigentlich ein Wunder, dass sie die ganze Sache nicht abgeblasen hat.«

Als ich das sage, schießt mir plötzlich ein seltsamer Gedanke durch den Kopf. *Warum hat sie es nicht getan? Warum hat Kathryn die Täuschung aufrechterhalten, wenn doch klar gewesen sein muss, dass nichts dabei herauskommen würde?*

*Hatte es irgendwas mit dieser Website zu tun?*

»Ach ja, und ich bin auch Waise«, spreche ich weiter. »Fiel mir ungeheuer schwer, dir das nicht zu erzählen.«

Er nickt langsam, während er das verarbeitet. »Aber ich glaube, ich habe gespürt, dass wir das gemeinsam hatten.« Patrick ergreift meine Hand. »Ich habe dich schon in der Klinik danach gefragt, und du hast mir keine richtige Antwort gegeben, Claire. Aber ich denke, es geht dir jetzt viel besser, deshalb frage ich noch einmal. Meinst du, wir können einen Neuanfang machen? Oder ist zu viel Schlimmes passiert?«

Ich blicke auf die eleganten schmiedeeisernen Geländer der Brooklyn Bridge. Und ganz plötzlich scheint mir alles auf wundersame Weise möglich zu sein.

»Es kann jederzeit auch ganz viel Gutes passieren«, erwidere ich.

# Einundsechzig

In dieser Nacht haben wir zum ersten Mal seit meiner Entlassung aus der Klinik Sex. Oder – haben wir beide beschlossen – zum ersten Mal überhaupt. Er und ich, nackt füreinander in jeder Hinsicht.

Er küsst meine Narben, die drei dünnen roten Wülste an meinem linken Handgelenk. Im Laufe der Zeit werden sie verblassen, hatte die Schwester in Greenridge gesagt. Ich hoffe, dass sie bleiben, ich schäme mich dieser Narben nicht. Dann dringt Patrick ungeheuer behutsam in mich ein, hält dabei mit einer Hand meinen Kopf, damit er mir in die Augen schauen kann.

So genau beobachtet zu werden, macht mir Angst, und ich verschließe mich, um die Panik zu vertreiben. Ich denke an all den Sex mit Fremden, bei dem ich vortäuschte, eine andere zu sein. Manchmal spielte ich die Lust nur, manchmal redete ich mir selbst ein, ich würde sie nur spielen. Aber immer, immer spielte ich eine Rolle.

Davor hatte ich so große Angst, merke ich jetzt. Dass ich mich nicht mehr verbergen kann. Dass ich gesehen werde, wie ich wirklich bin.

Das Gefühl, so entblößt zu sein, verstärkt meine Lust. Als der Orgasmus kommt, bricht er wie eine gewaltige Woge über mich herein, wirbelt mich wild herum, dass ich die Orientierung verliere, eine hilflos schreiende, klagende Schiffbrüchige, aus meiner Kehle dringen unverständliche Wörter, meine Beine zucken wie im Krampf, mein Rücken bäumt sich auf, und alle Muskeln zittern wie verrückt.

»So siehst du also aus, wenn es echt ist«, flüstert er.

# Zweiundsechzig

Es dauert noch ein paar Tage, bis ich mich gut genug fühle, um Patricks Theaterstück zu lesen. Zu Anfang kann ich die Wörter nicht richtig begreifen, aber weil es *sein* Stück ist, halte ich durch. Und nach und nach kann ich zwei oder drei Seiten hintereinander lesen und schließlich ganze Szenen.

*Mein Herz entblößt* beginnt im Sommer 1857 in der schäbigen Wohnung, in der Baudelaire mit seiner Geliebten Jeanne Duval haust. Sie beklagt sich über die Armut. Er hatte ihr immer gesagt, dass *Die Blumen des Bösen* ein Vermögen einbringen würde, doch stattdessen wird das Buch zensiert und der Dichter wegen Verhöhnung der öffentlichen Moral angeklagt. Wird er für schuldig befunden, muss er eine Geldstrafe entrichten oder eine Haftstrafe absitzen.

Jeanne stellt ihn vor eine Entscheidung: Soll sie die Juwelen versetzen, die er ihr von seinem Vorschuss gekauft hat, oder wieder auf der Straße ihren Körper verkaufen, wie sie es schon so oft tun musste?

Baudelaire ist in einem Zwiespalt. Er weiß, dass es auf die Juwelen hinauslaufen muss, kann sich aber nicht entschließen, sie zu verkaufen, bevor Jeanne sie nicht ein letztes Mal getragen hat. Jeanne verschwindet im Schlafzimmer. Als sie zurückkommt, ist sie nackt bis auf die Juwelen. An diesem Punkt wechselt der Dialog zu Dichtung:

*Die Holde war ganz nackt, doch kennt den Liebsten sie*
*Und hatte sich geschmückt mit klingendem Geschmeide*

Als ich weiterblättere, sehe ich, dass das ganze Stück so angelegt ist: Szenen aus Baudelaires Leben, dazwischen Zitate aus seinen Gedichten. Eine Herausforderung für die Regie, aber faszinierend.

Nach dem Sex geht Jeanne hinaus, um die Juwelen zu verkaufen, und Baudelaire bekommt Besuch von seinem Freund Flaubert. Dieser – vor Kurzem erst selbst für seinen Roman *Madame Bovary* wegen Verhöhnung der öffentlichen Moral angeklagt, jedoch freigesprochen worden – berichtet Baudelaire, dass die Behörden diesmal entschlossen sind, die Oberhand zu behalten, und rät dem Dichter, sich schnellstens einflussreicher Personen zu versichern, die sich für ihn einsetzen werden.

Baudelaire ist bereits zum selben ernüchternden Schluss gekommen. Und ihm fällt nur eine einzige Person ein, die hilfreich sein könnte: Apollonie Sabatier, seine Weiße Venus; jene Frau, der er anonym die gewalttätigsten und grausamsten Gedichte aus *Les Fleurs du Mal* geschickt hat.

Die nächste Szene spielt in Apollonies Haus. Die beiden sprechen zum ersten Mal seit dem Erscheinen des Buches miteinander; mittlerweile hat Apollonie herausgefunden, dass der unbekannte Verehrer, der ihr diese eigenartigen wüsten Verse geschickt hat, derselbe mittellose Dichter ist, der an ihrem Salon teilnahm. Diese Szene ist ungeheuer spannend. Apollonie will wissen, warum er diese Gedichte geschrieben hat, Baudelaire weigert sich jedoch, das zu erklären. Als sie ihn fragt, ob er wirklich solche gewalttätigen Fantasien in Bezug auf sie habe, antwortet er, sie müsse die Gedichte befragen, nicht ihn.

Apollonie antwortet, das habe sie getan. Und da sie ihn bereits kennt, möchte sie glauben, dass die Grausamkeiten nur ein Stilmittel sind, das Aufmerksamkeit erregen soll, nicht Einblicke in eine verderbte Seele.

Doch ihr Text hört sich so an, als müsse sie sich selbst gut zureden.

Die Szene endet damit, dass Apollonie versuchen will, Baudelaire zu helfen, wenn er ihr im Gegenzug nach dem Prozess einen Gefallen ihrer Wahl erweist. Der Dichter vermutet, dass er ihr versprechen muss, jegliche Verbindung mit ihr abzubrechen, aber da er in Not ist, willigt er ein.

An dieser Stelle mache ich eine Pause und denke über das nach, was ich gerade gelesen habe. Die Szene mit Jeanne Duval ist gut, aber etwas simpel, ganz im Gegensatz zu der mit Apollonie. Ihre Figur wirkt ungeheuer lebendig, komplex und innerlich zerrissen, weil sie fasziniert und zugleich abgestoßen ist von der Düsternis, die sie im Herzen des Dichters spürt.

So wie ich fasziniert war von der Düsternis, die ich in Patricks Herzen zu spüren glaubte.

Der zweite Akt des Stücks besteht aus dem Prozess. Bei seiner Verteidigung spricht Baudelaire wortgewandt über Kunst, die keine moralische Botschaft hat. Doch als der Staatsanwalt dem Dichter die Frage stellt, wie ihm wohl zumute wäre, wenn seine Gedichte jemanden zu einer bösen Tat verleiten würden, zögert Baudelaire und erwidert, dass zwar in einigen Gedichten Unmoralisches gezeigt, aber nicht gerühmt werde. Worauf der Staatsanwalt Passagen verliest, in denen genau das geschieht, und seine Frage wiederholt: *Wie wäre Ihnen zumute, wenn eines Ih-*

*rer Gedichte jemanden zu einer bösen Tat verleiten würde?* Baudelaire entgegnet, dass alle Menschen verwerfliche Gedanken haben und er sie lediglich zum Ausdruck gebracht hat. Die Vorstellung, dass er Leser zu solchen Taten inspirieren könne, scheint ihm keineswegs zu missfallen.

Der Prozess dauert nur einen Tag. Sechs der extremsten Gedichte werden verboten, und Baudelaire wird zu der enorm hohen Geldstrafe von dreihundert Franc verurteilt.

Er geht zu Apollonie zurück. Zu spät wird ihm bewusst, dass sie sich zwar für ihn eingesetzt, aber auch dafür gesorgt hat, dass die grausamsten Gedichte über sie der Zensur unterliegen.

Sie leugnet nicht, als er sie damit konfrontiert, erinnert ihn aber auch an sein Versprechen.

Nun gut, sagt er schweren Herzens. Was wünschen Sie?

Apollonie sagt ihm, dass sie mit ihm schlafen will.

Sie hat beschlossen, dass sie nur auf diese Weise herausfinden kann, ob Grausamkeit oder Zärtlichkeit das wahre Wesen des Charles Baudelaire ist.

Und worauf hoffen Sie?, fragt er.

Apollonie ist hin- und hergerissen, und man spürt, dass ein Teil von ihr hofft, er sei wirklich so teuflisch, wie seine Gedichte es vermuten lassen. Bislang wurde sie nur von sanften, schüchternen Männern geliebt. Noch nie zuvor wurde sie von einem Mann verehrt, der sie zugleich vergöttern und schänden wollte. Doch sie behauptet beharrlich zu wissen, dass er im Grunde seines Herzens ein guter Mensch sei.

Die beiden begeben sich zu Bett. Das Licht geht aus. Am nächsten Tag schickt Baudelaire Apollonie den berühmten Abschiedsbrief.

# Dreiundsechzig

Das Stück ist eindrucksvoll. Wie ein guter Dramatiker hat Patrick diverse Blickwinkel beleuchtet. Er glorifiziert Baudelaires Werk nicht, sondern legt nahe, dass auch Narzissmus darin zum Ausdruck kommt, die Selbstbezogenheit eines Dichters, der um jeden Preis außergewöhnlich sein möchte.

Doch hauptsächlich handelt das Stück von einem Mann und einer Frau, die verstehen wollen, was im Kopf der anderen Person vorgeht, was sie antreibt.

Ich erkenne auf den ersten Blick, woher Patrick seinen Stoff bezogen hat: Es ist *unsere* Geschichte. Die Geschichte einer verdeckten Ermittlung, ins Paris des neunzehnten Jahrhunderts versetzt.

Doch das Ende bleibt offen. Schläft Apollonie wirklich aus den Gründen mit Baudelaire, die sie ihm genannt hat? Oder hat sie sich in Wahrheit in ihn verliebt? Hofft sie vielleicht sogar, dass ihr nackter Leib den Dichter von seinen gewalttätigen Fantasien heilt? Falls es so war, könnte das sogar gelungen sein. Nach dieser Nacht schreibt er keine grausamen Gedichte mehr für sie. Er trennt sich sogar von der Vénus Noire und lebt fortan mit seiner verwitweten Mutter auf dem Land. In der letzten Szene des Stücks sieht man ihn, wie er im Garten eine Blume pflückt und sie sich ins Knopfloch steckt.

Das Stück gibt keine Antwort auf Apollonies Frage an Baudelaire: Fühlt er wirklich so, oder hat er diese grausamen Zeilen nur geschrieben, um sie zu verstören und aus der Reserve zu locken? *Was würde ich sehen, wenn ich in dein Herz blicken könnte?*

Alle Rollen sind überzeugend. Doch die Rolle der Apollonie ist auf jeden Fall die interessanteste.

# Vierundsechzig

»Ich finde dein Stück toll«, sage ich zu Patrick. »Absolut großartig. Es ist provokativ, aber vielschichtig bis ins letzte Detail.«

»Also wirst du es machen?«, fragt er erfreut.

»Was machen?«

»Die Apollonie spielen natürlich.«

Das haut mich um. »Patrick, das geht doch nicht«, antworte ich bedrückt. »Haben Frank und Kathryn dir das nicht gesagt? Ich darf in den USA nicht arbeiten. Damit haben sie mich doch unter Druck gesetzt, damit ich in ihre blöde Ermittlung einsteige.«

»Aber da gibt's doch dieses Austauschprogramm. Britische Schauspieler können hier arbeiten, amerikanische in England?«

»Ja, aber das gilt nur für Produzenten …«

»Ich bin der Produzent.«

»Wie bitte?«

»Ich werde die Inszenierung selbst finanzieren. Am Broadway.«

»Am *Broadway*?«

»Nummer 2960, um genau zu sein. Tut mir leid, ist nicht der Times Square, aber mehr war nicht drin.« Als ich verständnislos blicke, fügt er hinzu: »Es gibt ein Theater an der Columbia University. Das werde ich mieten. Ich bilde mir nicht ein, dass wir die Kosten einspielen werden, aber das ist mir egal. Wir brauchen nicht viele Darsteller, und die Kritiker werden auf jeden Fall kommen. Und es gibt nichts, was ich mit Stellas Geld lieber täte.«

»Patrick …«, protestiere ich matt.

»Sag einfach, dass du es machst.«

»Aber verstehst du nicht?« Jetzt werde ich wütend. »Du bietest mir das an, was ich mir am meisten wünsche: eine großartige Rolle in einem neuen Stück, das seine Welturaufführung in einer der wichtigsten Theaterstädte der Welt haben wird. Aber ich kann das nicht machen. Außerdem bin ich überhaupt nicht fit.«

»Wir werden einen guten Regisseur finden«, erwidert Patrick ungerührt. »Und ein gutes Schauspielerteam. Ich habe ein üppiges Finanzpolster, Claire, und ohne dich wird das Stück nicht aufgeführt werden.«

»Ich kann das nicht annehmen.«

»Es verpflichtet dich zu rein gar nichts«, spricht er weiter, als hätte ich nichts gesagt. »Ich hoffe, das versteht sich von selbst.«

Ich kneife die Augen zusammen, weiß, dass ich Nein sagen sollte. Aber ein Teil von mir denkt: *Warum denn nicht?* Ich spüre bereits, wie ich wieder zu Kräften komme. Ich nehme allmählich ab, und meine Haut heilt. Und obwohl ich was anderes gesagt habe, weiß ich sehr genau, dass ich diese Rolle spielen kann. Das könnte die große Chance sein, für die ich nach Amerika gegangen bin. Ich hatte nicht damit gerechnet, dass sie mir in dieser Form angeboten wird, aber es wäre dumm, sie nicht zu ergreifen.

Und ich habe auch noch einen anderen Gedanken. Wenn dieses Stück Patricks und meine Geschichte ist, würde uns die gemeinsame Arbeit Gelegenheit geben, unsere Beziehung neu zu gestalten. Der wahre Patrick und die wahre Claire könnten sich einander offenbaren. Und diesmal hätte ich sicheren Boden unter den Füßen, wäre in meinem angestammten Metier. Auf der Bühne.

# Fünfundsechzig

Ich gehe zu Jess, um meine Sachen abzuholen. Sie klingt erschüttert, als sie über die Sprechanlage meine Stimme hört, und als ich oben ankomme, steht Jess bereits im Flur und starrt mich fassungslos an.

»Claire!«, ruft sie aus. »Was zum Teufel ist passiert?«

»Alles wurde … ziemlich kompliziert.«

»Du warst drei Monate lang verschwunden! Deine Uni hat sich bei mir erkundigt, weshalb du nicht zu den Kursen kommst, und ich musste sagen, dass ich nicht die geringste Ahnung habe. Und deine Agentin ist hier aufgetaucht.«

»Marcie war hier?«

Jess nickt. »Sie hat sich Sorgen um dich gemacht. Sagte, du seist bekannt dafür, komplett aus der Spur zu geraten.«

»Das ist ein bisschen übertrieben«, sage ich. »Trotzdem nett von ihr, dass sie sich kümmert. Kann ich reinkommen?«

»Ja, schon«, antwortet Jess verlegen.

»Ich schulde dir sicher jede Menge Miete«, sage ich, als ich Jess in die Wohnung folge. »Wir müssen irgendeine Lösung finden.« Automatisch schaue ich zu meiner Zimmertür. Ein Männerhemd in einem Plastikbezug von der Reinigung hängt am Türgriff.

»Es tut mir wirklich leid, Claire«, sagt Jess bedrückt. »Ich musste es vermieten. Mein Vater hat darauf bestanden.«

»Ah. Na ja, klar, verstehe«, sage ich, obwohl ich insgeheim gehofft hatte, sie hätte das nicht getan. »Wo sind meine Sachen?«

»Eingelagert. Ich hätte sie um ein Haar deinem Bruder gegeben.«

»Meinem Bruder?« Jetzt starre ich Jess fassungslos an. »Ich habe keinen Bruder.«

»Deinem Pflegebruder, John. Er war vor ein paar Tagen mit seiner Verlobten hier und wollte dich treffen. Deine Adresse hatte er von der Uni bekommen. Er hatte gehofft, dich sehen zu können. Die beiden sind nur eine Woche in der Stadt.«

»Ach so, *der* Bruder.« Es lohnt nicht, Jess zu erklären, dass für Pflegekinder Geschwister lediglich weitere Menschen sind, mit denen man eine Weile Zeit verbringt. Aber John war wirklich einer der angenehmeren gewesen. »Wie ist die Verlobte?«

»Ich fand sie nett. Sehr bodenständig. Ich hab seine Nummer aufgeschrieben.« Jess zögert, dann sagt sie hastig: »Hör mal, ich hab ihm von dem Geld erzählt. Ich wusste nicht, was ich machen sollte … Ich meine, ich hab meinem Dad die ausstehende Summe gegeben, aber dann hab ich den Rest gefunden, als ich dein Zimmer ausgeräumt habe, und ich war mir nicht sicher …«

»Oh«, sage ich. »Du hast mein Geld gefunden.«

Jess nickt. »Ich wusste nicht, was ich davon halten sollte.«

»Du hast wahrscheinlich gedacht, dass ich es Stella Fogler gestohlen habe«, sage ich, weil ich weiß, dass Jess genau das glaubt. »Du hältst es für das Geld, das verschwunden ist, als sie ermordet wurde.«

»Nein«, sagt Jess, meint aber Ja.

»Ich habe wie verrückt gearbeitet, um deinem Vater die Miete bezahlen zu können. Elfhundert Dollar in einem Monat, wenn du dich erinnerst.«

»Aber du darfst gar nicht arbeiten, hast du gesagt.«

»Ich hatte dir doch erzählt, dass die Polizei mir untersagt hat, weiter für Henry zu arbeiten. Also habe ich das Geld auf andere Weise verdient.«

»Wie denn?« Dann dämmert es ihr. »Oh nein, Claire! Warum hast du denn nichts gesagt? Mein Vater hätte das doch verstanden …«

»Na klar«, erwidere ich bitter. »Dein Vater hatte *vollstes* Verständnis.«

»Wie meinst du das?«, fragt Jess unsicher.

»Er war ein paarmal hier, während du Proben hattest. Überprüfte den Verteilerkasten, reinigte den Abfluss am Waschbecken, den wir angeblich mit unserem Mädchenzeug verstopft hatten. Deshalb dachte ich, ich könnte ja mal mit ihm reden, um mir vielleicht noch ein bisschen mehr Zeit zu verschaffen. Und er war äußerst *aufgeschlossen*.«

»Whoa.« Jess starrt mich an. »Wenn das jetzt das bedeutet, was ich denke, möchte ich nicht …«

Ich nicke. »Ein Spezialrabatt. In Raten abzuleisten natürlich. Ich habe abgelehnt. Mit dem Vater einer Mitbewohnerin zu vögeln, hätte sogar ich ziemlich abgedreht gefunden. Vielleicht war er deshalb so versessen darauf, dass mein Zeug hier wegkommt.«

»O Gott, Claire, mir war nicht klar …« Jess ist ziemlich blass geworden.

»Warum auch? Du hattest ja nichts damit zu tun.«

Jess fängt zu weinen an. »Du hättest mit mir reden sollen.«

»Ich wollte eure Familie nicht durcheinanderbringen. Aber jetzt hab ich es offenbar erst recht versaut.« Ich seufze. »Hat wahrscheinlich mit meiner Therapie zu tun. Ich finde, die Wahrheit wird ziemlich überschätzt. Aber in der Klinik waren sie da echt scharf drauf.«

Jess geht zum Kühlschrank und nimmt mit zitternden Händen eine Flasche Wein heraus. »Die sollten wir jetzt aufmachen.«

Nun will Jess natürlich wissen, was seit jenem Morgen passiert ist, als Frank Durban mich abholte und ich nur mit meiner Reisetasche hier rausging. Verblüfft hört sie zu, als ich von der verdeckten Ermittlung, meinem Zusammenbruch und der Klinik berichte. Als ich schließlich erzähle, dass ich jetzt bei Patrick wohne und die Hauptrolle in seinem Theaterstück spielen werde, verschlägt es ihr endgültig die Sprache.

»Sieht so aus, als läuft es jetzt ganz gut für mich«, beende ich meinen Bericht. »Bin verliebt, habe Arbeit und bin noch immer in den guten alten USA. Dreifachtreffer.«

Jess findet die Worte wieder. »Du bist verliebt. In einen Mann, der möglicherweise seine Frau ermordet hat, weil sie ihn verlassen wollte.«

»Das war nur Kathryns schwachsinnige Theorie.«

»Ich habe die Pressekonferenz gesehen«, erinnert mich Jess. Ihre Stimme klingt schrill. »Wir beide haben sie gesehen. Dieser Mann war der *Hauptverdächtige*.«

»Ich weiß schon, was ich tue.«

»Sagt die Frau, deren einzige andere Liebe ein verheirateter Frauenheld bei einem Filmdreh war. Sagt die Frau, die sich gerade selbst aus der Psychiatrie entlassen hat. Mann, Claire! Da war es ja noch ungefährlicher, als du in Bars wildfremde Typen abgeschleppt hast.« Sie starrt mich schockiert an. »Oder stehst du vielleicht insgeheim darauf, mit einem Psychopathen ins Bett zu gehen?«

»Patrick hat Stella nicht umgebracht.«

»Und wer war es dann?«, entgegnet Jess.

Die Frage kann ich natürlich nicht beantworten.

# Sechsundsechzig

»Ich finde es großartig. Richtig inszeniert kann es fantastisch werden. Es wirft die Frage auf, wie viel Verantwortung wir Künstler für die Auswirkungen unserer Kunst in der Welt haben.«

Patrick hat ein Treffen mit Aidan Keating anberaumt, einem angesagten jungen Regisseur, der sich einen Namen mit brisanten Themen gemacht hat. Im Vorjahr hat er den berühmten Tony Award für seine Inszenierung von Ionescos Stück *Die Nashörner* bekommen. Ich muss mir ziemlich Mühe geben, Aidan nicht bewundernd anzuglotzen.

»Bei so einer kleinen Produktion ist die Besetzung allerdings entscheidend«, fügt er hinzu, und sein Blick unter den blonden Zottelhaaren richtet sich auf mich.

Ich weiß genau, dass er jetzt denkt: *Wenn ich dem Autor erlaube, seine Freundin in der Hauptrolle zu besetzen, wird niemand die Produktion ernst nehmen.*

Patrick erwidert ruhig: »Das ist mir bewusst. Deshalb habe ich sofort an Claire als Apollonie gedacht. Sie hat am Actors Studio studiert.«

»Ich mache die Actors-Studio-Ausbildung an der Pace«, murmle ich. »Hab aber den Abschluss noch nicht …«

»Ich weiß«, unterbricht mich Aidan. »Das soll nicht kränkend sein, Claire, aber damit diese Produktion ein kommerzieller Erfolg wird, brauchen wir namhafte Schauspieler. Gegenwärtig gibt es den Trend, dass Schauspieler von Film und Fernsehen gerne zur Abwechslung Theater spielen. Das Stück könnte attraktiv sein.«

»Natürlich. Das verstehe ich.« Ich versuche, mir die Enttäuschung nicht anmerken zu lassen. »Das Stück geht vor.«

»Dass Claire die Rolle spielt, ist Voraussetzung«, sagt Patrick kalt. »Ich dachte, das sei klar. Die Besetzung der anderen Rollen überlasse ich Ihnen, und ich stelle auch das Geld zur Verfügung, wenn Sie bekannte Leute anlocken wollen. Aber wenn Sie meine Bedingung nicht akzeptieren, sind Sie nicht der Richtige für die Inszenierung.«

Die beiden Männer starren sich einen Moment lang an. Beide sind reglos, aber ihre Haltung wirkt drohend, durch Veränderungen in Körpersprache und Atmung. Dann sagt Aiden herausfordernd: »Und wie sieht es mit dem Text aus? Das Hollywood-Ende finde ich inakzeptabel. An einigen Stellen haken die Dialoge. Jeanne vor allem rutscht ins Klischee, sobald sie sich auszieht. Keine Schauspielerin mit Selbstachtung wird diese Rolle spielen wollen, so wie sie jetzt ist.«

»Ich werde auf Ihre Änderungswünsche eingehen«.

»Und ich will Unkündbarkeit im Vertrag stehen haben. Es geht nicht an, dass Sie mich feuern, weil wir in künstlerischen Belangen nicht einer Meinung sind.«

»Das ist absolut unüblich.«

»Das hier ist auch keine übliche Produktion. Wenn Sie mir künstlerisch freie Hand lassen, mir ein Stück geben, mit dem ich arbeiten kann, und ein anständiges Budget, werde ich mir Claires Vorsprechen anhören. Mehr kann ich nicht versprechen.«

»Das Vorsprechen zuerst. Wenn es Ihnen gefällt, kommen wir zusammen.«

# Siebenundsechzig

Eigentlich habe ich keine Lust, meinen Pflegebruder und seine Verlobte zu treffen. Aber nachdem Jess und ich die Flasche Wein zur Hälfte geleert hatten, fing Jess wieder davon an. Und da ich die Sache mit ihrem Vater ausgeplaudert hatte, wollte ich jetzt nicht den Eindruck machen, meine Familie sei mir komplett egal, obwohl es eigentlich so ist. Deshalb versprach ich schließlich, mich bei den beiden zu melden.

Außerdem fühlte ich mich irgendwie schuldig wegen der Geschichte mit ihrem Vater. Ist durchaus möglich, dass ich ebenso großen Anteil daran habe wie er. Mir war nämlich der Gedanke gekommen, dass es für künftige Mietverhandlungen nützlich sein könnte, wenn er mich anbaggern und ich ihn abblitzen lassen würde. Ich hatte natürlich nicht vorgehabt, mit Jess darüber zu reden. Aber weil ich so wütend war, dass er darauf bestanden hatte, meine Sachen rauszuräumen, platzte ich plötzlich damit heraus.

Seit dem Klinikaufenthalt scheine ich irgendwie impulsiver geworden zu sein. Und wütender. Sogar *labil und manipulativ,* wie es in Dr. Banners Aufzählung von Symptomen hieß.

Vielleicht hatte es auch einfach damit zu tun, dass Jess wenigstens einen Vater hat. Jemanden, der ihr eine Wohnung kauft, sich Sorgen um sie macht und sich um sie kümmert.

Wie Jess nun mal ist, bestand sie darauf, dass ich John sofort eine SMS schreiben sollte, und jetzt sitze ich hier in einem

Steakhouse in der Nähe vom Times Square und warte auf ihn und seine Verlobte. Patrick ist bei mir. Ich hatte ihn nicht gebeten mitzukommen, aber er sagte, er würde gerne meine kleine Familie kennenlernen. Und mir wurde dann bewusst, dass ich auch gerne mit ihm angeben will. John soll ruhig sehen, dass nicht nur er Erfolg in der Liebe hat.

»Claire!«

Da sind sie. Ich springe auf, umarme John etwas übertrieben und schüttle seiner Verlobten – die er als »unsere Alice« vorstellt – die Hand. Dann stelle ich Patrick vor, der ihnen zur Verlobung gratuliert. John drückt Alice stolz die Schulter. Ich finde, sie sieht ganz sympathisch aus, und verstehe jetzt, was Jess mit »bodenständig« meinte: Alice ist angezogen wie für eine Wanderung. Robuste Schuhe, Jeans, North-Face-Anorak, Bauchtasche. John trägt einen Rucksack und Shorts, obwohl wir Ende September haben. Mir fällt wieder ein, dass er immer schon ausschließlich Shorts trug, sogar wenn Schnee lag, und ich bereue, dass ich mich so sorgfältig zurechtgemacht habe. Patrick sagt, ich kann mir alle Kleider von Stella ausborgen, solange meine noch eingelagert sind, aber Stellas Sachen sind mir eigentlich zu elegant.

»Hey, schön dich zu sehen«, sagt John, als wir uns setzen. Er hat immer noch seinen Yorkshire-Akzent, obwohl er seit Jahren in London arbeitet.

»Du hörst dich jetzt echt amerikanisch an«, sagt er. »Hie und da hört man noch die Britin raus.«

»Die Taxifahrer hier halten mich meistens für eine Australierin.«

Patrick bemüht sich um eine Unterhaltung mit Alice, hat aber wenig Erfolg. Zuerst denke ich, dass sie vielleicht schüchtern ist. Dann fällt mir auf, wie sie John immer wieder Seitenblicke zuwirft, und mir wird klar, dass Alice auf etwas wartet, das er sagen will.

Schließlich rückt er damit raus.

»Alice war es, die fand, ich sollte dich aufspüren, Claire. Seit unserer Verlobung hat sie Ross und Julie recht gut kennengelernt, gehört also jetzt zur Familie.«

Ross kann ich erst nicht zuordnen, bis mir einfällt, dass Julie, unsere Pflegemutter, wieder geheiratet hat.

»Wir anderen – Julies Pflegekinder – haben eine WhatsApp-Gruppe. Na ja, einige sind aus dem Blickfeld geraten, wie du, aber acht von uns halten Kontakt, und natürlich auch Julies eigene Kinder. Sie wird in ein paar Monaten sechzig, und zu diesem Anlass wollen wir uns alle treffen. Julie ist eine großartige Frau, und wir wollen etwas besonders Schönes für sie machen. Die Presse wird da sein und so. Vielleicht magst du zu diesem Anlass auch kommen.«

Ich starre John fassungslos an. Selbst wenn ich mir den Flug leisten und sicher sein könnte, danach wieder einreisen zu dürfen, finde ich die Idee, freiwillig mit dieser Frau und den anderen Pflegekindern zusammen zu sein, absolut irrsinnig.

John bemerkt meinen Gesichtsausdruck und missversteht ihn. »Sie nimmt dir nichts übel, Claire.«

»*Sie* nimmt *mir* nichts übel?«, wiederhole ich aufgebracht. »Nach dem, was ihr Mann *mir* angetan hat?«

John scheint sich zu überlegen, ob er weitersprechen soll, wirft Patrick einen Blick zu. Aber schon als Junge war John immer sehr direkt. »Ich meinte, sie nimmt dir nicht übel, dass du diese Lüge erzählt hast«, sagt er ruhig. »Pflegekinder spielen immer Rollen, sagt sie. Vor allem, wenn sie vorher in einer schlechten Familie waren. Julie gibt die Schuld eher den Behörden, die einem Pflegekind mehr geglaubt haben als ihr.«

»Du glaubst also auch, dass ich gelogen habe«, erwidere ich bitter. »Genau wie sie.«

Patrick neben mir ist sehr still geworden. Ich erkenne die Warnzeichen und lege ihm die Hand auf den Arm. *Ich komme damit klar.*

»Als du diese Aussage über Gary gemacht hast, da hast du ziemlich viel erfunden«, sagt John brüsk. »Und das weißt du auch, Claire. Es gehörte alles zu deinem Plan, an diese Schauspielschule zu kommen.«

Ich starre ihn wütend an.

»Weißt du wirklich nicht mehr, wie das alles war?«, sage ich. »Wie Julie und Gary jeden Sommer mit ihren eigenen Kindern ›Familienurlaub‹ machten und wir in eine andere Pflegefamilie gesteckt wurden?«

»Sie mussten Grenzen setzen«, erwidert John ruhig. »Zumindest haben sie uns aufgenommen.«

»Na klar«, sage ich sarkastisch. »Mit der unterschwelligen Drohung, dass wir wieder rausfliegen, wenn wir uns nicht gut benehmen.«

Irgendwann hatte ich mich so an dieses Gefühl gewöhnt, dass es Teil von mir selbst war. Menschen konnten noch so herzlich wirken, ich wusste immer, dass sie früher oder später verschwinden oder mir eröffnen würden, ich müsse woandershin. Dauernd wartete ich darauf, dass die Sirenen schrillten und die Trennung anstand.

John seufzt. »Also willst du nicht zu Julies Fest kommen?«

»Keine zehn Pferde könnten mich da hinschleifen.«

»Oh Mann«, sagt John kopfschüttelnd. »Du hast dich echt verändert. Warst zwar immer schon ein bisschen seltsam, aber eigentlich ganz nett. Was ist passiert, Claire?«

Ich hake mich trotzig bei Patrick ein. »Ja, ich *habe* mich verändert. Ich habe ein neues Leben hier, und es ist gut. Wenn es nach mir geht, hat sich alles andere gar nicht ereignet.«

»Tut mir leid, dass du das miterleben musstest«, sage ich zu Patrick, als wir aufbrechen.

»Danke, dass ich dabei sein durfte«, erwidert er. Ich schaue ihn an, um zu sehen, ob das ironisch sein sollte, aber er wirkt ernst.

»Wir haben offenbar in unserer Kindheit sehr unterschiedliche Erfahrungen gemacht«, sagt er. »Aber eines haben wir gemeinsam: So schwer es damals gewesen sein mag, haben wir heute die Wahl. Wir können uns für eine Familie, eine Heimatstadt, eine Herkunft entscheiden … können entscheiden, wer wir sein wollen. Und obwohl es für uns schwieriger sein mag, jemandem zu vertrauen … wenn wir es tun, vertrauen wir hundertprozentig.«

»Ja.« Ich nicke. »Das ist einer der Gründe, weshalb ich nach New York gegangen bin. Hier kommt jeder irgendwo anders her. Hier erfinden sich Leute neu. Und ich entscheide mich dagegen, jemals wieder Teil dieser Familie zu sein.«

Patrick drückt meine Hand ein bisschen fester. Er bleibt stumm, aber ich weiß, was er denkt.

*Du hast ja jetzt mich.*

# Achtundsechzig

Das Vorsprechen mit Aidan findet in einem kleinen Castingstudio in Chelsea statt. Mit steinerner Miene sitzt er hinter einem Tisch, neben sich eine Frau, die ich nicht kenne und die er nur als Mo vorstellt. Keine höfliche Konversation vorher, bloß »was möchtest du uns vortragen, Claire?« und »fang einfach an, wenn du bereit bist«.

Ich versuche zu ignorieren, dass mir übel ist vor Aufregung, atme tief durch, konzentriere mich und fange an. Ich habe den Epilog der Jenny aus Leslye Headlands Stück *Assistance* einstudiert. Es ist ein dramatischer leidenschaftlicher Monolog, der mir mit seinen unterschiedlichen Elementen – Betrunkenheit, Tanz, Pathos, Komik – Gelegenheit gibt, die ganze Palette meines Könnens zu zeigen.

Als ich ende, entsteht ein längeres Schweigen. Dann sagt Aidan: »Danke.«

Ich muss mich zwingen, ihn nicht mit Fragen zu überfallen: *Wie fandest du mich? Hat es dir gefallen? Soll ich es wiederholen? Langsamer? Schneller? Trauriger? Witziger? Was genau brauchst du? Findest du mich gut?*

Mir fällt wieder Kathryn Lathams Bemerkung ein: *Obwohl sie sich angestrengt bemüht, es zu verbergen, giert sie nach Bestätigung wie ein Junkie nach der Fixe.* Und mir wird mulmig, als ich begreife, dass mein mangelndes Selbstvertrauen mich zu einem geltungssüchtigen Vorsprechen verleitet hat.

Ich habe eigentlich gerade keine Rolle gespielt, sondern mit meinem Talent angegeben.

»Könnte ich bitte noch was anderes vorsprechen?«, sage ich ruhig.

Aidan wirft Mo einen Blick zu. Die zuckt wortlos die Achseln, als wolle sie sagen: *Warum nicht, da wir nun schon mal hier sind.*

»Okay«, sagt Aidan mit einem lauten Seufzer. »Was schwebt dir vor, Claire?«

Ich durchforste verzweifelt mein Gehirn nach einem Text, der zu der Rolle passen würde, die ich hier zu kriegen versuche.

Und dann habe ich den Geistesblitz.

*Sie haben gut gelesen …*

Statt eines Monologs spreche ich das Gedicht, das ich mit Patrick bei unserer ersten Begegnung gelesen habe. Mit kehliger Stimme, stark rhythmisch.

ICH Mir ist, als lebte ich schon über tausend Jahr …

Zwischendurch bemerke ich, wie Mo Aidan von der Seite ansieht, aber sein Gesicht ist reglos. Doch Mos Reaktion bestärkt mich, und ich spreche die letzten Verse eindringlich, aber so leise, dass sie kaum hörbar sind.

ICH … der Sphinx, die man vergass, vor der kein Fuss mehr säumt,
Die niemand kennt, und die in wilder Laune Qualen
Ihr einsam Lied nur singt den roten Abendstrahlen.

Als ich ende, runzelt Aidan die Stirn.

»Okay, also einiges fand ich scheußlich, vor allem den Monolog. Aber ich denke, dass ich mit dir arbeiten kann.«

Er steht auf, drückt mir geschäftsmäßig die Hand und geht schnell raus. Aber der Ausdruck in seinen Augen ist mir nicht entgangen.

Aidan ist stinksauer.

Und mir wird bewusst, dass er gehofft hat, ich sei miserabel. Dann wäre seine Ablehnung begründet gewesen. Stattdessen muss er nun mit einer Schauspielerin arbeiten, die er sich nicht aussuchen konnte.

# Neunundsechzig

»Also«, sagt Marcie und greift nach ihrer E-Zigarette. »Die Produktion ist das Stadtgespräch von New York. Na ja, zumindest bei dem kleinen Haufen Spinner, die was für experimentelles Theater übrighaben.«

»Es ist sehr aufregend«, erwidere ich bescheiden.

»Sehr wahnwitzig ist es.« Marcie pustet eine Qualmwolke über meinen Kopf hinweg. »Aber für dich ändert sich damit jedenfalls die Lage. Wenn ein Regisseur wie Aidan Keating was an dir findet, werden alle anderen aufspringen. Gibt es Nacktszenen?«

»Ein paar.«

»Gut. Die Kritiker werden sich das Maul zerreißen, das wird die Hipster und die Intellektuellen anlocken. Große Karrieren sind schon aus weniger entstanden.« Sie pikt mit der E-Zigarette in meine Richtung. »Versau dir das nicht, Claire. In diesem Business kriegt man schon zweite Chancen äußerst selten und dritte nie.«

»Ich bemüh mich. Aber selbst wenn das Stück ein Erfolg wird, habe ich immer noch das Problem mit der Greencard, oder nicht?«

Marcie überlegt. »An sich schon, ja. Dann könnten wir natürlich argumentieren, dass du fürs Austauschprogramm geeignet bist. Aber die meisten Produzenten werden sich nicht auf jemanden einlassen wollen, der nicht schon einen großen Namen hat.« Marcie beäugt mich durchtrieben. »Wie ernst ist das mit Patrick?«

»Ziemlich ernst.«

»So ernst, dass du Hochzeitsglocken hörst?«

Ich blinzle überrascht, und Marcie redet ungeduldig weiter. »Jaja, schon gut, aber du kannst mir nicht weismachen, dass du nicht selbst schon daran gedacht hast. Ein wohlhabender US-Bürger produziert ein Theaterstück, um seiner Lieblingsschauspielerin die Hauptrolle zu geben. Wenn du Patrick heiratest, kriegst du eine Greencard *und* eine Gold Card.«

»Seine letzte Ehe hatte kein glückliches Ende.«

»*Dieser* Aspekt wird dem Stück übrigens zusätzlich nutzen.«

»Was meinst du damit?«

»Dass behauptet wird, einer von euch beiden hätte Stella Fogler abgemurkst. Ich sage immer, in Bezug auf dich ist das Blödsinn, da deine Aggression sich nur gegen dich selbst richtet.«

»Schönen Dank auch«, erwidere ich trocken.

Marcie wedelt mit der E-Zigarette. »Allgemein wird angenommen, dass ihr es zusammen gemacht habt.«

»Das ist doch absurd.«

»Was keine Rolle spielt, wenn sie deshalb alle in das Stück rennen, oder?« Marcie betrachtet mich nachdenklich. »Ist dir zu Ohren gekommen, wer für die anderen Rollen vorgesehen ist?«

Ich schüttle den Kopf. »Patrick weiß es nicht. Aidan hat auf alleinigem Entscheidungsrecht in allen künstlerischen Fragen bestanden.«

»Man munkelt, dass er die Rolle der Jeanne Duval mit Nyasha Neary besetzen will.«

Ich nicke beeindruckt. Nyasha Neary, halb irisch, halb afrikanisch, wurde im Vorjahr für ihre Rolle in einer aufsehenerregenden TV-Produktion über die Sklaverei für jede Menge Auszeichnungen nominiert. Sie hat große Augen, deren Ausdruck sich blitzschnell von Liebe zu vernichtendem Zorn wandeln kann, und ihre Wangenknochen sind so perfekt geschwungen, dass man unwillkürlich an Nofretete denkt. Nyasha ist eine der schönsten Frauen unter der Sonne.

»Und wer soll den Baudelaire spielen?«

»Man ist mit Laurence Pisano im Gespräch.«

Ich starre Marcie sprachlos an. Laurence. Der Schauspieler, in den ich mich bei meinem ersten Filmdreh verliebt habe. Der Mann, für den ich glaubte, sterben zu wollen.

Und ich begreife sofort, was Aidan hier plant. Er weiß sicher Bescheid über die Geschichte zwischen mir und Laurence. Wahrscheinlich hat Marcie selbst ihm davon erzählt. Aidan konnte sich nicht weigern, mich zu engagieren, weil er sonst Patricks Kohle eingebüßt hätte. Aber durch Laurence will Aidan dafür sorgen, dass ich die Flucht ergreife. Dann kann er lässig behaupten, es wäre meine Entscheidung gewesen.

»Und wen will er für die Apollonie, wenn ich das Handtuch werfe?«

Marcie zuckt die Achseln. »Das kann er sich dann aussuchen. Falls du das Handtuch wirfst.«

»Und genau das werde ich nicht tun.«

Marcies Augen funkeln. »Das habe ich denen schon gesagt, Claire.«

# Siebzig

Und neben alldem mein Leben mit Patrick. Jeden Tag komme ich jetzt zurück in seine stille Wohnung mit Blick auf die Kathedrale. Und Patrick und ich lernen uns auf eine Art kennen, die besser nicht sein könnte: indem wir gemeinsam an einer Theaterinszenierung arbeiten.

»Wie würdest du denn die echte Claire beschreiben, nachdem du jetzt eine Zeit lang mit ihr gelebt hast?«, frage ich Patrick eines Abends, während er Essen macht. Was das angeht, ist er auf fast komische Weise obsessiv. Jess und ich fanden, wir kochten nach Rezept, wenn wir die Hälfte der Zutaten aus irgendeiner Liste im Internet benutzten. Patrick dagegen schaut sogar auf Julia Child und Elizabeth David herab. Heute Abend hat er mit mir die Frage erörtert, welches der beiden altehrwürdigen französischen Kochbücher zum Einsatz kommen soll, das von Escoffier oder das von Carême. In Patricks Küche gibt es eine Sammlung exquisiter Messer, die nur er benutzen darf. Sie sind aus besonders scharfem Damaszener Stahl und sehen aus wie kleine Samurai-Schwerter. Mit einem davon hackt Patrick gerade Knoblauch so klein, als wolle er Atome spalten.

Ich muss allerdings zugeben, dass ein kraftvoller Mann mit Küchenschürze ziemlich erotisch wirkt.

Patrick denkt einen Moment nach. »Wechselhaft«, sagt er dann. »Chaotisch. Laut. Und endlos faszinierend. Immer wenn ich gerade glaube, dich zu fassen zu kriegen, entschlüpfst du mir wieder.«

»Weil man mich nicht packen kann«, erwidere ich. »Aber vielleicht versuche ich auch immer noch, dich zu beeindrucken. Ich habe immer noch Angst, dass du enttäuscht sein könntest, wenn du mich besser kennst.«

»Das bezweifle ich sehr.«

»Ich bin nicht immer liebenswert oder nett, Patrick. Das hast du bei dem Treffen mit John und Alice selbst erlebt.«

»Niemand kann die ganze Zeit nur nett sein, das wäre verlogen.« Er reicht mir einen Löffel, damit ich die Soße probiere. »Muss noch mehr Pfeffer rein?«

»Aber du *bist* immer nett.« Ich koste und nicke.

Patrick schüttelt lächelnd den Kopf. »Nur, wenn ich mit dir zusammen bin.«

Beim Essen reden wir über die Textänderungen, die Aidan verlangt. Er möchte einige Fakten aus Baudelaires Leben verändern, was Patrick aber nicht will; ansonsten hält er sein Versprechen und lässt Aidan freie Hand. In der neuen Fassung tobt Jeanne beispielsweise vor Wut, als sie erfährt, dass Baudelaire bei Apollonie gewesen ist. Jeanne kündigt an, eine berühmte Statue, für die Apollonie Modell gestanden hat, bespucken zu wollen. Doch als Jeanne vor der Statue steht, ist sie fasziniert von der Schönheit der anderen Frau. Die Statue erwacht zum Leben, und die beiden Frauen haben Sex. Erst später erfährt man, dass sich die Szene in Baudelaires Kopf abspielt; er durchlebt noch einmal, was er in einem seiner verbotenen Gedichte über lesbische Liebe geschrieben hat.

»Wird es dir schwerfallen, das zu spielen?«, fragt Patrick.

Ich zucke die Achseln. »Ich muss genauso auf Aidan hören wie du. Aber wird es nicht ein Problem für dich sein, mich so auf der Bühne zu sehen?«

Patrick schüttelt den Kopf. »Ich bin kein eifersüchtiger Mensch, Claire. Ich werde einfach nur stolz auf dich sein. Sehr stolz.«

Da ich diese Szenen mit einer Frau spielen werde, die viel schöner ist als ich, halte ich mich bei den französischen Köstlichkeiten zurück und trainiere doppelt so viel an den Maschinen. Als mir das zu langweilig wird, gehe ich in den nahe gelegenen Parks joggen: im Morningside, wo Studentengruppen auf dem Rasen sitzen, und im Riverside, von dem aus man eine fantastische Aussicht auf den Hudson hat. Mein Gefühl von früher – *wow, das ist ja wie im Film* – wird abgelöst von: *Wow, es ist wirklich real.*

*So ernst, dass du Hochzeitsglocken hörst? Du kannst mir nicht weismachen, dass du nicht selbst schon daran gedacht hast,* höre ich Marcie ironisch sagen. Natürlich denke ich daran, das liegt wohl auch nahe. Aber ich lebe in der Gegenwart und gebe unserer Beziehung Zeit zum Wachsen und Gedeihen.

Dr. Felix kommt nur noch einmal die Woche zu mir. Wir sprechen jetzt weniger über die Polizeiermittlung und mehr über meine Beziehung mit Patrick.

»Ich habe die Männer immer verlassen«, erzähle ich. »Oder sie dazu gebracht, dass sie mich verließen. Das ist jetzt bereits die längste Beziehung, die ich jemals hatte.«

»Warten Sie darauf, dass jemand Ihnen sagt, Sie sollen sich trennen?« Er blickt auf seine Notizen. »Dass die Sirenen schrillen und die Trennung ansteht?«

Ich habe ihm von dem Treffen mit John und Alice erzählt. In dieser Sitzung hat Dr. Felix so viel notiert, dass er kaum mitkam.

Es ist mir peinlich, wie melodramatisch sich das anhört. »Natürlich nicht. Na ja, höchstens ein bisschen. Ich fühle mich irgendwie immer noch wie eine Betrügerin. Als spiele ich eine Rolle.«

»Das ist bemerkenswert.«

»Komischerweise fühle ich mich nur dann nicht so, wenn ich *tatsächlich* eine Rolle spiele. Aber hier in Stellas Wohnung, in ihren Kleidern …«

»Ja, erzählen Sie mir davon. War das Ihre Idee oder die von Patrick?«

»Er hat das vorgeschlagen, aber aus rein praktischen Gründen. Meine Kleider sind immer noch eingelagert, und durch das Stück und alles kamen wir nie dazu, sie abzuholen.«

Dr. Felix notiert sich wieder etwas.

»Ich beginne, mich zu fragen, ob sich Liebe vielleicht so anfühlt«, spreche ich weiter, »oder ob ich immer noch das tue, was Kathryn Latham mir vorgeworfen hat: zu intensiv in die Rolle einsteigen.«

»Das ist nicht weiter erstaunlich, da Sie jahrelang in Familien leben mussten, denen sie nicht wirklich angehörten. Vielleicht war das sogar der Grund, warum Sie Schauspielerin werden wollten.«

»Heißt das, ich werde mich für immer und ewig so fühlen?«

»Das kann niemand voraussagen. Vielleicht ist es einfach ein komplett neues und überraschendes Gefühl für Sie, Claire, jemanden zu lieben. Versuchen Sie, es zu genießen.«

Doch wenn ich ehrlich mit mir bin, muss ich zugeben, dass etwas zwischen mir und Patrick fehlt.

»Ich muss dir was gestehen«, sage ich eines Abends zu ihm. Und denke dabei daran, wie uns dieser Satz noch vor kurzer Zeit in Aufregung versetzt hätte. Ganz zu schweigen von unseren unsichtbaren Zuschauern an ihren Geräten.

Aber Patrick zieht nur eine Augenbraue hoch. »Ja?«

»Unsere Spiele fehlen mir«, sage ich. »Es war ziemlich spannend, nicht zu wissen, ob du ein Mörder bist oder nicht.«

Seine Lippen zucken. »Möchtest du, dass ich für dich jemanden umbringe?«

»Wohl kaum. Aber vielleicht bin ich wie die Apollonie in deinem Stück: Ich mag nicht glauben, dass die Gedichte Ausdruck deiner Persönlichkeit sind. Und zugleich hofft ein Teil von mir, dass es doch so ist. Was natürlich völlig verrückt ist, das weiß ich, denn du bist ebenso wenig ein böser Mensch, wie Baudelaire einer war.«

Patrick beugt sich herab und küsst mich auf den Kopf. »Du weißt nicht alles, was in mir vorgeht. Das dauert noch ein bisschen.«

# Einundsiebzig

Endlich kommt der erste Probentag mit der Leseprobe. Ich habe natürlich alle möglichen Ängste. Ich fürchte mich vor dem Wiedersehen mit Laurence. Habe Angst, dass Nyasha mich übertrumpfen wird. Dass von der Kostümbildnerin bis zum Beleuchter alle wissen, dass ich die Rolle nur wegen Patrick bekommen habe.

Er amüsiert sich über meine Nervosität und sagt schmunzelnd, so habe er mich ja noch nie erlebt und es gäbe wirklich keinen Grund zur Aufregung. Ich solle einfach nur daran denken, wie gut ich bin.

Wir sind als Erste im Probenraum. Dann kommt Aidan und begrüßt mich mit einer Umarmung, die aufrichtig wirkt, der ich aber dennoch misstraue. Die vier Kollegen, die kleinere Rollen spielen und außerdem die zweite Besetzung sind, tauchen zusammen auf. Zehn Minuten vor Probenbeginn erscheint Laurence und steht kumpelhaft bei den Beleuchtern rum. Sein hübsches jungenhaftes Gesicht ist wie damals, aber ich stelle erleichtert fest, dass ich absolut gar nichts mehr für ihn empfinde.

»Laurence, du kennst Claire, glaube ich?«, sagt Aidan schließlich.

Laurence wirft mir einen Blick zu. »Ja, wir haben bei *Tumult* zusammengearbeitet.« Er schlendert zu mir und küsst mich flüchtig auf die Wangen. »Wie ist es dir inzwischen ergangen, Claire? Ich freue mich darauf, wieder mit dir zu arbeiten.« Das

Lächeln, das früher mein Herz zum Schmelzen gebracht hat, blitzt auf und erlischt wieder. Er lässt sich nicht anmerken, dass wir mal ein Liebespaar waren. Keine Entschuldigung, kein persönliches Wort. Nicht einmal das scheint mir vergönnt zu sein.

Ich war eben nur eine Affäre bis Drehschluss.

Nyasha kommt auf die Minute pünktlich, angezogen wie fürs Fitnesstraining, mit grauem Trainingsanzug, weinrotem T-Shirt und schwarzer Basecap, die sie über ihre Cornrows-Frisur gezogen hat. Das Outfit betont ihre Schönheit nicht, aber ihre aparten Wangenknochen und die fantastischen Augen kommen dennoch zur Geltung. Nyasha ist kleiner, als ich vermutet hätte, und gibt mir höflich, fast schüchtern, und mit ernstem Gesicht die Hand.

Aidan klatscht in die Hände, und es herrscht sofort Ruhe. Als Erstes begrüßt er uns und sagt, wir seien während dieser Produktion eine Familie, eine Gemeinschaft. Er verweist auf die fahrenden Schauspielertruppen aus vergangener Zeit, in denen jeder auf den anderen angewiesen war. Dann spricht er über die Inszenierung: Sie solle die rohe Kraft von Baudelaires Dichtung ausstrahlen und das Publikum ebenso berühren und provozieren, wie *Les Fleurs du Mal* seinerzeit die Menschen aus ihrer von der Romantik geprägten Weltsicht aufrüttelte. Zuletzt äußert sich Aidan zur Leseprobe.

»Das heute ist keine Vorstellung und schon gar kein Vorsprechen. Konzentriert euch bitte auf Klarheit, aufs Erfassen und Verstehen des Textes. Die Gestaltung der Rollen findet erst später statt. Heute schauen wir einfach nur als Gruppe auf unser gemeinsames Projekt. Es geht nicht darum, irgendjemanden zu beeindrucken.«

Alle nicken, und ich frage mich, ob diese letzte Bemerkung speziell an mich gerichtet war. Nyasha setzt ihre Basecap ab.

Meine erste Szene kommt erst später, deshalb höre ich bloß aufmerksam zu. Nyasha befolgt Aidans Aufforderung und liest nur vor, während Laurence eindeutig schon irgendwelche Vorstellungen von der Rolle hat. Er liest zum Beispiel mit französischem Akzent. Patrick blickt sofort auf, als er das hört, aber Aidan reagiert nicht gleich.

Schließlich unterbricht er Laurence und sagt: »Super, aber lasst uns erst mal nur vorlesen. Akzente probieren wir später.«

»Okay, gut«, erwidert Laurence, liest aber mit dem gleichen Akzent weiter.

Aidan unterbricht ihn aufs Neue. »Lies bitte vorerst ohne den Akzent.«

Laurence runzelt die Stirn, und mir wird klar, dass er seine Rolle bereits angelegt hat und sich jetzt schwer damit tut, dieses Konzept aufzugeben. Als er weiterliest, gelingt es ihm weitgehend, den Akzent wegzulassen, aber manchmal schleicht er sich wieder ein. Ab und zu streicht sich Laurence ungeduldig die Haare aus der Stirn. Früher fand ich diese Geste hinreißend, aber jetzt denke ich nur, er sollte sich mal die Haare schneiden lassen.

Nyasha bewegt sich kaum beim Lesen, und ihre Stimme klingt wunderbar. Ich kann nicht ausmachen, ob sie eine bestimmte Technik anwendet, könnte ihr aber stundenlang zuhören.

Als ich an der Reihe bin, nehme ich mir Nyasha als Vorbild und lasse die Worte für sich selbst sprechen. Aber in meiner ersten Szene gesteht Baudelaire Apollonie, dass er der Verfasser jener gewalttätigen Gedichte ist, die sie in den letzten fünf Jahren erhalten hat. Deshalb erlaube ich mir ein wenig von der Verachtung, die ich jetzt für Laurence empfinde, in meinen Dialog mit Baudelaire einfließen zu lassen. Ich sehe, dass Aidan von seinem Textbuch aufblickt und mich nachdenklich betrachtet, aber er bleibt stumm.

Am Ende spenden wir uns gegenseitig Beifall. Aidan sagt, wir sind großartig. Ich denke aber, dass einfach das Stück als solches wahnsinnig gut ist. Und mir wird bewusst, dass das wirklich eine fantastische Inszenierung werden kann. Mein Durchbruch. Ich kann mein Glück kaum fassen.

Wir stehen alle auf und dehnen uns. Laurence steuert sofort auf Aidan zu und fragt, ob sie ein paar Vorschläge besprechen könnten. Aidan antwortet höflich, aber ausweichend.

Nyasha kommt zu mir und sagt, ich hätte sehr eindrucksvoll gelesen.

»Das wird toll«, fügt sie auf ihre bedächtige, ernsthafte Art hinzu. Die Jacke hat Nyasha jetzt ausgezogen, und ich bewundere ihre sehnigen Arme mit den festen Muskelsträngen. Die Schönheit dieser Frau hat etwas Magisches, nahezu Unirdisches. Sie legt mir die Hand auf den Arm. »Ich habe gehört, dass du mit Patrick zusammen bist«, sagt sie. »Scheint ein toller Mensch zu sein.« Ihr Blick wandert von Patrick zu Laurence, der immer noch versucht, Aidan in ein Gespräch zu verwickeln. Nyasha sagt nichts mehr, aber das ist auch nicht nötig.

Ich spüre, dass wir jetzt Verbündete sind. Vielleicht sogar Freundinnen.

# Zweiundsiebzig

Als ich am nächsten Nachmittag durch den Morningside Park jogge, in Gedanken noch mit der morgendlichen Probe beschäftigt, habe ich plötzlich ein Gefühl, das ich von der Bühne kenne: das Gefühl, beobachtet zu werden. Was ich merkwürdig finde, weil im Park so viele Leute unterwegs sind, dass man immer von irgendwem angeschaut wird. Aber normalerweise spüre ich das nicht. Ich schüttle den Kopf und laufe weiter.

Bei der nächsten Runde passiert es an genau derselben Stelle, und mir läuft ein eisiger Schauer über den Rücken. Ich bleibe stehen und blicke hoch. Ganz oben auf der Treppe an der Harlem-Seite des Parks steht eine Gestalt.

Frank Durban.

Ich bin mir ziemlich sicher, dass er es ist, obwohl ich ihn auf die Entfernung nicht genau erkennen kann. Aber die Haltung ist mir vertraut: der wuchtige Körper an die Balustrade gelehnt, eine Schulter nach vorne gewandt, als schmerze sie.

Zuerst bin ich wie versteinert. Dann rase ich los, zwischen den Bäumen hindurch, weiche einer Hundeleine aus, sprinte die steile Treppe hinauf, keuchend und mit letzter Kraft …

Oben ist niemand. Ich ringe um Atem und schaue in alle Richtungen.

Vielleicht habe ich es mir doch eingebildet.

Den ganzen Rückweg über drehe ich mich immer wieder abrupt um, entdecke aber niemanden, der sich den Schnürsenkel bindet oder in einem Hauseingang verschwindet, wie man es immer in Filmen sieht.

Als ich zu Hause ankomme, bin ich doch der Meinung, dass ich mir das nur eingebildet habe. Was sollte Frank denn jetzt noch von mir wollen? Wo er doch krankgeschrieben und Kathryn spurlos verschwunden ist und Patrick das NYPD verklagt …

Ich bleibe unvermittelt stehen, als mir plötzlich ein Gedanke durch den Kopf schießt.

*Und wenn das alles gar nicht wahr ist?*

Dass Patrick gegen das NYPD klagt, weiß ich nur von ihm selbst. Franks Krankheit könnte die Coverstory sein, die sein Abtauchen in die geheime Operation deckt. Und Kathryn … mag nicht sichtbar sein, aber sie ist noch irgendwo da draußen. Das spüre ich ganz deutlich. Sie manipuliert mich weiterhin und spielt ihre Spielchen.

Mir wird übel, als ich begreife, was hier abgeht. *Ich bin wieder in die Falle der beiden getappt.* Die verzweifelte E-Mail, die ich von der Klinik aus an Patrick schrieb. Ich sehe vor mir, wie Kathryn sie liest und dabei nachdenklich mit ihrem Kuli rumspielt.

KATHRYN Scheint, als sei die Operation doch noch nicht gestorben.

FRANK Du willst doch wohl nicht sagen, dass wir Fogler weiter benutzen sollen? Claire wird ihm bestimmt nicht mehr vertrauen.

KATHRYN Und warum nicht? Sie ist eindeutig noch immer

ziemlich verrückt nach ihm. Angenommen, er taucht jetzt wie ein Prinz auf dem schneeweißen Pferd auf und rettet sie aus der Klinik?

FRANK Das wird nie funktionieren. Sie ist total paranoid.

KATHRYN Also müssen wir sie mit irgendwas ablenken. Mit etwas so Verlockendem, dass sie jedes Risiko eingehen wird, um dranzukommen. Und was wünscht sich Claire Wright mehr als alles andere auf der Welt?

FRANK Keine Ahnung. Du bist die Psychologin.

KATHRYN *Publikum*, Frank.

Das Stück.

Weshalb hatte Patrick so plötzlich den Drang verspürt, sein Stück zu schreiben? Aus Liebe zu mir? Oder war es einfach der fetteste Köder, der Kathryn einfiel?

Eine grandiose, provokative Rolle, auf mich zugeschnitten. Und die einzigartige, unglaubliche Chance, mit Profikollegen auf einer New Yorker Bühne spielen zu können.

Unfassbar … Und ich war naiv darauf hereingefallen.

Ich schließe die Tür auf und betrete die Wohnung. »Patrick?«

Keine Antwort. Aber die Stille kommt mir jetzt verändert vor, als lausche die gesamte Wohnung.

Ich gehe ins Badezimmer und spähe unters Waschbecken, taste es ab wie ein Polizist, der einen Verdächtigen filzt.

Da sind nirgendwo Kabel.

Hastig durchsuche ich den Wäscheschrank, reiße die sorgfältig zusammengelegten Handtücher heraus und werfe sie zu Boden. Aber auch hier ist die Suche ergebnislos. Nirgendwo ein Verteilerkasten, einer bösartigen Spinne gleich, die ihre hinterhältige Brut in der gesamten Wohnung abgelegt hat. Dann wird mir klar, dass die beiden sicher nicht so dumm wären, die Mikros an den gleichen Stellen wie beim letzten Mal anzubringen. Ich untersuche sämtliche Lampen. Nichts. Ebenso wie in der Küche, im Schlafzimmer oder im Flur.

Dann fällt mein Blick auf mein Handy, das auf dem Couchtisch liegt. *Natürlich.* Heutzutage kann man über das Mikro im Smartphone abgehört werden. Das ist so simpel, wie sich eine App runterzuladen.

# Dreiundsiebzig

Als Patrick nach Hause kommt, ist alles wieder aufgeräumt. Handtücher und Laken sind im Wäscheschrank, die Lichtleisten wieder angeschraubt, und ich sitze auf der Couch und lerne meinen Text.

»Hey«, sagt Patrick, kommt zu mir und küsst mich. »Wie war die Probe?«

»Ziemlich gut«, antworte ich leichthin. »Aidan hat über allerlei gesprochen, das uns inspirieren könnte. Wir haben uns eine alte Filmadaption zu Strawinskys *Le Sacre du Printemps* angesehen.«

»Auch ein Werk, das einen Skandal auslöste.«

Ich nicke. »Und wir haben darüber gesprochen, ob Kunst die Verpflichtung hat, sich selbst zu zensieren oder nicht. So was wie: Darf man einen Selbstmord auf der Bühne zeigen, obwohl das Zuschauer dazu animieren könnte, es nachzuahmen. Die meiste Zeit waren Laurence und Nyasha gegensätzlicher Meinung. Sie war der Ansicht, dass wir alle Verantwortung für unser Handeln übernehmen müssen, Laurence fand, niemand ist verantwortlich für das, was andere Menschen tun.«

»Hört sich nach einer Debatte bei meinen Erstsemestern an«, sagt Patrick seufzend. Ich sehe ihm nach, als er zur Kücheninsel geht und Utensilien aus den Schränken nimmt.

»Viele Regisseure fangen so an«, sage ich. »Als Nächstes kommen bestimmt die Vertrauensspiele.«

»Vertrauensspiele«, wiederholt Patrick und lächelt mir zu. »Die haben wir auch absolviert, wenn ich mich recht entsinne.«

»Stimmt. Aber die hatte sich wohl Kathryn ausgedacht, oder?«

Patrick nickt.

»Heute habe ich Frank Durban gesehen«, sage ich beiläufig.

»Frank? Wo?«, fragt Patrick verblüfft.

»Im Morningside Park. Hat mich beim Laufen beobachtet.«

Patrick runzelt die Stirn. »Das halte ich für sehr unwahrscheinlich.«

»Naja, ich habe ihn jedenfalls gesehen.«

»Wie weit war er denn entfernt?«

»Nah genug, um ihn zu erkennen.« Ich beobachte Patrick genau. Falls die beiden darüber gesprochen haben, hat Frank das sicher heruntergespielt.

FRANK Sie war zu weit entfernt, um mich richtig zu erkennen. Sag ihr, sie muss sich irren.

»Sehr seltsam«, sagt Patrick und wendet sich dem Kühlschrank zu. »Die Operation verfolgt ihn vermutlich. Wegen der Klage und allem.« Er nimmt Estragon aus dem Kühlschrank und beginnt, ihn zu hacken.

»Ja, wie läuft es eigentlich damit?«, frage ich lässig.

»Wie immer bei juristischen Dingen, langsam.« Patrick hält inne, das Messer in der Hand. »Da wir gerade darüber sprechen, Claire: Mein Anwalt möchte, dass Dr. Felix einen Bericht über deine psychische Verfassung schreibt. Ist das okay für dich?«

»Natürlich.«

»Das ist offenbar wichtig, um zu argumentieren, welche psychischen Schäden bei dir durch das Vorgehen des NYPD verursacht wurden. Paranoia sollten wir aber wohl eher nicht erwähnen.«

»Sehr schlau.«

»Wie meinst du das?«

»Dein Anwalt«, sage ich. »Sehr schlau von ihm, das zu bedenken.«

»Na ja, ich bezahle ihn dafür, dass er schlau ist.« Patrick runzelt die Stirn. »Ist irgendwas nicht in Ordnung, Claire?«

»Ich weiß, dass du immer noch für die Polizei arbeitest«, sage ich schroff.

»Was?« Patrick wirkt bestürzt.

»Das Stück. Das hast du als Köder für mich geschrieben. Damit ich wieder in die Falle gehe. Es war Kathryns Idee, oder?«, sage ich. »Sie dachte sich, dass ich für so eine Rolle alles tun würde. Und ich muss zugeben, dass Kathryn recht behalten hat.« Ich greife nach meinem Handy und sage: »Hörst du, Kathryn? Du hattest recht.«

»Claire«, sagt Patrick besorgt, legt das Messer weg und kommt zu mir. »*Claire.* Was ist los? Neulich hast du gesagt, unsere Spiele fehlen dir. Ist das jetzt so ein Spiel? Erfindest du etwas, das nicht da ist, damit dein Leben spannender wird? Oder kann es sein, dass du diesen Unsinn wirklich glaubst? Du machst mir nämlich Angst.« Er holt tief Luft. »Ja, in gewisser Weise habe ich das Stück tatsächlich als Köder geschrieben … weil ich *dich* wollte. Hier bei mir. Und das Stück war das Einzige, womit ich glaubte, dich beeindrucken zu können. Das ist alles.«

»*Beweise* mir, dass du nicht mehr für die arbeitest«, entgegne ich.

»Verflucht noch mal, Claire. Wie soll ich denn etwas beweisen, das gar nicht da ist?« Er sieht angespannt und wütend aus.

»Weiß ich nicht. Und das ist das große Problem, nicht wahr, Patrick? Wie können wir einander je vertrauen, wo wir doch beide wissen, wie gut wir lügen können?«

# Vierundsiebzig

Bei den Proben machen wir jetzt tatsächlich Vertrauensspiele. Das *Wandspiel*, wo man mit verbundenen Augen auf eine Wand zurennt und darauf vertrauen muss, dass die anderen einen rechtzeitig abfangen. *Augenkontakt*, bei dem man einer anderen Person in die Augen starren und abwechselnd Freundschaft, Geilheit und Abscheu zum Ausdruck bringen muss.

Als ich Laurence in die Augen schaue, muss ich denken, wie unglaublich es doch ist, dass er keinerlei Ahnung hat, was ich inzwischen von ihm halte.

Und das *Tonspiel*, bei dem einer eine Statue darstellt, die der andere durch Berührung formen und gestalten muss, um ein Gefühl zum Ausdruck zu bringen, von dem die Statue nichts weiß. Als ich Nyasha so formen soll, dass sie *träge* wirkt, staune ich über ihre Fähigkeit, ihre gesamte Körperhaltung durch eine winzige Schulterbewegung zu verändern. Die Frau kommt mir vor wie eine Maschine mit filigraner Mechanik.

Als ich bei Laurence *stolz* modellieren soll, fällt mir nur ein, seine Schultern so zurechtzurücken, dass er aufrechter steht, und sein Kinn anzuheben. Ich sehe Nyasha grinsen, weil er albern aussieht.

Er erwidert das Grinsen, und mir wird klar, dass er glaubt, Nyasha flirte mit ihm. Wut brandet in mir auf. Nicht seinetwegen, sondern *ihre*twegen.

Das fehlt mir gerade noch. Ich in meine Kollegin verknallt. Als wäre nicht schon alles kompliziert genug.

Endlich ist es so weit, und wir beginnen mit der Arbeit an der Rolle. An Patricks Stück fasziniert mich, dass Apollonie so rätselhaft ist und man nie wirklich erfährt, was sie denkt und fühlt. In der Inszenierung geht das natürlich nicht. Ich *muss* wissen, was Apollonie denkt und fühlt, weil ich sie sonst nicht überzeugend darstellen kann. Andererseits könnte sie sich natürlich auch selbst etwas vormachen. Am interessantesten sind immer Figuren, die sich selbst belügen, weil diese Selbsttäuschung irgendwann einbricht.

»Ich rede mir ein, dass ich mich von Baudelaires Güte angezogen fühle, während ich in Wirklichkeit seine düstere Seite viel interessanter finde«, sage ich zu Aidan. »Ich bin wie ein Falter, der zu einer Flamme flattert, in der Hoffnung, dass er schon nicht verbrennen wird. Weil die Alternative – mich von ihm zu entfernen – so enttäuschend wäre.«

Aidan nickt. »Finde ich gut.«

Als ich später Patrick davon erzähle, sagt er: »Reden wir immer noch über das Stück? Oder über uns?«

»Wir *sind* das Stück. Um meine Rolle stark zu machen, muss ich auch unsere Wahrheit spielen. Und es gibt doch ohnehin nichts Erregenderes, als die Wahrheit über jemanden zu kennen, oder?« Ich zögere. »Und deshalb musst du mir auch sagen, ob du immer noch für die Polizei arbeitest.«

»Claire«, sagt er müde und ergreift meine Hand. »Es ist meine Schuld. Ich habe dich zu früh gedrängt, mit der Arbeit an dem Stück zu beginnen. Du bist psychisch noch zu angreifbar. Du kannst aber immer noch jederzeit aussteigen. Es gibt schließlich eine zweite Besetzung für dich, die übernehmen könnte.«

»Ich bin nicht angreifbar«, widerspreche ich. »Ganz im Gegenteil. Und ganz sicher werde ich nicht aussteigen.«

Bei meiner wöchentlichen Sitzung kommt Dr. Felix darauf zu sprechen.

»Patrick hat mich angerufen, weil er sich Sorgen um Sie macht.«

Ich zucke die Achseln. »Ich weiß.«

»Er glaubt, dass Sie ihn erneut verdächtigen, könnte darauf hinweisen, dass es Ihnen wieder schlechter geht.«

»Hat er mir auch gesagt.«

»Und was denken Sie selbst, Claire?«

»Dass es keine Paranoia ist, wenn einen wirklich jemand jagt. Und ich versuche nur rauszukriegen, ob es so ist. Ob die mich echt jagen, meine ich. Falls sich rausstellt, dass es nicht so ist, geht's mir gut.«

Dr. Felix wartet darauf, dass ich weiterspreche. Als ich nichts sage, probiert er eine neue Taktik. »Sie stehen ja offenbar vor einer großen beruflichen Herausforderung.«

»Das Stück? Ja, allerdings.«

»Es könnte natürlich sein, dass Dr. Banners Medikamente etwas früher abgesetzt wurden, als eigentlich ratsam gewesen wäre. Ich konnte ja nicht ahnen, dass Sie sich selbst so sehr unter Druck setzen … vielleicht sollten wir einige dieser Medikamente wieder in Betracht ziehen. Viel niedriger dosiert natürlich.«

Mir schießt die Frage durch den Kopf: *Steckt Dr. Felix mit denen unter einer Decke?*

»Nein«, erwidere ich. »Ich muss wach und fit sein. Und darf ganz bestimmt keine Pickel kriegen.«

»In Ordnung«, sagt Dr. Felix zweifelnd. »Dann lassen Sie uns doch mal Ihre Ängste genauer betrachten und schauen, ob wir sie nicht zerstreuen können.«

# Fünfundsiebzig

An diesem Abend entschuldige ich mich bei Patrick.

»Ich wurde einfach die Vorstellung nicht mehr los, dass du mich vielleicht anlügst. Aber in dem Gespräch mit Dr. Felix ist mir klar geworden, dass ich total überreagiert habe.«

»Ist jetzt alles wieder gut zwischen uns? Du hast dieses Gefühl nicht mehr?«

»Nein.«

»Gott sei Dank, Claire. Ich hab mir wirklich Sorgen gemacht.«

Nach dieser Aussprache ist Patrick sichtlich entspannter. Wir gehen früh zu Bett, um viel Zeit für Sex zu haben. Ich sage nicht direkt *Ich werde dich entschädigen*, mache aber alles, was er mag. Was *alle* Männer mögen, genau genommen; Patrick hat keine außergewöhnlichen Vorlieben. Ich küsse ihn überall und ziehe das Vorspiel hin, schließlich drücke ich ihn aufs Bett und setze mich auf ihn. Aber dann halte ich inne.

»Patrick«, sage ich leise. »Ich muss dir was sagen.«

»Was denn?«, fragt er und lächelt zu mir hoch.

»Ich mag es nicht mehr geheim halten«, sage ich. »Ich habe sie getötet. Ich habe Stella umgebracht.«

# Sechsundsiebzig

Sprachlos und entsetzt starrt er mich an. »Was?«, fragt er schließlich, die Stimme heiser vor Schreck. »Was sagst du da, Claire?«

»Ich brauchte das Geld, war pleite. Jess wollte mich aus der Wohnung werfen, und ich musste meinen Schauspielunterricht bezahlen … Wir haben uns gestritten, Stella und ich, weil sie dich unter Druck setzen wollte. Und dann kam ich später an diesem Abend auf die Idee, dass Stella mir viel mehr als vierhundert Dollar bezahlen müsste, wenn sie dich wirklich erpressen wollte.

INNEN. LEXINGTON HOTEL/FLUR – NACHT.

Stella öffnet die Tür ihrer Suite, schwankend, mit einem Glas in der Hand.

STELLA Ach, Sie sind es. Die Frau, die meinen Mann nicht rumkriegen konnte. Was wollen Sie?

ICH Wir sollten nicht hier draußen reden.

INNEN. LEXINGTON HOTEL/TERRACE SUITE – NACHT.

ICH Sie wollten mich dazu benutzen, Ihren Mann zu erpressen. Und wenn er nicht so ein Ehrenmann wäre, dann wäre Ihnen das auch gelungen. So oder so macht mich das zur Komplizin bei einer Straftat. Ich will noch zweitausend Dollar.

STELLA Oder?

ICH Ich werde ihm haarklein schildern, was Sie getan haben.

STELLA Wie dumm Sie doch sind. Sie haben nicht die geringste Ahnung, in was Sie da hineingeraten. Verschwinden Sie lieber, bevor ich den Geschäftsführer rufe.

Sie geht zum Telefon an ihrem Bett.

ICH Weg vom Telefon.

Stella dreht sich um … und sieht, dass ich die Pistole auf sie gerichtet habe.

STELLA Was zum …

ICH Umdrehen, Gesicht zur Wand. Nein, warten Sie … geben Sie mir vorher diese Reisetasche.

»Ich wollte sie nicht umbringen«, ende ich. »Das war dann ein Unfall. Sie griff nach der Pistole, als ich die Tasche entgegennahm, und ich musste mit irgendwas zuschlagen, damit Stella losließ. Aber nachdem sie dann ohnehin tot war, wollte ich das Geld auch nicht zurücklassen.« Ich sehe Patrick an. »Es tut mir leid. Alles tut mir so leid. Aber es tut mir nicht leid, dass es passiert ist, weil ich dann mit dir zusammenkam. Kannst du mir verzeihen?«

Patrick starrt mich noch immer fassungslos an. Dann werfe ich einen Blick auf mein Handy, das auf dem Nachttisch liegt.

Und sehe, wie Patrick begreift.

»Großer Gott«, sagt er schockiert. »Du hast das nur gesagt, um zu testen, ob ich die Wahrheit sage, nicht? Um zu sehen, ob die Polizei hier reinstürmt und dich verhaftet. Nun, das wird nicht passieren, Claire. Weil ich nichts mehr mit der Polizei zu tun habe.«

»Aber ich würde doch nicht lügen bei etwas so …«

»Hör auf«, sagt er. »Hör jetzt auf damit.« Er blickt finster. »Du bist zu weit gegangen.«

»Ich musste es wissen«, sage ich kleinlaut. »Ich musste ganz sicher sein. Bitte versuch, mich zu verstehen, Patrick. Es war die einzige Möglichkeit, um endgültig herauszufinden, ob du noch für die arbeitest …«

»Ich werde es dir beweisen.« Er ist jetzt so wütend wie damals bei der Szene mit Raoul im Theater. Seine Hände legen sich um meinen Hals. »Wenn sie zuhören, werden sie nicht zulassen, dass ich dich erwürge«, knurrt er. »Sie werden verhindern, dass ich *das hier* mache.«

Seine Finger drücken sich in meinen Hals, ich kann nicht mehr atmen. Ich zerre an seinen Händen, aber der Griff ist eisern. Das Blut dröhnt in meinen Ohren. Ich kralle die Nägel in Patricks Hände. Sterne explodieren vor meinen Augen. Mir wird schwindlig, und dann stürze ich in einen dunklen Abgrund.

Als ich wieder zu mir komme, liege ich in Patricks Armen, und er wiegt mich sachte hin und her. Mein Hals schmerzt.

»Tut mir leid«, flüstere ich.

»Nein, *mir* tut es leid«, sagt er leise und hält mich noch fester. Er zittert.

»Mach dir keine Gedanken. Es war meine Schuld. Ich habe dich provoziert, mein Liebster. Es war ein Vertrauensspiel. Und es hat funktioniert.«

# Siebenundsiebzig

Am nächsten Tag wache ich vor dem Morgengrauen auf. Patrick schläft, eingerollt wie eine Katze und so leise, als könne er ebenso gut tot sein. Doch sogar im Schlaf wirkt sein muskulöser Körper angespannt und wachsam.

Vorsichtig gleite ich unter der Decke hervor und gehe in die Küche, um was zu trinken. Mein Hals tut noch weh, und ab heute arbeiten wir ohne Textbuch; ich kann nicht riskieren, dass mir die Stimme wegbleibt.

Während ich trinke, schaue ich auf die Stadt hinaus. Ich finde es wunderbar, dass ich wegen der großen Fenster in dieser Wohnung ständig das Gefühl habe, auf der Bühne zu stehen. Oder ich komme mir vor wie in einem Puppenhaus, in das jeder hineinschauen kann. Obwohl es hier nachts sehr ruhig und die Straße menschenleer ist.

Ich denke an Stella.

In meiner ersten Schauspielstunde ließ Paul uns ein Spiel machen, bei dem drei Leute entweder einen roten oder schwarzen Hut tragen. Sie können den Hut selbst nicht sehen, nur die anderen, aber wem es gelingt, die Farbe zu erraten, der hat gewonnen. Dadurch soll man lernen, mit dem Blick anderer zu sehen.

Das versuche ich jetzt gerade.

Als ich mein »Geständnis« machte, sah Patrick erschrocken aus. Dann verblüfft und danach wütend. Aber er wirkte nicht eine Sekunde lang, als würde er mir glauben.

Weil er mich liebt und mir vertraut?

Weil ich nicht so eine gute Schauspielerin bin, wie ich gerne glauben würde?

Oder weil er weiß, dass es gar nicht sein kann … weil er selbst bei Stellas Tod dabei war?

Ein Streifenwagen rast mit Blaulicht die Straße entlang, aber ohne Martinshorn, um niemanden zu wecken. Vielleicht sind sie auf dem Weg zu einem Mord, zu einem weiteren Schauplatz zerstörter Leben.

Unwillkürlich höre ich Dr. Banners Stimme.

DR. BANNER Es ist nicht ungewöhnlich, dass Sie diese melodramatischen Einbildungen haben, Claire. Das gehört zu den Symptomen Ihrer Störung. Morgen werden Sie dann wieder genau vom Gegenteil überzeugt sein.

*Ich muss es wissen*, denke ich. Ich muss rauskriegen, wer Stella umgebracht hat. Nicht weil ich aufhören würde, Patrick zu lieben, wenn ich wüsste, dass er ein Mörder ist. Sondern weil ich nicht möchte, dass er es vor mir verbirgt, falls er wirklich einer ist.

Denn das ist *mein* dunkles Geheimnis: Meine Liebe für Patrick ist so ungeheuer stark, dass sich an meinen Gefühlen für ihn nichts ändern würde, auch *wenn* er Stella getötet hätte. Aber ich könnte es einfach nicht ertragen, etwas so Wichtiges aus seinem Leben nicht zu wissen.

Wie Apollonie muss ich mich der Dunkelheit stellen. Ich muss mich in sie hineinbegeben.

Zur Polizei kann ich natürlich nicht gehen. Aber ich habe eine andere Idee.

# Achtundsiebzig

›Victor?‹

›Claire. Ich hatte gehofft, dass du mal wieder in unsere Gruft abtauchen würdest.‹

›Victor, ich habe eine Bitte.‹

›Dein Wunsch sei mir Befehl, mein Engel.‹

›Es wird dir aber nicht gefallen.‹

›Erst mal sagen. Für einen Perversen bin ich erstaunlich aufgeschlossen.‹

›Ich möchte dich gerne treffen. In echt meine ich. Was sagst du?‹

Eine längere Pause. Ich höre förmlich ein Summen und Säuseln, während diese Stille durch Glasfaserkabel endlose Entfernungen überbrückt, von Rechner zu Rechner …

›Soll das ein Date werden, Claire?‹

Ich denke daran, wie vielen Männern ich etwas vorgespielt habe, für wie viele Männer ich ein Trugbild, ein Hirngespinst wurde …

›Nein, tut mir leid. Wir können nur Freunde sein. Aber glaub mir: Es ist wahnsinnig wichtig. Und du bist der Einzige, dem ich vertrauen kann.‹

›Wo bist du?‹

›In New York. Und du?‹

›Nicht weit weg.‹

›Was wäre ein guter Ort für dich?‹

›Im East Village am St. Mark's Place gibt es ein Cybercafé. Da könnten wir uns um zwölf treffen.‹

›Wie erkenne ich dich?‹

›Log dich ein, wenn du da bist. Dann sag ich es dir.‹

›Danke, Victor. Ich würde dich nicht darum bitten, wenn es nicht wichtig wäre.‹

# Neunundsiebzig

Ich bin eine Viertelstunde vor der verabredeten Zeit da und setze mich an einen Computer in der Ecke. Neben mir führt ein japanischer Student über Skype ein ernsthaftes Gespräch mit seiner Freundin. An einem anderen Computer tippt eine übergewichtige Geschäftsfrau energisch mit zwei Fingern einen Bericht oder so. Ein Teenager spielt ein Computerspiel. Ein italienisches Pärchen lädt kichernd Bilder von seiner Hochzeitsreise hoch.

Außerdem ist da ein Typ um die vierzig. Er trägt einen Regenmantel und spielt mit einem leeren Starbucks-Becher herum.

Ich logge mich bei der Gruft-Website ein.

›Bist du hier, Victor?‹

›Ja, bin ich, Claire.‹

›Auf der Website? Oder im Café?‹

›Beides. Beschreib mir, wie du aussiehst.‹

›Ich bin fünfundzwanzig, dunkelhaarig, trage ein Kaschmir-Twinset, das mal jemand anderem gehört hat. Ich sitze an dem Rechner in der Ecke.‹

›Du hast nicht erwähnt, dass du wunderschön bist.‹

Ich schaue auf. Die Geschäftsfrau lächelt mich wehmütig an.

# Achtzig

»Aber würdest du wirklich jemandem wehtun? Jemanden richtig verletzen, meine ich?«

Victor, die im wahren Leben Corinne heißt, schüttelt den Kopf. »In meinen Fantasien male ich mir aus, eine Domina zu sein. Aber ich träume auch vom Weltfrieden, von einer Beziehung mit einem Supermodel und einem Leben als Profimusikerin. Ich fühle mich der Gesellschaft gegenüber verantwortlich, Claire, und das bedeutet, dass ich meine Wünsche ebenso regulieren muss wie alle anderen. Gute Devote sind schwer zu finden, vor allem, wenn man eine fette alte Butch ist. Aber meine Heterofreunde haben es scheinbar auch nicht leichter.«

»Okay. Hab's kapiert.«

»Erzähl mir, worum es geht«, sagt Corinne.

Ich berichte ihr von der verdeckten Ermittlung und meiner Theorie, dass es irgendeinen Zusammenhang mit der Gruft-Website gibt. Dabei muss ich mich zusammenreißen, damit ich mir nicht selbst völlig irre vorkomme. »Die Psychologin von der Polizei hat vorgeschlagen, dass ich mich bei der Website registrieren soll«, ende ich. »Ich habe meine Identität dort so gestaltet, wie die Psychologin es wollte. Damals schien es, als stünde Patrick auf dieses ganze sonderbare Zeug, auch wenn das gar nicht stimmte.«

»Als eine, die auch auf *das sonderbare Zeug* steht, sage ich, da hat er sich ja echt viel Mühe für dich gegeben.«

»Ah, entschuldige, ich wollte nicht …«

Corinne lächelt und winkt ab.

»Und nun frage ich mich eben: Wo ist der Zusammenhang zur ›Gruft‹?«, spreche ich weiter. »Was könnte eine Profilerin an einer vollkommen legalen BDSM-Website interessieren?«

Corinne zögert. Dann sagt sie: »Kann sein, dass sich hinter Gruft.com mehr verbirgt, als man auf den ersten Blick merkt. Das behaupten jedenfalls manche Mitglieder. Es wird gemunkelt, dass es einen Teil im Darknet gibt, zu dem Mitgliedern auf Einladung Zugang gewährt wird. Da passieren dann die heftigen Sachen.«

»Was meinst du damit?«

»Die handeln. Bilder und Videos, soweit ich gehört hab.«

»Illegal?«

Corinne nickt. »Vermutlich. Hab nie weiter nachgefragt. Das ist ganz und gar nicht mein Ding.«

Ich bin nicht sonderlich erstaunt, dass Kathryn Latham Interesse an dieser Website hatte, wenn sie anteilig illegal ist. Aber was hat das alles mit Patrick zu tun?

Ich muss an einige Verse aus dem Baudelaire-Gedicht denken, das Patrick und ich bei unserer ersten Begegnung gemeinsam gelesen haben. *Nie barg ein alter Schrein, so überfüllt er war … so viel geheimes Leid, wie längst mein Hirn es barg.* War das quasi ein Hinweis auf Patricks geheimes Leben, auf die dunklen Wahrheiten, die er verbarg?

Angenommen, Patrick hatte illegale Fotos und Videos auf der Gruft-Website gekauft, und Stella war dahintergekommen. Das würde erklären, warum sie ihn unbedingt verlassen wollte, und auch, warum sie an diesem Abend so aufgelöst war.

Und mir wird bewusst, dass hier der große Unterschied zwischen Stella und mir liegt: Mich fasziniert das, wovor sie sich fürchtete. Sollte Patrick tatsächlich so etwas tun, wäre ich nicht schockiert. Sondern würde es als Chance begreifen, ihm zu beweisen, dass ich auch diesen Teil von ihm annehme. Als Chance, unsere Nähe zu vertiefen. Wie der Falter, der auf die Flamme zuflattert.

# Einundachtzig

Als ich in die Bar komme, bestellt Henry bereits sein zweites Bier. Er war schon früh da, erklärt er. Seit dem Mord an Stella hat die Kanzlei die Scheidungsjobs zurückgefahren, und er muss jetzt Schulden eintreiben.

»Hauptsächlich Computerrecherche. Furchtbar langweilig. Ich vermute, dass die mich bald vor die Tür setzen. Haben eigentlich keine Verwendung mehr für meine Fähigkeiten.«

»Würdest du einen Auftrag für mich übernehmen?«

Henry zieht die Augenbrauen hoch. »Soll ich deinen Freund bespitzeln?«

Einen Moment lang finde ich diese Idee verlockend, aber dann schüttle ich den Kopf. »Es geht nicht um eine Person. Eher um eine Sache.«

Ich erkläre kurz, was ich über die Gruft-Website erfahren habe. »Ich möchte, dass du dir das anschaust und versuchst, in den Darknet-Teil reinzukommen.«

»Weißt du«, sagt Henry nachdenklich, »es gab einiges an dem Mord, was ich mir nie richtig zusammenreimen konnte. Erinnerst du dich, wie nervös Stella war?«

Ich nicke. Als ich die Suite betrat, tigerte Stella unruhig am Fenster hin und her.

STELLA Und Sie werden vorsichtig sein, ja? Versprechen Sie mir, dass Sie vorsichtig sein werden.

»Sie spielte mit diesem Schlüsselanhänger, den sie in der Hand hatte«, fährt Henry fort. »Und da hing ein USB-Stick dran, weißt du noch?«

Ich versuche, mir das Bild in Erinnerung zu rufen. Wie Stella die Hände wrang und dabei an etwas herumspielte, das ich im ersten Moment für einen Rosenkranz hielt, bevor ich sah, dass es ein Schlüsselanhänger war. Und mir fällt wieder ein, wie Stella warnend sagte, *er ist wie kein anderer Mann,* und dabei auf ihre Hände blickte. Als befände sich dort der Beweis für ihre Worte.

»Ist natürlich reine Mutmaßung, aber es könnte ja sein, dass auf diesem Stick illegales Bildmaterial gespeichert war«, fügt Henry hinzu und trinkt einen Schluck Bier.

»Hast du das der Polizei gegenüber erwähnt?«

»Klar. Aber die haben den Stick bei der Durchsuchung nicht gefunden. Deshalb dachten sie, ich hätte mich geirrt oder der Mörder hätte ihn mitgenommen.«

Ich lehne mich zurück und überlege. »Stella Fogler wollte mich ja offenbar benutzen, um Patrick unter Druck zu setzen. Vielleicht hatte sie auch vor, den USB-Stick als Druckmittel zu benutzen. Aber wenn der gar nicht gefunden wurde, wie kann dann Kathryn Latham schon über die Gruft-Website Bescheid gewusst haben, als sie mich instruierte?«

»Vielleicht war sie vom FBI.«

Ich sehe ihn an. »Wie kommst du darauf?«

»Zum einen würde es erklären, weshalb sie einen falschen Namen benutzt hat … das ist so üblich bei Feldeinsätzen von FBI-Agenten. Außerdem gehört es zum Aufgabenbereich des FBI, illegale Websites zu überwachen. Wenn man dieses Gruft-Ding vielleicht schon kannte und sogar beobachtete, könnte da die

Verbindung zu Kathryn bestehen. Es gibt einen elektronischen Fragebogen, den Polizisten nach jedem Mordfall ausfüllen müssen. Meistens ist das nur nervig, weil der dreißig Seiten lang ist. Zweck ist, den aktuellen Fall mit anderen ungeklärten Mordfällen abzugleichen. Aber manchmal kriegt man danach eine automatische Nachricht und wird aufgefordert, eine Nummer in Quantico anzurufen. Wenn das System zu dem Schluss kam, es gäbe eine Verbindung zwischen dem Mord an Stella und etwas von dieser Website …«

»Die gibt es tatsächlich«, sage ich. »Baudelaire. Die Leute auf dieser Website stehen auf Baudelaire. Und zwar auf ziemlich unangenehme Weise.«

# Zweiundachtzig

»Ich habe heute mit Henry gesprochen«, sage ich.

»Mit wem?«, fragt Patrick, ohne von seinem Buch aufzuschauen.

»Dem Ex-Polizisten, mit dem ich früher zusammengearbeitet habe. Ich wollte ihn ein paar Sachen zu den Mordermittlungen fragen.«

Jetzt blickt Patrick auf. »Ich dachte, wir hätten beschlossen, das nicht mehr aufzuwühlen.«

»Nein, *du* hast das beschlossen. Ich nicht. Henry hat mir was Interessantes erzählt. Stella hatte einen USB-Stick bei sich. Der Mörder hat ihn mitgenommen, es wäre möglich, dass Bilder von einer Website namens Gruft.com darauf gespeichert waren.« Ich halte inne. »Ich müsste wissen, ob dir dieser Name etwas sagt.«

Patrick sieht mich ausdruckslos an. »Ja«, sagt er schließlich.

Ich atme aus. »Du warst auf der Website und hast Bilder gekauft.«

»Nein.« Er schüttelt den Kopf. »Eines Tages fand ich Vorschaubilder in meiner Mail, die mir von dieser Domain geschickt worden waren – Gruft.com.«

»Aber warum hat man die ausgerechnet dir geschickt?«

»Es waren Fotos, die mit *Les Fleurs du Mal* in Zusammenhang standen«, sagt er ruhig. »Bildliche Darstellungen, wenn man so will.«

»Wie denn das?«, frage ich verwirrt.

»Früher gab es in Sammlerausgaben von Gedichtbänden manchmal Illustrationen von namhaften Künstlern. Waren sie erotischer oder obszöner Natur, gab es nur eine kleine Auflage für Privatsammler.« Er weist auf die Bücherregale, die eine ganze Wand einnehmen. »Ich selbst besitze auch einige seltene illustrierte Ausgaben von *Les Fleurs du Mal.*«

»Und das waren diese Fotos? Illustrationen der Gedichte? Nur nicht gezeichnet, sondern fotografiert?«

Patrick nickt. »Ich fand sie albern … Sie waren so offensichtlich mit Photoshop bearbeitet worden, dass die ganze Wirkung von Baudelaires Texten verloren ging. In meiner Antwort habe ich das auch geschrieben und seither nichts mehr von Gruft.com gehört.«

»Hast du diese Bilder noch?«

»Nein.« Er blickt zum Bücherregal. »Na ja …«

»Patrick, bitte. Es könnte sehr wichtig sein.«

Er seufzt. »Eines habe ich behalten. Das am wenigsten unangenehme.«

Patrick geht zum Regal, zieht ein Blatt zwischen zwei Büchern heraus und reicht es mir. Unwillkürlich ziehe ich scharf die Luft ein.

Auf dem Foto ist der flache Bauch einer Frau zu sehen. Die Hautfarbe ist zwischen braun und schwarz. Eine flaumige Haarrosette, in der das Licht eines Strahlers schimmert, umgibt den Nabel. Eine zarte Haarlinie führt nach unten, das Ganze ähnelt einer Blume. Das Bild würde Zärtlichkeit und Intimität ausstrahlen, wenn nicht die Worte LES FLEURS DU MAL oberhalb des Nabels in die Haut geritzt worden wären. Ich finde nicht, dass das nach Photoshop aussieht.

»Großer Gott«, flüstere ich.

Patrick nickt. »Ich weiß. Die anderen Bilder waren entsprechend.«

»Waren sie alle …« Ich verstumme, weil mir die Frage angesichts des grausigen Fotos unpassend erscheint. »Waren sie alle so … *schön*?«

»Auf irgendeine Art wohl schon«, sagt Patrick leise.

Ich starre auf das Foto, kann den Blick nicht abwenden. »Die Schönheit des Bösen.«

»Ja, die Schönheit des Bösen.«

»Enthielt diese E-Mail noch irgendwas anderes?«

»Nur eine kurze Bemerkung. So was wie: ›Eine weitere Blume aus derselben Saat. Eine weitere Umwandlung. Von einem Bewunderer.‹«

»Was soll das bedeuten?«

»Das bezieht sich auf etwas, das ich im Vorwort zu meiner Übersetzung geschrieben habe. Ich schrieb, dass es beim Übersetzen nicht nur darum gehe, einen Inhalt von einer Sprache in eine andere zu übertragen, sondern ihn gewissermaßen umzuwandeln. Die Gedichte in einem anderen Jahrhundert und einem anderen Medium zum Leben zu erwecken.«

»Und er macht nun genau das. Nur mit Fotos anstatt mit Bildern. Er setzt die Gedichte in die Wirklichkeit um.«

Patrick runzelt die Stirn. »Das mag sein.«

»Hast du der Polizei davon berichtet?«

»Ja, ich habe von der E-Mail erzählt, aber man zeigte kein großes Interesse.«

»Weil die Ermittler den Zusammenhang nicht sehen konnten. Erst Kathryn Latham hat viel später die Verbindung hergestellt.« Ich betrachte das Bild erneut. ›Eine weitere Blume aus derselben Saat‹ … das hört sich an, als stelle er sich vor, wie die *Blumen des Bösen* sprießen und sich verbreiten. Wie das Böse um sich greift. Und du bist die Person, die ihn inspiriert hat.« Mir kommt noch ein Gedanke. »Das ist der Hintergrund des zweiten Akts von deinem Stück, nicht wahr? Als der Ankläger Baudelaire fragt, wie ihm wohl zumute wäre, wenn jemand durch eines seiner Gedichte zu einer bösen Tat verleitet würde. In dieser Situation bist du jetzt selbst. Du hast Fans … Und einer von denen hat Stella umgebracht, weil du ihn brüskiert hast.«

»Das ist nur eine Möglichkeit«, erwidert Patrick betreten. »Wir sollten keine voreiligen Schlüsse ziehen.«

»Aber, Patrick … Das Stück! Wir bewegen uns damit total in den Fantasien eines Irren! Wie wird der das empfinden?«

»Wieso soll er überhaupt irgendwas dabei empfinden?«

Ich schaue wieder auf das Foto, das zugleich abstoßend und seltsam faszinierend auf mich wirkt. »Ich glaube nicht, dass sich dieser Mann selbst als abartigen Pornofreak betrachtet. Ich denke eher, dass er sich für einen *Künstler* hält. Wenn dem das Stück nicht gefällt, wird er nicht einen Verriss in der *New York Times* schreiben. Sondern er wird das persönlich nehmen.«

»Ich wüsste nicht, weshalb. Aber wenn du beunruhigt bist … willst du aussteigen?«

Einen Moment erscheint mir das fast verlockend. Doch wie Patrick sagt: Das kann eine vollkommen abwegige Theorie sein. Und ich habe nicht vor, diese grandiose Chance zu verschenken wegen etwas, das schon lange zurückliegt.

»Natürlich nicht«, antworte ich. »Aber vielleicht sollten wir ab jetzt vorsichtig sein.«

# Dreiundachtzig

Als ich zwei Tage später im Morningside Park jogge, bemerke ich etwas auf einer Bank. Jemand hat ein Buch dort liegen lassen.

Beim Näherkommen sehe ich, dass es eine Taschenbuchausgabe von *Die Blumen des Bösen* ist.

Ich laufe zu der Bank und nehme das Buch in die Hand. Dabei fällt ein Foto heraus. Ein Foto von mir. Das Porträt, von Marcies Agentur-Website, ausgedruckt auf billigem Papier.

Das Foto steckt bei einem Gedicht mit dem Titel *Das Gespenst.*

*Bösen Engeln will ich gleichen,*
*Fahlen Blicks mich zu dir schleichen,*
*Gleiten an dein Lager sacht,*
*Wie ein Schattenspuk der Nacht.*

Ich spüre einen Anflug von Übelkeit, lese aber weiter.

*Schenken dir zu tausend Malen*
*Küsse kalt wie Mondesstrahlen,*
*Wie die Schlange schlüpfrig feucht,*
*Die um Gruft und Steine kreucht.*

*Kommt der bleiche Tag daher,*
*Ist die Stelle kalt und leer*
*Bis die Abendnebel brauen.*

*Wenn es Andrer Kunst gelingt,*
*Dass dich Zärtlichkeit bezwingt,*
*Will ich Herr sein durch das Grauen.*

# Vierundachtzig

»Und du hast niemanden gesehen?«

»Nein. Ich meine, es waren schon Leute da, aber niemand Außergewöhnliches. Und ich hatte wieder dieses Gefühl … das Gefühl, beobachtet zu werden.«

Patrick betrachtet das Buch. Es ist die Ausgabe mit seiner Übersetzung. »Der Uni-Buchladen ist ganz in der Nähe. Einer meiner Studenten hat es vielleicht dort liegen lassen …«

»Mit einem Foto von mir?«, falle ich Patrick ins Wort. Ich höre selbst, wie angespannt meine Stimme klingt. »Wieso das denn?«

»Du spielst in einem Stück über Baudelaire mit. Vielleicht hat dich jemand gegoogelt und das Foto reingelegt, um sich daran zu erinnern, dass er Eintrittskarten besorgt …«

»Ich glaube nicht, dass es nur darum geht.«

»Du hast aber auch nicht geglaubt, dass ich nicht mehr mit der Polizei zusammenarbeite«, gibt Patrick behutsam zu bedenken. »Und du hast geglaubt, Frank Durban gesehen zu haben.«

»Kann sein, dass ich dabei überreagiert habe«, räume ich ein. »Aber jetzt nicht. Das Buch wurde dort hingelegt, damit ich es finde. Und die Botschaft ist eindeutig. ›Will ich Herr sein durch das Grauen.‹ Er will, dass ich Angst habe.« Ich reiße Patrick das Buch aus der Hand und schleudere es quer durch den Raum. »Das war *er*. Es kann nicht anders sein. Der Mann, der diese Fotos gemacht hat. Er verfolgt mich und schickt mir Botschaften.«

»Willst du zur Polizei gehen?«

»Da wird man das wohl kaum ernst nehmen, oder? Wie du sagst: Es ist nur ein Buch. Und du bist nicht unbedingt beliebt bei der Polizei.«

»Was machen wir dann?«

Ich überlege. »Henry als Bodyguard für mich engagieren. Er könnte mich zu den Proben begleiten und wieder abholen.«

Patrick nickt. »Gute Idee. Wir sollten alles tun, damit du dich geschützt fühlst, Claire.«

Und ich spüre, dass er das Gleiche denkt wie ich, es mir aber nicht sagen will.

# Fünfundachtzig

Bei der nächsten Probe macht Aidan eine Ansage.

»Ihr habt sicher bemerkt, dass wir zusätzliche Securityleute eingestellt haben und dass wir für euch Ausweise haben machen lassen, die ihr am Eingang vorzeigen müsst. Das hat damit zu tun, dass Claire möglicherweise gestalkt wird. Sie hat auch einen Bodyguard, wenn sie das Gebäude verlässt. Bitte sorgt dafür, dass das alles reibungslos vonstattengehen kann. Es ist zu unser aller Sicherheit.«

Ich sehe Laurence die Stirn runzeln, während er in seinem Text herumkritzelt, und ahne, was er jetzt denkt. *War ja zu erwarten. Die Dramaqueen.*

*Du kannst mich mal*, denke ich.

Sogar Henry hat seine Zweifel.

»Stalker machen normalerweise abgedrehteres Zeug, als Bücher herumliegen zu lassen«, sagt er zu mir. »Meist fängt es mit Liebesbriefen an. Dann werden die Typen sauer, wenn sie keine Antwort kriegen, und die Schwärmerei schlägt in Wut um.«

»Ich glaube nicht, dass dieser Typ ein gewöhnlicher Stalker ist«, erwidere ich. »Eher so was wie ein Jäger, der sich an die Beute anschleicht.«

»Und weshalb macht er dann auf sich aufmerksam?«

»Weiß ich nicht. Trotzdem glaube ich, dass das alles zu seinem Plan gehört. Mir Angst machen. Psychospielchen abziehen.«

»Wenn es dabei bleibt, brauchen wir nicht weiter beunruhigt zu sein.«

»Du hast die Fotos nicht gesehen. Der hat schon Menschen getötet. Es wird ihm nicht ausreichen, Gedichte zu schicken. Er wird sie in die Tat umsetzen wollen.«

»*Falls* es wirklich ein und derselbe Typ ist. Apropos: Hab mich gestern auf der Website von Gruft.com rumgetrieben und durchblicken lassen, dass mir alles zu harmlos ist, was man da zu sehen kriegt. Hat aber niemand angebissen.«

»Geduld«, sage ich. »Diese Website ist der Schlüssel zu der ganzen Sache, da bin ich mir sicher.«

# Sechsundachtzig

Die Sexszenen sind durchchoreografiert wie Fechtszenen. Wir proben sie zunächst voll bekleidet und mit halbem Tempo, das wir dann allmählich steigern. Es fühlt sich eher nach Tanz oder einer Gymnastikübung an als nach Leidenschaft.

»Falls sich jemand irgendwie unwohl fühlt, äußert das bitte«, sagt Aidan. »Ihr sollt mit euch selbst und euren Kollegen achtsam und respektvoll umgehen. Und es ist vollkommen in Ordnung, Grenzen zu setzen.«

Ich mache natürlich alles mit. Zum einen, weil ich nicht durch Vorbehalte die Inszenierung behindern möchte. Zum anderen, weil jede Grenze mich dazu herausfordert, sie zu überschreiten.

»Das sind die einzigen Szenen, bei denen ihr absolut niemals improvisieren werdet«, betont Aidan. »Hier darf sich nichts Ungeplantes ereignen. Es geht um Vertrauen.«

Ich habe drei solcher Szenen: als meine Statue zum Leben erwacht und ich mit Jeanne Sex habe; als Baudelaire und ich unsere einzige Nacht zusammen verbringen; und den Höhepunkt des Stücks, die letzte Szene, die Patrick auf Aidans Wunsch zusätzlich geschrieben hat. In dieser Szene tanzen Nyasha, Laurence und ich Walzer mit drei menschlichen Skeletten – ein Totentanz, der zunehmend orgiastischer wird. Die Skelette werden von Puppenspielern geführt, die im Schnürboden über der Bühne liegen. Bei der ersten Probe verheddern wir uns alle in den

Fäden, weshalb wir an dieser Szene am meisten arbeiten müssen. Erst danach beschäftigen wir uns mit den anderen.

Meine Szene mit Nyasha ist relativ einfach: Ich soll zuerst passiv sein, eine Statue, die auf einem Sockel liegt, dann zunehmend erregter, bis ich schließlich wieder in der ekstatischen Pose erstarre, in der ich ursprünglich gestaltet wurde. Die Sexszene mit Laurence ist viel schwieriger. Eigentlich weiß niemand, wie sie gespielt werden soll, nicht einmal Aidan. Dabei ist sie in gewisser Weise die wichtigste Szene des ganzen Dramas, das geheimnisvolle Herzstück, in dem Baudelaires Anbetung von Apollonie in Ablehnung umschlägt. Wir besprechen die Hintergründe. Ist Baudelaire impotent? Ekstatisch? Verängstigt? Überwältigt von Rührung? Patricks Text lässt es offen. Alle empfinden das als Drückebergerei, keiner kommt auf eine Lösung.

Schließlich bittet Aidan Patrick hinzu, damit er mit uns Ideen erarbeitet. Wir probieren einiges aus, aber nichts erscheint uns stimmig.

Schließlich sagt Patrick vorsichtig: »Dürfte ich etwas vorschlagen?«

»Na klar«, antwortet Aidan.

»Sie sitzt auf ihm«, sagt Patrick. »Nimmt seine Hände und legt sie um ihren Hals.«

»Warum?«

»Das bleibt offen. Entweder will sie damit herausfinden, dass er nicht so ist, wie seine Gedichte nahelegen … oder sie lädt ihn ein, sich zu offenbaren. Er wird jedenfalls wütend. Und man erfährt nicht, ob er wütend ist, weil sie ihm noch immer nicht glaubt oder weil er komplett die Beherrschung verliert.«

»Das für die Zuschauer offen zu lassen, ist gut«, erwidert Aidan. »Aber was ist mit Apollonie? Was will *sie* in diesem Moment?« Aidan sieht mich an. »Claire? Es ist deine Rolle.«

»Ich glaube, sie wünscht sich, dass er so ist wie in seinen Gedichten«, sage ich. »Sie will, dass er authentisch ist. Hat aber zugleich Angst, weil sie nicht weiß, welche Folgen das für sie beide haben wird. Sie weiß, dass sie ein Tabu bricht. Aber genau das wünscht sie sich, zumindest in diesem Moment: die Intimität, mit ihm seine dunkelsten, seine verborgensten Geheimnisse zu teilen. Und er lässt sich darauf ein. *Deshalb* weist er sie danach ab. Das steht auch so in dem Brief, den Baudelaire Apollonie am nächsten Tag geschrieben hat: ›Mir graut vor Leidenschaft, weil mir die Schändlichkeiten, zu denen sie verleiten kann, nur allzu vertraut sind.‹ Baudelaire hat selbst Angst vor dem, was er ihr offenbart hat.«

Ich sehe Patrick an, und er erwidert meinen Blick. Dann nickt er.

»Ja, das geht«, sagt Aidan. »Machen wir die Stellprobe.«

# Siebenundachtzig

Dann fangen wir mit der Ohne-Kostümprobe an, wie wir sie nennen, zum ersten Mal proben wir die Nacktszenen ohne Kleidung. Nur Aidan und der Choreograf dürfen dabei sein. Wir wissen alle nicht recht, wie wir uns verhalten sollen: respektvoll und ernsthaft oder humorvoll und spielerisch? Doch die Entscheidung erübrigt sich, weil wir alle verstummen, als Nyasha sich auszieht. Ihr muskulöser, sehniger Körper mit dem flachen, festen Bauch und den perfekt gerundeten Brüsten ist von vollendeter Schönheit; das könnte ich mit keiner Sportart erreichen. Ich entkleide mich schweigend.

Etwa zwei Minuten lang fühle ich mich befangen, dann vergesse ich, dass ich nackt bin.

Als wir die Probe beenden und die anderen wieder Zutritt haben, kommt einer aus der Truppe zu mir. »Blumen für dich, Claire. Ich hab sie dort drüben hingelegt.«

Ein gewaltiger Strauß schwarzer Lilien liegt in der Spüle des Probenraums. Patrick muss sie mir geschickt haben, weil er wusste, wie nervös ich wegen der heutigen Probe war.

Eine Karte steckt darin. Kein Name, nur ein paar ausgedruckte Verse.

*Dann lieb' ich dich, wenn jäh das frohe Strahlen*
*Auf deiner Stirn erlischt in Traurigkeit,*
*Wenn stumm dein Herz ertrinkt in seinen Qualen.*

Ich rufe Patrick an.

»Hast du mir Blumen schicken lassen?«

»Nein«, sagt er. »Ach, verflixt … das hätte ich tun sollen.«

»Nicht deshalb. Da ist ein Gedicht dabei.« Ich lese vor. »Das ist aus *Les Fleurs du Mal*, oder?«

»Ja … aus dem Gedicht *Trauriges Madrigal*«, antwortet Patrick. »Baudelaire hat es für die Weiße Venus geschrieben. Es geht darum, dass viele Männer sie zum Lächeln gebracht haben, aber er zu den wenigen Auserwählten gehören möchte, die sie zum Weinen bringen.«

»›Wenn stumm dein Herz ertrinkt in seinen Qualen‹ … das ist wieder von diesem Typ.« Ich zittere am ganzen Körper. »Der auch das Buch auf die Bank gelegt hat.«

Patrick schweigt einen Moment. Dann sagt er: »Aber ein Blumenstrauß ist keine Drohung, Claire. Das könnte doch eine Glückwunschgeste sein, weil du endlich eine große Rolle bekommen hast.«

»Es sind *schwarze* Blumen, Patrick. Blumen des Bösen. Er tut genau das, was er angekündigt hat: Grauen erzeugen.« *Und es gelingt ihm voll und ganz.*

Doch noch während ich das denke, ist ein Teil von mir fast dankbar dafür. *Das kann ich verwenden.* Als Apollonie eines Tages einen anonymen Brief mit diesem Gedicht bekam, konnte auch sie nicht wissen, von wem es stammte und warum dieser Mann es ihr geschickt hatte. Ob er ein Verehrer oder ein bedrohlicher Besessener war. Oder – wie sich dann herausstellte – ein Mensch, auf den in gewisser Weise beides zutraf. Ich hatte mir immer vorgestellt, dass dieses Erlebnis für Apollonie beängstigend gewesen sein musste. Doch jetzt *spüre* ich es.

»Bist du sicher, dass du diesem Vorfall nicht mehr Bedeutung beimisst als nötig?«, fragt Patrick ruhig. Und in diesem Moment wird mir klar, dass auch er sich mit der Symptomatik der histrionischen Persönlichkeitsstörung befasst hat.

# Achtundachtzig

Als ich aufbrechen will, kommt Laurence zu mir.

»Wilde Szene vorhin«, sagt er mit jungenhaftem Lächeln. »Du hast alles gegeben.«

»Danke«, erwidere ich, in Gedanken noch mit diesem Blumenstrauß beschäftigt. Ich will jetzt dringend nach Hause.

Mit gedämpfter Stimme sagt Laurence: »Weißt du, ich hatte vergessen, wie großartig du im Bett bist.«

»Das nehme ich jetzt mal als Kompliment. Ich muss los …«

»Warte …« Er legt mir die Hand auf den Arm. »Wie *geht* es dir, Claire?«, fragt er leise. »Es war die Hölle für mich, so zu tun, als sei nichts zwischen uns gewesen. Aber glaub bitte nicht, dass ich nichts für dich empfinde, nur weil ich das für die Außenwelt vorgetäuscht habe.«

Ich starre ihn an. »Ehrlich gesagt, Laurence, hatte ich *genau das* angenommen.«

Er geht nicht auf meinen sarkastischen Tonfall ein. »Typisch Schauspieler, oder? Wir wissen nie, was echt und was gespielt ist. Hör mal, hättest du Lust, was mit mir zu trinken? Ich wohne im Mandarin Oriental.«

»Okay«, sage ich gedehnt. »Warum nicht. Ich bin um acht da. Aber nur was trinken und reden, okay? Damit wir alles mal klären können.«

»Ja, klar. Freut mich.«

Als ich in sein schönes, lebhaftes Gesicht schaue, wird mir schlagartig bewusst, dass da sehr wohl noch etwas zwischen uns ist.

# Neunundachtzig

Beim zweiten Martini an diesem Abend gesteht mir Laurence, wie sehr ihn das Proben der Sexszene erregt hat. »Keine Ahnung, wie ich damit klarkommen soll, das jeden Abend mit dir zu machen«, sagt er charmant lächelnd. »Und täusche ich mich, oder warst du auch etwas eifriger dabei, als nur rein professionell?«

»Vielleicht«, antworte ich und laufe rot an.

Beim dritten Martini, nachdem wir ein bisschen geflirtet haben, fragt Laurence, ob ich mit hochkommen will.

Wir flirten weiter, dann sage ich, okay, lass uns gehen. Er hat eine Suite im obersten Stock, mit Blick auf den Central Park. Das muss Patrick ein Vermögen kosten.

Laurence öffnet eine Flasche Champagner. Als er uns einschenkt, sage ich, dass ich nicht mit ihm schlafen werde.

»Nein?«, erwidert er leichthin. Er scheint mir nicht zu glauben. Vermutlich lassen ihn nicht viele Frauen abblitzen.

»Nein«, sage ich.

Er lächelt unbeirrt weiter. »Aber, wenn ich fragen darf, warum bist du dann mitgekommen, Claire?«

»Ich wollte die Aussicht sehen.«

Das ist mein Stichwort für den Abgang. Zu Hause zeige ich Patrick das Video, das ich mit meiner versteckten Kamera gemacht habe. Das ich an Laurence' Frau schicken werde, wenn wir mit dem Stück durch sind.

»Du bist eine vollkommen verrückte und böse Frau«, sagt Patrick und starrt mich fassungslos an.

»Und du hast keine Ahnung wie verrückt«, erwidere ich. »Du weißt längst noch nicht alles.«

# Neunzig

Am nächsten Morgen holt Henry mich wie üblich ab und begleitet mich zum Probenraum. Ich koste immer noch meinen Triumph aus, Laurence in die Falle gelockt zu haben. Aber als ich den Raum betrete, stehen alle nur herum und sehen völlig fertig aus. Louise, meine Zweitbesetzung, weint. Laurence hat sein ernst-sensibles Gesicht aufgesetzt und weicht meinem Blick aus.

»Claire«, verkündet Aidan düster. »Wir haben schreckliche Neuigkeiten. Über Nyasha. Ich weiß nicht, wie ich es sagen soll … Sie ist tot.«

Einen Moment lang begreife ich gar nicht, was er mir sagt. »Was?«

»Die Polizei hat uns vor zwanzig Minuten informiert. Nyasha hat in einem Serviced Apartment an der Columbus Avenue gewohnt. Als sie heute Morgen nicht zu ihrem Wagen kam, hat der Portier nach ihr geschaut.« Aidan blickt in die Runde. »Die Polizei hat nicht viel durchblicken lassen, aber ich vermute, es handelt sich um ein Verbrechen. Wir sollen alle hierbleiben, um Fragen zu beantworten.«

# Einundneunzig

Wir sitzen alle nur stumm da. Niemand möchte fragen, was das jetzt für die Aufführung bedeutet. Jemand erkundigt sich nach Nyashas Angehörigen, aber niemand weiß etwas. Sie scheint ihr Privatleben komplett unter Verschluss gehalten zu haben.

Drei Detectives tauchen auf. Ich werde von einer Frau befragt, Detective Ferelli.

Ich beschließe, ihr alles zu erzählen. Finde, das bin ich Nyasha schuldig. Deshalb berichte ich von dem Stalker, den Blumen, diesen Nachrichten, die wohl für mich bestimmt waren.

»Beim ersten Mal hat er meinen Blick auf ein Gedicht mit dem Titel *Das Gespenst* gelenkt. Darin geht es um jemanden, der sich ins Schlafzimmer einer Frau schleicht und sie angreift. Ich dachte, das bezieht sich auf mich. Aber er hat das Gleiche gemacht wie Baudelaire damals. Mir hat er das Gedicht zukommen lassen, doch was dort beschrieben wird, hat er mit der Vénus Noire gemacht.«

Detective Ferelli blinzelt verständnislos. Ich springe auf und hole das Buch aus meiner Handtasche.

»›Bösen Engeln will ich gleichen, fahlen Blicks mich zu dir schleichen‹, lese ich vor. »Also zu Nyasha. ›Gleiten an dein Lager sacht, wie ein Schattenspuk der Nacht.‹ Das ist wohl eindeutig. ›Schenken dir zu tausend Malen Küsse kalt wie Mondesstrahlen.‹ An anderer Stelle im Gedicht wird noch erwähnt, dass die Frau dunkelhäutig ist. Da hätte ich es merken müssen. Er meint die Schwarze Venus. Er hatte es auf Nyasha abgesehen, nicht auf mich.«

»Sie wollen mir damit sagen, dass es Übereinstimmungen geben kann zwischen den Umständen von Ms. Nearys Tod und diesem Gedicht?«, fragt Detective Ferelli.

»Ganz genau.« Ich erwäge, ihr auch noch zu erzählen, dass der Mörder vermutlich Fotos gemacht hat. Aber dann müsste ich alles über Gruft.com erklären und würde mich endgültig völlig verrückt anhören.

Detective Ferelli verzieht skeptisch den Mund, notiert sich aber etwas.

»Wie ist Nyasha getötet worden?«, frage ich drängend. »Es war so wie in dem Gedicht beschrieben, oder? Im Schlaf? Und mit einem Messer oder Glas? Und einer Verstümmelung?«

Detective Ferelli wirft mir einen strengen Blick zu. »An diesem Punkt der Ermittlungen äußern wir uns nicht über Einzelheiten, Ms. Wright.« Ihr Tonfall hört sich an, als wolle sie sagen: *Und schon gar nicht gegenüber Wahnsinnigen wie Ihnen.* »Würden Sie mir jetzt bitte beschreiben, was Sie gestern Abend gemacht haben, nachdem Sie dieses Gebäude verließen?«

»Ich habe mich mit Laurence Pisano – das ist der Mann dort drüben – auf einen Drink in seinem Hotel getroffen, dem Mandarin Oriental. Zwischen acht und neun.«

Detective Ferelli beäugt mich forschend. »In der Bar?«

»Ja … und kurz auch auf seinem Zimmer.«

Sie notiert das wortlos. Aus irgendeinem Grund füge ich hinzu: »Wir hatten keinen Sex.«

»Das interessiert mich nicht, Ms. Wright. Nur die Zeiten. Was haben Sie danach gemacht?«

»Ich bin nach Hause gefahren. Ich wohne mit Patrick Fogler zusammen, dem Autor des Stücks. Im Enclave Building, 113th Street.«

»Okay.« Sie klappt ihr Notizbuch zu. »Momentan sieht es nicht danach aus, als hätte Ms. Nearys Tod etwas mit ihrem Berufsleben zu tun. Seien Sie also nicht beunruhigt.«

Im ersten Moment begreife ich gar nicht, was sie mir sagt. »Sie glauben mir nicht?«, sage ich dann. »Sie denken, der Stalker hätte nichts damit zu tun?«

»Wir behalten das im Auge«, antwortet Ferelli ausweichend. »Aber dass jemand ein Gedicht für Sie ausgesucht hat und Ihnen Blumen geschickt hat, entspricht derzeit nicht unbedingt der Richtung unserer Ermittlungen.«

# Zweiundneunzig

Aidan sagt uns, wir können so lange bleiben, wie wir wollen, und uns dann den Rest des Tages freinehmen. Louise, meine Zweitbesetzung, hat aufgehört zu weinen und bricht zusammen mit Laurence auf, der den Arm um sie gelegt hat. Wir anderen gehen stumm unserer Wege.

Ich rufe Henry an, damit er mich zur Wohnung begleitet. Dort sitzen Aidan und Patrick zusammen, um die Folgen von Nyashas Tod für die Produktion zu besprechen. Die Nachricht verbreitet sich schon wie ein Lauffeuer in den Social Media, sagt Aidan. Ich gehe in den Küchenbereich, höre aber trotzdem alles mit.

»Ich habe mit Faith gesprochen«, sagt Aidan. Faith ist Nyashas Zweibesetzung. »Sie ist bereit einzuspringen. Wir müssen nur ein paar Textänderungen vornehmen, um ihre bisherige Rolle rauszuschreiben.«

»Wird die Öffentlichkeit nicht erwarten, dass wir die Inszenierung aufgeben?«, fragt Patrick.

»Das glaube ich eher nicht. Es kommt selten vor, dass Schauspieler während der Probenphase sterben, aber es ist schon vorgekommen. The show must go on, das weiß jeder.«

Und *du* weißt, dass durch die Publicity mehr Karten verkauft werden, denke ich zynisch.

»Wir werden eine Verlautbarung rausgeben«, fährt Aidan fort. »*Wir trauern um eine liebe Freundin und exzellente Schauspielerin.*

*Nyashas Tod ist eine furchtbare Tragödie, wir werden sie schrecklich vermissen.* Und gleich morgen früh proben wir weiter. Faith wird intensive Durchläufe brauchen.«

»Er nimmt das erstaunlich ruhig«, sagt Patrick, nachdem Aidan gegangen ist.

»Das gehört zu seinem Job. Die anderen brauchen seine Führungskraft jetzt noch stärker.«

»Und du? Wie geht es dir?«

Ich zögere. »Kann ich dir was Schreckliches erzählen?«

»Natürlich.«

»Als ich gehört habe …«, sage ich gedehnt, »… als Aidan es uns erzählt hat, stand ich zuerst total unter Schock und war völlig entsetzt. Und furchtbar traurig wegen der armen Nyasha. Aber dann …«

»Sprich weiter«, sagt Patrick.

»Dann habe ich gemerkt, dass ein ganz winziger Teil in mir enttäuscht war. Weil das der endgültige Beweis ist, oder? Der Beweis dafür, dass Kathryn sich geirrt hat. Vermutlich war Stella ebenso Opfer dieses Mörders wie all die anderen Frauen. Obwohl ein Teil von mir gehofft hatte …« Ich halte inne. »Ich hatte immer noch ein bisschen gehofft, dass du es warst. Dass du dieses grauenvolle, dunkle Geheimnis in dir trägst, das du mir eines Tages anvertraut hättest.«

Patrick ist wie vor den Kopf geschlagen. »Das kann nicht dein Ernst sein!«

»Du wolltest mich doch so kennenlernen, wie ich bin. Bist du jetzt schockiert?«

»Aber das bist gar nicht wirklich du, oder?«, sagt er. »Es ist

Apollonie. Deine Rolle. Du hast dich ihr zu sehr anverwandelt …«

Ich schüttle den Kopf. »Ich habe ihre Rolle auf mir selbst aufgebaut, das weißt du. So war ich immer schon, Patrick. Ich brauchte nur einfach sehr viel Zeit, bis ich dir genügend vertraute, um mich zu zeigen. Ich wünschte, ich hätte mehr Empathie oder Mitleid oder was auch immer. Aber so bin ich nun mal nicht gestrickt. Das kann daran liegen, dass mich als Kind niemand wollte oder dass ich anteilig Borderlinerin bin oder wie immer du das nennen willst. Aber ich bin nicht wie andere Menschen. Bin ich einfach nicht.«

# Dreiundneunzig

Am nächsten Tag proben wir weiter. Faith arbeitet sehr professionell und spielt die Rolle genau so, wie Nyasha sie entwickelt hat – die Pausen, die Gesten, die Positionen –, sodass wir nicht noch mal von vorne anfangen müssen. Es scheint fast, als sei Nyasha wieder bei uns. Darin zeigt sich Faiths Talent, denke ich mir. Wie man immer sagt: Die Zweitbesetzung von heute ist der Star von morgen.

Ein paarmal nenne ich Faith sogar versehentlich Nyasha. Laurence weist mich betont darauf hin.

Er gibt als Einziger von uns Interviews und tönt groß herum, wie sehr er Nyasha bewundert hat. Ich überlege, ob ich irgendwelchen Bloggern stecken soll, dass Nyasha ihn für einen aufgeblasenen Wichtigtuer hielt, lasse es dann aber bleiben. Ich habe genug am Hals, und im Internet wimmelt es bereits von allerlei wirren Theorien über Nyasha.

Nach zwei intensiven Probentagen ziehen wir fünf Tage vor der Premiere ins Theater um. Das Bühnenbild, das im Probenraum nur aus farbigen Klebestreifen am Boden bestand, ist nun auf einmal real. Wir haben mehrere Durchläufe, Kostümproben, die technische Probe für die Beleuchter. Der Vorverkauf läuft offenbar bestens, die ersten zwei Wochen sind ausverkauft. Ein Stück über Baudelaire mit einem echten Mord während der Proben ist ja auch eine besondere Attraktion.

Ich habe eine Garderobe für mich alleine, ein enges, staubiges

Kabuff, das ursprünglich für Nyasha vorgesehen war. Es ist mit einem Schminktisch, Waschbecken, Spiegeln und sogar einer schmalen Liege ausgestattet, und ich liebe diese kleine Garderobe auf Anhieb. Wenn ich reinkomme, bleibe ich immer erst mal stehen und atme den Geruch nach Farbe, Staub und alten Stoffen ein. Der magische Duft des Wunderreichs.

Bald füllt sich meine Garderobe mit Blumen. Von Patrick, Aidan, Jess und Marcie.

Aber keine von Laurence.

Und dann wird ein Strauß geliefert, der mir sofort auffällt. Langstielige schwarze Rosen, umhüllt mit Papier von einem der teuersten Floristen Manhattans. Als ich es mit heftigem Herzklopfen entferne, zerfällt der Strauß. Die Blüten sind abgeschnitten, die Stiele zerfetzt.

Auf dem ausgedruckten Papier steht:

*Dass ich in heißer Wut*
*Auf Blumen schlug, um die Natur zu strafen.*

Ich erkenne das Gedicht sofort. *An sie, die allzu froh*, eines der Gedichte, die Baudelaire an Apollonie Sabatier schickte. Es gehörte zu jenen, die verboten wurden. Er beschrieb darin, wie er Apollonie töten wollte.

# Vierundneunzig

»Jetzt glaubst du doch sicher auch, dass ich mir das nicht einbilde«, sage ich zu Patrick. »Damit will er mir sagen, dass es weitergeht. Dass Nyasha nicht die Letzte war.«

Patrick runzelt die Stirn. »Ich rufe mal bei dem Floristen an.«

Danach sieht er besorgt aus. »Die sagen, die Blumen waren einwandfrei, als sie den Laden verließen. Aber sie wurden an ein Schließfach geliefert, nicht ins Theater.«

»Gibt es einen Namen zu der Bestellung?«

Patrick schüttelt den Kopf. »Online. Mit PayPal.«

»Also bin ich *nicht* paranoid.«

Patrick macht eine Flasche Rotwein auf, ohne zu antworten. Als er mir das Glas reicht, sagt er bedächtig: »Nein, du bist nicht paranoid. Aber es muss trotzdem kein Stalker dahinterstecken.«

»Wer denn dann?«, frage ich zweifelnd.

»Es könnte auch ein übler Scherz sein.«

*»Was?«*, beginne ich, aber Patrick lässt mich nicht zu Wort kommen.

»Laurence zum Beispiel. Er hat ja sicher mitbekommen, wie dich dieser erste Blumenstrauß verstört hat. Vielleicht ist das seine kleine Rache für diese Sache, die du mit ihm veranstaltet hast.«

»Aber du übersiehst dabei, dass er mir den ersten Strauß nicht geschickt hat. Und dass er bislang gar nichts von dem Video weiß.«

»Dann vielleicht Aidan. Kommt nicht zum ersten Mal vor, dass Schauspielerinnen von Regisseuren erschreckt werden.« Er zögert. »Vor allem, wenn die mit den Leistungen nicht zufrieden sind. Hitchcock hat das zum Beispiel mit Tippi Hedren gemacht …«

»Das war nicht Aidan, Patrick. Auf gar keinen Fall. Er wollte mich zu Anfang zwar nicht engagieren, aber seit wir zusammenarbeiten, ist er superprofessionell, und wir haben keinerlei Probleme.« Ich schiebe den Wein weg, ohne ihn anzurühren.

»Claire …«, beginnt Patrick, verstummt dann aber.

»Ja?«

»Ich muss dir diese Frage stellen«, sagt er ruhig. »Hast du dir diese Blumen selbst geschickt?«

»Das kann nicht dein Ernst sein.« Ich starre ihn fassungslos an.

»Ich würde das durchaus verstehen.« Er blickt auf sein Glas. »Wenn es zu den Methoden gehören würde, mit denen du dich in deine Rolle einfühlst. Apollonie war vermutlich so ähnlich zumute, als sie diese Gedichte von Baudelaire bekam. Aber wenn es so sein sollte, musst du es mir sagen.«

»Du kannst doch nicht wirklich glauben, dass ich so was tun würde.«

»Ich weiß, dass du zu allerlei Erstaunlichem fähig bist. Und ich weiß, wie intensiv du an deinen Rollen arbeitest. Ich liebe das an dir. Aber ich weiß nicht, wie weit du dabei gehen würdest.«

»Nein, ich habe mir diese Blumen nicht selbst geschickt, Patrick. Das war *er. Er* macht so was.«

An diesem Abend rufe ich Jess an und bitte sie um einen Gefallen.

# Fünfundneunzig

»Ich hab es geschafft reinzukommen«, berichtet Henry am nächsten Morgen, als er mich zur Probe abholt. »In den Darknet-Teil von Gruft.com.«

»Und? Hast du was gefunden?« An der Ecke ist ein Kiosk, an dem ich die *New York Times* kaufe, um zu sehen, ob es was Neues über Nyasha gibt. Ich blättere sie rasch durch, finde aber nur weitere Spekulationen. Das Stück wird mehrfach erwähnt. *Ms. Neary spielte an der Seite von Laurence Pisano und dem britischen Newcomer-Talent Claire Wright.* Zum ersten Mal werde ich irgendwo als *Newcomer-Talent* bezeichnet.

Henry schüttelt den Kopf. »Man muss selbst was raufladen, bevor man was zu sehen kriegt.«

»Oh«, sage ich enttäuscht. Ich war mir so sicher gewesen, dort die Antwort zu finden.

»Aber ich konnte die Titel der verfügbaren Bilder lesen«, sagt Henry mit seltsamem Unterton.

Ich sehe ihn von der Seite an. »Und was bringt uns das?«

»Der neueste Upload trug den Titel *Das Gespenst*.«

»Das ist Nyasha«, entfährt es mir. »Ganz sicher.« Dass ich recht hatte, fühlt sich regelrecht berauschend an.

»Und da war noch was, Claire.« Henry zögert. »Ein weiteres Bild wurde angekündigt. Da stand: ›Demnächst: *Mein Herz entblößt*‹.«

»Der Titel unseres Stücks.«

Henry nickt.

»Du musst das der Polizei berichten, Henry.«

»Ich bin ja deiner Meinung … aber was soll dann passieren? Da ist alles anonym. Wir wissen beide, dass es Monate dauern könnte, bis sie die Namen der User rauskriegen.« Er drückt mir verlegen die Schulter. »Mach dir keine Sorgen, Claire. Ich passe schon auf dich auf. Ich beschütze dich, okay?«

# Sechsundneunzig

Ich gehe in meine Garderobe und schließe die Tür hinter mir. Die Hauptprobe ist gut gelaufen. Heute Abend ist Generalprobe, morgen Premiere.

Weitere Blumen wurden geliefert. Das passiert jetzt täglich, ist also nichts Außergewöhnliches. Dennoch habe ich Herzklopfen, als ich die Karte lese.

*Mein Herz entblößt.*

Keine Unterschrift, kein Name. Ängstlich entferne ich das Papier. Aber die Blumen sind unversehrt und wunderschön.

Vielleicht haben die anderen auch so einen Strauß mit derselben Karte bekommen, ohne Absender.

Ich lege mich auf die Liege und mache ein paar Übungen fürs sensorische Gedächtnis, um mich zu entspannen. Aber ich kann mich nicht konzentrieren. Henrys Worte gehen mir durch den Kopf. *Ich beschütze dich.*

Und dann die Berührung. Wie er meine Schulter drückte. Ich mag übersensibel sein, was Männer angeht, aber irgendetwas daran war eigenartig.

Und dann fügt sich plötzlich alles zusammen wie ein Bühnenbild.

*Henry.*

Als ich das erste Mal von der Polizei verhört wurde, fragte

ich, ob man auch Henry vernommen habe. Frank bejahte. Aber Henry war selbst Polizist gewesen und wusste sicher, wie er sich in so einer Lage verhalten musste. Wie er den Verdacht von sich weg und auf mich lenken konnte.

Neulich hatte er gesagt, dass er wohl bald seinen Job verlieren wird. Er brauchte Stellas Geld auch. Und für ihn als ehemaligen verdeckten Ermittler dürfte es kein Problem gewesen sein, den Tatort so zu verändern, dass er nach mehr als einem Raubmord aussah.

War ich Henrys Bauernopfer?

Auf jeden Fall war ich perfekt geeignet dafür. Die Kanzlei hatte mich wegen einer Straftat rauswerfen wollen, und Henry hatte die Unterstellungen von Rick, dem Drecksack-Anwalt, benutzen können, um mich als Diebin und Lügnerin dastehen zu lassen.

Dass ich Stella vorher kennenlernte, hatte er eingefädelt, damit es aussah, als hätte ich ausreichend Zeit gehabt, den Mord zu planen. Was hatte Stella an dem Abend zu ihm gesagt? *Ich wusste, dass es ein Fehler war.* Als hätte er sie überredet, sich auf die ganze Sache einzulassen.

*Und dieser Teil ist am gefährlichsten. Dass man aus den Schatten nicht mehr rauskommt. Dass sie Besitz von einem ergreifen.*

Ich schüttle den Kopf, um diese Gedanken loszuwerden. Die Polizei hatte Henry sorgfältig überprüft. Und er hatte nur so seltsam meine Schulter gedrückt, um mich zu beruhigen. Und vielleicht auch, weil er sich ein bisschen in mich verguckt hatte, damals, als ich bei unserem ersten Treffen in der Hotelbar mit ihm flirten sollte.

Henry beschützt mich. Ich muss aufhören, so paranoid zu sein.

Es klopft an der Tür. »Wer ist da?«, rufe ich.

»Ihr Maskenbildner.«

Ich öffne die Tür. Ein junger Mann mit gepflegten kurzen Haaren, strahlendem Lächeln und einem Hauch Lidschatten steht davor, in der Hand einen Schminkkoffer.

»Hi«, sagt er freundlich und hält mir seinen Bühnenpass vor die Nase. »Ich bin Glen, Ms. Wright. Wie geht es Ihnen?«

»Ah, hi.« Ich weiß, dass Laurence und Nyasha in ihren Verträgen auf Maskenbildner bestanden hatten, aber ich hatte angenommen, dass ich mich selbst zurechtmachen würde. »Komm rein, Glen. Wir können uns gerne duzen.«

»Freut mich, dich kennenzulernen, Claire.« Er stellt den Schminkkoffer ab und öffnet ihn. Eine Auswahl an Haarbürsten und Make-up-Pinseln kommt zum Vorschein. »Sollen wir gleich loslegen? Du müsstest einen Morgenrock oder so was tragen.«

»Klar.« Für die Statuenszene möchte Aidan, dass mein ganzer Körper gleichmäßig weiß ist. Ich wende mich von Glen ab, ziehe mein Top aus und schlüpfe in einen Bademantel. Dabei werfe ich einen Blick in den Spiegel.

Glen mustert mich.

Was sich nicht gehört. Aber vielleicht will er nur sehen, was er später bearbeiten soll. *Ich darf nicht so paranoid sein.*

Ich setze mich, und wir betrachten beide prüfend mein Gesicht im Spiegel. »Kannst du dagegen was tun?«, frage ich und deute auf einen Pickel auf meiner Stirn. Obwohl ich Dr. Banners Medikamente seit zweieinhalb Monaten nicht mehr nehme, ist meine Haut noch immer angegriffen.

»Auf jeden Fall«, antwortet Glen, nimmt meinen Kopf in beide Hände und dreht ihn hin und her. Seine Finger fühlen sich kalt an durch die dünnen Gummihandschuhe. »Wenn ich mit dir fertig bin, wirst du die schönste Leiche sein, die dieses Theater je gesehen hat.«

Ich zucke unwillkürlich zusammen und muss an Nyasha denken. »Ich soll aber keine Leiche, sondern eine Statue sein. Und das auch nur in einer Szene.«

Glen greift in seinen Koffer, öffnet ein weiteres Fach und nimmt einen Concealer heraus. »Tolle Inszenierung übrigens. Hab mir die Hauptprobe angesehen. Alle waren gut, aber du warst einfach hinreißend.«

»Danke«, sage ich bescheiden.

Er trägt den Concealer mit versierten Bewegungen auf. »Offen gestanden, habe ich ein enormes Interesse an Baudelaire.« Er spricht den Namen korrekt französisch aus, wie Patrick.

Unvermittelt hält Glen inne, sieht mich im Spiegel an und deklamiert mit verträumter Stimme:

*Sei still, mein Schmerz, du musst nun leiser klagen,*
*Den Abend riefst du, sieh, er kam zu dir,*
*Hat um die Stadt sein weiches Tuch geschlagen*
*Und brachte Frieden dort und Kummer hier.*

Ich spüre, wie ich Gänsehaut bekomme, und schaue auf meine Arme. »Das hast du großartig vorgetragen.«

»Danke … kennst du das Ende des Gedichts?«

Ich schüttle den Kopf. »Patrick, der Autor des Stücks, ist Baudelaire-Experte, ich nicht. Du solltest dich mal mit ihm unterhalten.« Ich bezweifle allerdings, dass Patrick begeistert sein wird von diesem enthusiastischen Baudelaire-Fan.

»Ach ja, Patrick. Der *Übersetzer.*« Glen wedelt mit dem Concealer wie mit einem warnenden Zeigefinger. »Einige Baudelaire-Anhänger finden seine Übersetzungen etwas zu frei. Diese hier ist allerdings ganz gut gelungen. Es klingt fast wie ein Schlaflied, nicht wahr? Ein Schlaflied des Todes.«

Er sieht mich unentwegt im Spiegel an, als er weiterspricht.

*Die Sonne stirbt dort unterm Brückenbogen,*
*Und wie ein Bahrtuch kommt's von Ost gezogen,*
*Horch! Hörst du ihn, mein Schmerz, den Schritt der Nacht?*

Glen bückt sich, um den Concealer im Schminkkoffer zu verstauen. In diesem Moment sehe ich im Spiegel, dass die unteren Fächer gespickt sind mit Stahlinstrumenten: Skalpellen, Nadeln und schaurigen Haken, die man eher bei einem Zahnarzt vermuten würde.

Und plötzlich passt alles zusammen.

Die Fotos. Die Blumen. Die Gedichte.

*Mein Herz entblößt.*

Nicht Patrick. Nicht Henry. Niemand, den ich kenne. Sondern dieser sanft wirkende Fremde mit dem glatten Haar und dem strahlenden Lächeln.

»Könntest du mir mein Textbuch geben?«, sage ich. »Es liegt da drüben.«

»Aber sicher.« Glen dreht sich um und will danach greifen. In dieser Sekunde springe ich auf. Aber der Stuhl kippt um, und Glen fährt herum. Reißt etwas aus seinem Koffer. Ein Skalpell.

Ich weiche nach hinten aus, stoße aber an die Liege, weil der Raum so klein ist. Stehe mit dem Rücken zur Wand.

Auf Glens Gesicht breitet sich jetzt ein freudiges Lächeln aus, wie bei einem Kind, das Karussell fährt.

Ich reiße Jess' Pistole unter der Matratze hervor, rechne damit, dass Glen zurückweichen wird, wenn er sie sieht. Doch das tut er nicht. Und nun habe ich noch den Bruchteil einer Sekunde für eine Entscheidung. Einen Sekundenbruchteil, der eine Ewigkeit zu dauern scheint.

*Nicht denken. Handeln.*

Und das tue ich.

# Siebenundneunzig

Das Theater wurde geschlossen.

Es war nicht anders möglich. Auch wer der Meinung war, die Premiere dürfe nicht verschoben werden, musste einsehen, dass die Spurensicherung bei einem Mord Vorrang hatte. Und die weiteren Ermittlungen der Polizei.

Natürlich hatte ich gegen Gesetze verstoßen. Selbst in Amerika dürfen Ausländer nicht ohne Lizenz eine Schusswaffe bei sich tragen. Aber weil es Notwehr war, hat Patricks Anwalt ganz gute Karten.

Der vollständige Name meines Angreifers lautete Glen Furman. Er machte gerade eine Ausbildung zum Leichenbestatter, weshalb er genügend über Make-up wusste, um sich als Maskenbildner ausgeben zu können. Und er war komplett besessen von *Die Blumen des Bösen*. In seiner Wohnung fand die Polizei zwölf Ausgaben der Gedichte, mit etlichen Markierungen.

In dem Schminkkoffer befand sich eine Digitalkamera, die bereits so eingestellt war, dass man Fotos direkt bei Gruft.com hochladen konnte.

Als die Polizei ihr Verhör mit mir beendete, war schon der nächste Tag angebrochen. Völlig erschöpft stieß ich zu den anderen, die im Probenraum erörterten, ob wir das Stück anderswo aufführen oder ganz absagen sollten.

Laurence war für Absagen.

»Denkt doch mal an die zentrale Frage des Stücks«, argumentierte er. »Das ist die Frage, die der Staatsanwalt Baudelaire beim Prozess stellt: ›Wenn die Gedichte auch nur einen einzigen Menschen zu einer bösen Tat verleiten? Dann tragen Sie die Verantwortung dafür‹.« Laurence schaute in die Runde. »Und wenn wir nun durch diese Inszenierung einen weiteren gefährlichen Irren wie Furman inspirieren? Wie würden wir damit weiterleben?«

»Claire?«, sagte Aidan und sah mich an. Auch er wirkte total erschöpft. »Wie denkst du darüber? Du bist diejenige, die am stärksten betroffen ist.«

Zuerst antwortete ich nicht, weil ich plötzlich an den Tag denken musste, als ich damals bei Gary und Julie eintraf. Bei meiner vorherigen Pflegefamilie war ich nach wenigen Wochen rausgeflogen, und mein Gepäck bestand aus Müllsäcken, in die man meine Sachen gestopft hatte. Das Jugendamt stellte zwar immer Geld fürs Taxi zur Verfügung, um mich von einer Pflegefamilie zur nächsten zu schaffen, nicht aber für Reisegepäck. Und dabei bestand ein Großteil meiner Kindheit aus Reisen.

Ich weiß noch, wie ich einen der Säcke hochhob und dachte, dass das Jugendamt mich da wohl auch am liebsten reingestopft und dann weggeschmissen hätte. Denn für die war ich nichts anderes als Abfall.

»Ich finde, wir sollten weitermachen«, sagte ich schließlich. »Diese Gelegenheit bekommen wir nie wieder. Ich jedenfalls nicht.«

Die anderen starrten mich an, als sei ich ein Ungeheuer. Aber ich hatte recht. Im Gegensatz zu Laurence, der nur twittertaugliche Floskeln laberte.

Aidan ließ abstimmen. Ich war die Einzige, die dafür war, weiterzumachen.

Patrick brachte mich nach Hause. Und da brach ich dann zusammen, sah die Szene mit Furman immer und immer wieder vor meinem inneren Auge. Denn in Filmen wird der Tod nie richtig dargestellt. Menschen fassen sich nicht einfach an die Brust, fallen um und liegen still da, damit die Handlung weitergehen kann. Der Körper will nämlich nicht sterben. Er gibt viel später auf, als man glaubt. Der Körper blutet, zuckt, ringt um Atem. Er kämpft noch verzweifelter als die Sanitäter, die ihn zu retten versuchen. Der Körper will das Unvermeidliche nicht akzeptieren.

*Wer hätte gedacht, dass der alte Mann noch so viel Blut in sich hätte?* Diesen Satz sprach ich mit sechzehn auf der Bühne. Damals konnte ich mir nichts dazu vorstellen, bekam aber viel Lob für meinen Auftritt als Lady Macbeth.

Das Schlimmste von all den Bildern, die wie eine Endlosschleife in meinem Kopf kreisen, ist nicht der Moment, in dem ich zum ersten Mal auf Glen Furman schoss, denn das zeigte zunächst kaum Wirkung. Es ist dieser Anblick, als ich zum zweiten Mal abdrückte und er vor mir auf die Knie sank. Seine Lippen bewegten sich, er wollte etwas sagen, aber die zweite Kugel hatte seine Lunge getroffen, und er hatte keine Kraft mehr zum Sprechen. Nur ein Zischen kam aus seinem Mund, wie Luft, die aus einem Ballon entweicht.

Genau so fühle ich mich jetzt: leer, ausgepumpt, als sei ich nur noch eine inhaltslose Hülle.

# Achtundneunzig

»Wir fahren nach Europa. Ich möchte dir Paris zeigen.«

Ich will nur schlafen, kann aber nicht. »Ich komme doch aus Europa. Ich war mit vierzehn schon in Paris, mit der Schule. Hab mich mit einer Freundin verdrückt, um im Bois de Boulogne Transvestiten zu begaffen.«

»Das ist doch ganz was anderes.« Patrick streicht mir zärtlich übers Haar. »Ich werde dir die Orte zeigen, die ich als Student faszinierend fand. Als ich Baudelaire für mich entdeckte. Es wird dir guttun rauszukommen. Dort können wir dann auch in Ruhe reden. Ich möchte dich etwas fragen, aber das will ich nicht hier tun.«

Sein Tonfall gibt mir das Gefühl, dass es um etwas Wichtiges geht. Das ist okay. Eine Folge von Glen Furmans Tod ist, dass Patrick und ich uns nun nicht mehr gegenseitig verdächtigen müssen.

Und ich habe auch so eine Ahnung, was Patrick mich in der Stadt der Liebe fragen möchte.

»Hm … das klingt natürlich schon gut.«

Er streichelt mir weiter den Kopf. »Wie hat es sich angefühlt?«

Ich tue nicht so, als wüsste ich nicht, wovon er redet. »Ganz ehrlich?«

»Ja.«

»Zuerst war ich stolz auf mich, weil ich so schnell reagiert habe. Das lag an Pauls Improübungen, glaube ich … Da haben wir gelernt, sofort zu handeln, nicht erst über die Situation nachzudenken. Ich habe gedacht …« Ich schaue Patrick ins Gesicht, schäme mich fast, das auszusprechen. Aber da ich weiß, dass Patrick mich so liebt, wie ich bin, kann ich ihm auch meine düstersten Geheimnisse offenbaren. »Als ich abgedrückt habe, dachte ich: *Das habe ich gut gespielt.*«

»Und hinterher?«

»Hinterher war ich total entsetzt … sowohl über die Tat selbst als auch über diesen Gedanken. Aber das hat nicht lange angehalten. Danach …« Ich verstumme wieder und überlege, ob ich das wirklich jemandem gestehen kann.

»Ja?«, hakt Patrick behutsam nach.

»Danach fühlte ich mich total lebendig und echt«, antworte ich. »Mehr denn je zuvor.«

Ehrlich zu sein zu jemandem, dem man vertraut, ist das großartigste Gefühl der Welt.

# Neunundneunzig

Fünf Tage später fliegen wir nach Paris.

»Ich muss dir etwas erzählen«, sagt Patrick, als wir mit dem Auto zum Flughafen fahren.

Er wendet den Blick nicht von der Straße, und ich spüre, dass es sich um etwas Schwieriges handelt.

»Ja?«, sage ich, als er nicht gleich weiterspricht.

»Vor langer Zeit, während meines Studiums, hatte ich eine Freundin. Sie war wunderschön und klug, und ich war vollkommen verrückt nach ihr. Glaubte ich zumindest.« Er verstummt, scheint nachzudenken. »Dann eines Abends sah ich ein Mädchen am Straßenrand. Eine Prostituierte. Irgendetwas veranlasste mich, sie anzusprechen … Sie war eine Offenbarung für mich. Plötzlich konnte ich alles verwirklichen, was bislang in meinem Kopf eingesperrt war. Und sie kam mir in jeder Hinsicht entgegen. Was ich mir auch ausdachte … sie drängte mich dazu, noch weiter zu gehen. Ich war vollkommen besessen von ihr.«

Wir fahren durch einen Tunnel, die orangefarbenen Deckenstrahler werfen Lichtstreifen auf Patricks Gesicht. Er scheint es nicht zu bemerken, ist versunken in der Vergangenheit.

»Und dann?«, frage ich leise.

»Eines Abends gingen wir zu weit. Ein Unfall. Sie kannte die Risiken, die wir eingingen. Es war einfach Pech.«

Seine Hände umklammern fest das Lenkrad, seine Stimme ist klar. Aber ich bemerke die Anspannung in Patricks Schultern.

»Sie starb«, sagt er.

Mir verschlägt es die Sprache. Die Gefühle erspüren, sagt Paul immer. Aber wenn man gar nicht weiß, was man fühlt? Wenn es zu überwältigend ist?

»Ich erzähle dir das jetzt«, spricht Patrick weiter, »weil ich keinerlei Geheimnisse mehr zwischen uns möchte. Und weil du die Wahl hast. Ich habe nicht nur die beiden Flugtickets nach Paris bei mir, sondern auch ein einfaches Ticket nach London. Solltest du das wollen, kannst du zu deinem alten Leben zurückkehren. Oder du kannst bei mir bleiben. Das liegt ganz bei dir, Claire. Doch bevor du das entscheidest, solltest du wissen, dass ich dich liebe.«

Wir fahren aus dem Tunnel hinaus. Ich starre lange zum Fenster raus, auf die endlosen glitzernden Lichterebenen.

ICH Ich will bei dir bleiben.

Und ich lächle Patrick glücklich an. Denn noch besser, als seine eigenen düstersten Geheimisse zu offenbaren, fühlt es sich an, wenn andere das tun.

# Hundert

Patrick hat ein kleines elegantes Hotel aus dem achtzehnten Jahrhundert nahe dem Arc de Triomphe für uns gebucht. Nachdem ich ausgepackt habe, entspanne ich mich in der großen weißen Badewanne, während er rausgeht.

Als er zurückkommt, will er nicht sagen, was er gemacht hat. »Habe ein bisschen was vorbereitet«, sagt er nur, als ich nachfrage. Ich meine, die Umrisse einer kleinen Schachtel in seiner Tasche zu erkennen, und bedränge ihn nicht weiter.

Am nächsten Tag bekomme ich seine persönliche Baudelaire-Führung. Zum Hôtel de Lauzun, wo der Dichter mit Jeanne Duval zusammenlebte. Zu Clésingers Aktskulptur von Apollonie im Musée d'Orsay. Zu Les Deux Magots, der berühmten Bar, in der sich Baudelaire und die anderen Bohemiens trafen, um zu trinken und zu debattieren.

Am Nachmittag besichtigen wir Patricks Lieblingsorte aus seiner Studienzeit: das Seine-Ufer, das Café de Flore und die wunderbaren kleinen gepflasterten Gassen im afrikanischen Viertel, wo wir Couscous essen und aus Tonkrügen herben Rotwein trinken. In den Fenstern der Cafés stehen Wasserpfeifen, die Mundstücke umwickelt mit Silberfolie, und Patrick zeigt mir, wie man den erhitzten Tabak durch den blubbernden Arak einatmet. Danach ist mir schwindlig, und ich fühle mich ziemlich benebelt.

»Warte hier«, sagt Patrick, geht in den Hinterraum des Cafés und kehrt mit einer Flasche ohne Etikett zurück.

»Absinth«, erklärt er, als er uns die grün leuchtende Flüssigkeit einschenkt. »Um das Erlebnis zu vollenden. Der hat leicht halluzinogene Wirkung.« Er nimmt einen Löffel Zucker aus einer Schale, taucht ihn in den Absinth und hält den Löffel dann über eine Kerzenflamme. Als der Zucker zu schäumen beginnt, gibt er ihn in den Absinth und rührt um.

»Kriegt man davon nicht einen üblen Kater?«

»Natürlich. Aber im Gegensatz zu Baudelaire können wir auf Ibuprofen zurückgreifen. *Salut!*«

*»Salut«*, sage ich. Der Rest des Nachmittags besteht dann nur noch aus verschwommenen Bildern und Gefühlen: flimmernde Farben, so heftiger Schwindel wie auf einer Achterbahn, Patrick, wie er Baudelaire-Gedichte rezitiert, während mein Herz sich endlos weitet, leicht wie ein Heliumballon.

Am Abend sagt mir Patrick, ich solle mich warm anziehen.

»Warum denn?« Es ist ein lauer Abend, viel wärmer als der frostige Herbst in New York.

»Wir werden einen Ort aufsuchen, an dem es kalt ist.« Er setzt einen Rucksack auf.

Den Taxifahrer weist Patrick an, uns zum Friedhof Montparnasse zu bringen. Dort betreten wir durch ein wuchtiges Steintor das parkähnliche, von Wegen und Alleen durchzogene Gelände. Die Gräber – fünfunddreißigtausend, wie Patrick mir sagt – sind vielfältig gestaltet, von simplen Grabsteinen bis zu Jugendstilstatuen.

Patrick führt mich zu einem stillen Plätzchen in der Mitte des Friedhofs. »Baudelaire hat hier sowohl ein Grab als auch einen Kenotaph – eine Gedenkstatue. Das ist der Kenotaph.«

Auf dem über zwei Meter hohen Monument starrt eine weiße Marmorstatue zu einer Steinfigur des auf dem Totenbett ruhenden Dichters herunter. Die Statue ist eine obskure Mischung aus Engel und Teufel. Am Boden sind einige Fahrkarten von der Métro verstreut, beschwert mit Kieseln.

»Das machen die Leute, um ihre Achtung zu bezeugen. Damit man sieht, dass sie eigens einen Weg auf sich genommen haben.« Patrick zieht unsere Flugtickets aus der Tasche und legt sie zu den anderen Karten.

Danach suchen wir das schlichte Grab auf, in dem der Dichter bei den sterblichen Überresten seiner Mutter bestattet wurde. Dann verlassen wir den Friedhof und gehen die Rue Froidevaux entlang, wo wir vor einem rostigen Gittertor stehen bleiben. Dahinter sieht man eine Treppe, die in eine Art Keller zu führen scheint. Patrick bringt einen Schlüssel zum Vorschein und schließt das Tor auf.

»Zum Glück wurde nicht inzwischen das Schloss ausgewechselt.« Patrick holt zwei Taschenlampen aus dem Rucksack.

»Wohin gehen wir?«, frage ich, als wir durch das Tor treten.

»In die Katakomben.« Sorgfältig schließt er das Tor wieder ab, schaltet dann seine Taschenlampe ein und bedeutet mir, dass ich vorausgehen soll. »Es gibt etliche solcher Eingänge. Sie sind immer verschlossen, aber man kann unter der Hand Schlüssel kaufen. Manchmal veranstalten Studenten da unten Partys.«

Ich gehe die Treppe hinunter. Ein leichter Luftzug weht mir entgegen. Es riecht muffig und modrig und ist totenstill. »Hört sich nicht nach Partys an.«

»Das ist auch unwahrscheinlich. Diese Gänge erstrecken sich über mehr als zweihundert Kilometer.«

Im Licht der Taschenlampe erkenne ich die Felsendecke über uns. Der Boden besteht aus einer Art grauem kalkigem Schotter. Wir hören nur das Knirschen unserer Schritte und tropfendes Wasser.

»Ursprünglich waren das Steinbrüche, zum Teil noch aus der Römerzeit«, sagt Patrick hinter mir. Seine Stimme hat kein Echo, wird irgendwie verschluckt. »Erst im achtzehnten Jahrhundert kam man auf die Idee, die Gänge als Gräber zu nutzen.«

Er leuchtet auf einen Durchgang, der mir recht schmal erscheint. Dann zucke ich erschrocken zusammen, denn was ich für Wände gehalten hatte, sind uralte schwarze Totenschädel. »In diesem Teil der Gänge liegen die Gebeine von sechs Millionen Parisern aufgeschichtet«, erklärt Patrick. »Das hier war einer von Baudelaires Lieblingsorten.«

Wir durchschreiten mehrere Felsgewölbe, so geräumig und hoch wie Kirchen. Bald sind keine Gebeine mehr zu sehen. Schließlich bleibt Patrick stehen.

»Hier entlang«, sagt er und deutet auf Steinstufen, die zu einem kleinen Teich mit kristallklarem Wasser hinabführen. Patrick geht voraus, schöpft eine Handvoll Wasser und lässt es durch die Finger rinnen.

»Wenn die Bergleute sich damals waschen wollten, benutzten sie einfach das Grundwasser. Es ist reiner als Evian. Und doppelt so alt.« Patrick nimmt einen kleinen Silberkandelaber, ein Handtuch und eine Flasche Champagner aus dem Rucksack.

»Wollen wir hier baden?«, frage ich.

»Ja. Aber noch nicht jetzt. Zuerst möchte ich dir etwas zeigen.«

Er klingt angespannt, und mir wird klar, dass es hier nicht nur um Sehenswürdigkeiten geht. Es handelt sich um eine Inszenierung, und ich bin das Publikum. Ich erlaube mir, mich vollkommen auf dieses Ritual einzulassen, verbanne alle anderen Gedanken aus meinem Kopf.

Wir lassen unsere Sachen an dem Teich und gehen weiter nach unten, durch immer schmaler werdende Gänge, bis wir schließlich eine weitere Treppe erreichen, die wir hinuntersteigen. Jetzt befinden wir uns in einer kapellenartigen Höhle, von der einige Kammern abzweigen. Es ist vollkommen still. Im Licht der Taschenlampe sehe ich zwei weitere Rucksäcke, an eine Wand gelehnt. »Sind die für uns?«, frage ich.

Patrick nickt. »Vorräte.«

»Ist es das, was du gestern vorbereitet hast?«

»Sozusagen.« Er beleuchtet die Felsendecke. »Wir sind jetzt direkt unter Baudelaires Grab. Es freut mich, dass du bei mir bist, Claire. Das ist ein ganz besonderer Ort für mich.«

Patrick betritt eine der Seitenkammern und zündet dort eine Gaslaterne an. Warmes gelbes Licht erfüllt den Raum.

»Toll hier«, sage ich und blicke auf die kahlen Wände. »Ausgesprochen *hygge*.«

Er reagiert nicht. Dann höre ich plötzlich einen Laut, der wie ein Schluchzen klingt.

»Patrick?«

Er ist verschwunden. Ich gehe in eine Kammer.

»Hallo?«, sage ich zögernd. »Hallo?«

Plötzlich schießen aus dem Dunkeln zwei Hände auf meine Füße zu. Mit einem Aufschrei springe ich rückwärts. Die Hände sind wieder in der Dunkelheit verschwunden. Aber vorher habe ich noch gesehen, dass sie mit Stoffstreifen gefesselt waren.

Patrick taucht lautlos mit der Laterne neben mir auf.

»Was geht hier vor, Patrick?«

Er hält die Laterne hoch. In ihrem Licht ist eine junge dunkelhäutige Frau zu sehen, die auf dem Boden kauert. Ihre Beine sind gefesselt, das Ende des Seils ist an einem Eisenring in der Wand befestigt. Der Mund der Frau ist mit einem Stoffstreifen geknebelt.

»Großer Gott«, flüstere ich. Mir wird übel. Es gibt nur eine einzige Erklärung für diese Szene, aber mein Gehirn will sich das nicht eingestehen, will nicht akzeptieren, dass alles ein Irrtum war, was ich zu wissen glaubte.

»Nicht nur Glen Furman hat bei Gruft.com Gleichgesinnte kennengelernt«, sagt Patrick. »Es ist eine erstaunlich lebendige Gemeinschaft. Unsere Interessen mögen sehr speziell sein, doch durch das Internet konnten wir zueinanderfinden. Und manchmal helfen wir uns auch gegenseitig. Ich habe Freunde in Paris, die dieses Arrangement hier mit Freuden für mich ermöglicht haben.«

»Wer ist sie?«, frage ich voller Grauen.

Patrick würdigt die zitternde junge Frau keines Blickes. »Sie heißt Rose, glaube ich. Sie ist nicht wichtig. Nur für dich.«

»Was soll das heißen?«

»Sie wird deine Erste sein«, antwortet er nur. »So wie dieses Mädchen vom Straßenrand meine Erste war.«

»Oh nein«, sage ich entsetzt. »Du glaubst doch wohl nicht …«

»Stella hat einen ähnlichen Test nicht bestanden. Ich habe sie sehr geliebt, musst du wissen. Aber als sie dahinterkam, konnte sie nicht mehr mit mir leben. Sie war nicht so stark wie du.«

»Du hast sie umgebracht«, flüstere ich. »Wegen dem, was sie wusste.«

»Ja, ich habe sie getötet. Aber nicht aus diesem Grund. Ich wusste, dass Stella zu viel Angst hatte, um zur Polizei zu gehen. Nein, ich habe meine Frau getötet wegen einer anderen Frau, die ich an diesem Abend kennengelernt hatte. Einer jungen Frau, die mit mir in einer Bar ein Gedicht von Baudelaire gelesen hat. Und die Stimme dieser Frau … Es war ein wundervolles Erlebnis, voller Verheißungen. Da wusste ich, dass Stella sterben musste.« Patrick tritt auf mich zu, den Blick auf mich gerichtet. »Ich wusste sofort, dass du ein außergewöhnlicher Mensch bist, Claire. Die Frau, mit der ich alles teilen könnte. Aber nun musst du es mir beweisen. Du musst mir zeigen, dass du dazu imstande bist.«

»Das kann ich nicht tun, Patrick. Das kann ich nicht …«

»Aber du hast es doch schon getan«, sagt er. »Du hast diesen armen fehlgeleiteten jungen Mann getötet. Und du hast selbst gesagt, dass du dich danach lebendig gefühlt hast. Du kannst dir nicht vorstellen, um wie viel intensiver dieses Gefühl jetzt sein wird.«

»Patrick, bitte …«

»Jetzt müssen wir also das wichtigste Vertrauensspiel bestehen«, spricht er weiter, als hätte ich nichts gesagt. »Du musst sie töten. Und wenn du es nicht tust … begreifst du nicht, welches Risiko ich eingehe, Claire? Dass ich dich vielleicht verliere. So wie ich Stella verloren habe.«

# Hunderteins

Mir ist übel. Wie dumm ich doch gewesen bin, mir einzubilden, Patrick wolle mir hier einen Heiratsantrag machen. Stattdessen brachte er mich hierher, um zu töten.

»Patrick, ich kann das nicht tun«, wiederhole ich.

Aber ein kleiner furchtbarer Teil von mir denkt bereits: *Oder vielleicht doch?*

»Doch, du kannst, meine Liebste. Ich weiß, wozu du fähig bist.« Seine Stimme klingt dunkel, ruhig, hypnotisch. »Ich habe dich beobachtet. Habe dich *getestet*.«

»Patrick … gib mir Zeit zum Überlegen. Bitte.«

Er denkt einen Moment nach. Dann wendet er sich der jungen Frau zu und sagt etwas auf Französisch. Ihre verzweifelten Augen weiten sich, dann nickt sie hilflos.

»Gut.« Patrick bringt ein Messer zum Vorschein und durchtrennt das Seil, mit dem die Füße der Frau an die Wand gebunden sind. Die Hände bleiben gefesselt. Dann legt er das Messer zwei Meter von der Frau entfernt auf den Boden.

»Ich habe ihr gesagt, wenn sie hier lebend rauskommen will, muss sie dich töten«, sagt er sachlich. »Nun bist du wirklich gezwungen, eine Entscheidung zu treffen, Claire.«

Rose bewegt sich langsam auf das Messer zu.

»Es gibt ein Gedicht von Baudelaire über eine solche Zwangslage.« Patrick nimmt eine Pistole aus einem der Rucksäcke und hält sie mir hin. »Er beschreibt darin eine Menagerie, einen Zoo, angefüllt mit Lastern aller Art, und stellt eine Rätselfrage: Welches Untier ist noch schlimmer als all diese? Die Antwort lautet: du, der Leser, der das Grauen genießen kann, ohne sich die Hände mit Blut zu beflecken.«

»Lass das Messer liegen, Rose«, sage ich verzweifelt. Sie scheint mich nicht zu hören, und ich weiß nicht einmal, ob sie meine Sprache überhaupt versteht.

»Du musst deine Hände jetzt mit Blut beflecken«, sagt Patrick zu mir.

Rose hechtet nach dem Messer, versucht, es mit den gefesselten Händen zu ergreifen.

Widerstrebend nehme ich die Pistole.

»Gut«, flüstert Patrick. »Jetzt, meine Liebste. Tu es jetzt.«

Töten oder getötet werden. Es fühlt sich so verschwommen und irreal an wie ein Traum. Ein Wirrwarr von Gefühlen bricht über mich herein: Abscheu, Angst, Grauen.

Und noch etwas anderes: die entsetzliche Erkenntnis, dass es zu diesem Moment kommen musste. Dass ich es auf irgendeine Art immer wusste.

*Dass ich es wollte.*

# Hundertzwei

Kinder landen aus unterschiedlichen Gründen in Pflegefamilien. Manche Kinder sind Waisen. Andere haben drogenabhängige oder alkoholsüchtige Eltern. Wieder andere wurden vernachlässigt oder missbraucht.

Ich habe immer allen Leuten erzählt, ich sei Waise. Doch das stimmt nicht. Meine Eltern machten das durch, was man »eine schlechte Phase« nennt. Manchmal stritten sie sich die ganze Nacht. Einmal kam mein Vater in mein Zimmer marschiert, weckte mich auf und schrie Verwünschungen: meine Mutter sei eine Hure, und ich solle die Wahrheit erfahren über diesen vermeintlichen Engel, der sich für so viel besser hielte als ihn. Ich weiß noch, wie sie hinter ihm auftauchte und versuchte, ihn rauszuzerren; wie er herumflog und so mühelos den Arm hochriss, als verstreue er Samen. Wie seine Hand ihr Gesicht traf und sie zu Boden ging. Für mich als Kind sah das aus wie ein seltsamer Tanz.

Einmal demolierte er das gesamte Wohnzimmer und schlug meine Mutter mit einem Tischbein bewusstlos. Sie warf ihn regelmäßig raus, aber er kam jedes Mal wieder, immer mit demselben Mantra: Das ist *mein* Haus und *meine* Tochter, und wegen deiner Hurerei werde ich nicht darauf verzichten.

Ich versteckte mich unter meinem Bett, wenn sie stritten.

Dort fand mich mein Vater an jenem Abend.

»Komm da raus, Claire«, sagte er. »Mami hat sich wehgetan.«

»Ich muss jetzt weggehen«, sagte er, als ich auf dem Bett saß. »Lass Mami in Ruhe, ja? Sie muss jetzt schlafen, damit es ihr wieder besser geht. Und kannst du dich morgen früh alleine anziehen und zur Schule gehen? Wenn jemand fragt, erzähl nicht, dass Mami im Bett ist. Sag einfach, dass es ihr gut geht. Machst du das für mich, ja?«

Ich nickte. »Ja, Papi.«

»Braves Mädchen. Ich hab dich lieb. Du mich auch?«

»Ganz doll«, sagte ich.

Bei seinem Prozess bot man mir an, meine Aussage per Video oder hinter einem Wandschirm zu machen, aber das lehnte ich ab. Ich wollte, dass er mich dabei sah, wie ich all das aussprach, worüber ich vorher Stillschweigen hatte bewahren müssen.

Der Richter sagte mir, solche mutigen Zeugen wie mich erlebe er nur sehr selten.

Dann verurteilte er meinen Vater zu lebenslänglich wegen Mordes. Ich habe ihn kein einziges Mal im Gefängnis besucht.

# Hundertdrei

INNEN. KATAKOMBEN/PARIS – NACHT.

Patrick redet beruhigend auf mich ein.

PATRICK Du kennst das, Claire. Du hast schon mal abgedrückt. Und du weißt noch, wie einfach das war. Vertrau mir. Es wird ganz schnell vorbei sein.

So mühelos, als probe ich eine Szene, drehe ich mich um. Ziele und drücke ab. Schieße auf Patrick. Das Untier, das ich liebe.

# Hundertvier

Ich drücke ab. Es klickt. Patrick seufzt.

»Ich sagte doch, es ist ein Vertrauensspiel … Die Pistole war nicht geladen.«

Er nimmt sie mir aus der Hand und lädt sie. Dann zielt er auf Rose und reißt ihr das Messer aus der Hand. Sie schluchzt verzweifelt hinter ihrem Knebel, als er das Seil wieder an der Wand festmacht.

»Komm«, sagt er zu mir, ohne Rose zu beachten.

»Wohin gehen wir?«

»Weiß ich nicht. Nirgendwohin. Irgendwohin. Ich wollte nicht, dass es so endet, Claire. Ich wollte, dass du es tust. Dass du mich verstehst. Teil meiner Welt wirst.«

Schweigend kehren wir zu dem Teich zurück. Die Kerzen in dem Leuchter sind schon weit heruntergebrannt, tropfen und flackern in dem modrigen Luftzug, und ihre Flammen werfen zuckende Schatten an die Felswände.

Patrick holt eine Flasche aus dem Rucksack. »Trink das. Es betäubt den Schmerz.«

Ich trinke einen großen Schluck. Absinth.

»Und lies mir vor«, sagt er sanft. »Wie beim ersten Mal.«

Ich nehme das Buch entgegen und lese ausdruckslos:

*Mir ist, als lebte ich schon über tausend Jahr …*

Ich sehe, wie Patrick Tränen übers Gesicht rinnen. Lasse das Buch fallen und rezitiere frei.

*So viel geheimes Leid wie längst mein Hirn es barg …*

Patrick legt mir beide Hände um den Hals.

»Konstantinopel«, sage ich.

»Was?« Er runzelt die Stirn.

»Mein Safeword. An das ich mich nicht mehr erinnern konnte. Es bedeutet, kommt und holt mich. Jetzt. Konstantinopel.«

»Was soll das, Claire?«, fragt er irritiert.

Etwas fliegt in die Kammer. Ein runder Metallgegenstand. Aus dem Augenwinkel sehe ich, wie er über den Boden rollt und an der Wand liegen bleibt.

Für den Bruchteil einer Sekunde geschieht gar nichts. Dann explodiert weißes Licht. Das Geräusch folgt kurz darauf: ein Knall, so laut, dass Patrick und ich zu Boden gehen. Ein markerschütternder Pfeifton schrillt in meinen Ohren. Grelle Lichtstrahlen von starken Taschenlampen durchdringen Rauch und Dunkelheit, als wuchtige Gestalten in schwarzer Montur von allen Seiten in die Höhle stürmen.

Eine der Gestalten fällt neben mir auf die Knie und klappt das Visier des Helms hoch.

ANFÜHRER DER SPEZIALEINHEIT   Claire! Bist du okay?

Ich spüre seine Hände unter mir, als er mich behutsam auf die Arme nimmt.

»Frank«, sage ich. »Du bist da.«

# Hundertfünf

La Martine hat eine lange und wechselhafte Geschichte. Ursprünglich eine Irrenanstalt, wurde das Gebäude später von der Gestapo für Verhöre und Folter benutzt. Heutzutage sind dort die meisten europäischen Schwerverbrecher in Hochsicherheitstrakten untergebracht. Wegen der Nähe zum Hauptsitz von Interpol in Lyon ist diese Haftanstalt eine Art internationales Gefängnis.

An einem kalten Dezembermorgen erscheint dort Kathryn Latham, wie so viele vor ihr, zu einer Vernehmung. Man führt sie in einen kleinen in Pastell gehaltenen Raum, in dem die Peiniger einst Gummischläuche, Wannen voller Kot, Knüppel und Daumenschrauben für Verhöre benutzten.

Kathryn hat Stift und Notizblock, ein kleines Aufnahmegerät und eine Packung französischer Zigaretten dabei.

Patrick Fogler wird hereingeführt. Er trägt die hier übliche Gefängnisuniform: lose sitzende Jeans und eine Jeansjacke. Man hat ihm Handschellen angelegt.

»Ich habe Ihnen Zigaretten mitgebracht«, sagt Kathryn Latham, als sie sich hinsetzt. »Ich habe gehört, dass Sie jetzt rauchen.«

»Hier raucht jeder. Wir sind nicht in Amerika.«

»Werden Sie gut behandelt?«

Er zuckt die Achseln. »Wieso interessiert Sie das? Es ist erträglich.«

Sie schiebt das Zigarettenpäckchen über den Tisch. »Ich möchte Ihnen einen Vorschlag machen, Patrick.«

»Aha«, erwidert er spöttisch. »Die furchtlose Wissenschaftlerin auf der Suche nach der Wahrheit. Und nach Beförderung natürlich. Heutzutage muss man unbedingt veröffentlichen, nicht wahr? Sie hoffen doch gewiss, eine schöne fette Monografie über mich verfassen zu können.«

»Ihr Kontakt zu den anderen Nutzern der Gruft-Website«, sagt Kathryn Latham ruhig. »Ich möchte mehr darüber erfahren. Wer profitierte von wem? Haben Glen Furman und Sie sich als Konkurrenten betrachtet oder als Künstler, die sich ergänzten? Wären Sie auf einige Ideen gar nicht verfallen, wenn Furman nicht seine Bilder geschaffen hätte? Oder hatten Sie immer gehofft, durch Ihre Übersetzung von Baudelaire Anhänger wie Furman zu finden? Es gibt hier eine Menge Material, das für uns bislang unerforschtes Terrain ist, Patrick. Wenn Sie kooperativ sind, kann ich mich im Gegenzug für Sie einsetzen.«

»Aus irgendeinem Grund glaube ich in meinem Fall nicht an eine Verständigung im Strafverfahren, Dr. Latham.«

»Das biete ich Ihnen auch nicht an. Eher eine Art Tausch. Sie beantworten meine Fragen, und ich beantworte Ihre.«

»Wie kommen Sie darauf, dass ich irgendwelche Fragen an Sie hätte?«, sagt er herablassend.

»Oh, ich denke schon, dass es da etwas gibt. Vor allem eine Frage.« Sie hat ihn am Wickel, und er gibt das durch ein widerstrebendes Nicken zu. »Sie wollen wissen, wie viel von all dem echt war«, sagt Kathryn Latham. »Ob Claire auch nur ein einziges Wort Ihnen gegenüber ehrlich meinte. Oder ob sie von Anfang an nur unsere Anweisungen ausgeführt hat.«

Er lehnt sich zurück. »Sagen Sie es mir.«

»Sie ist ein außergewöhnlicher Mensch, Patrick. Und eine beeindruckende Schauspielerin. Als wir sie entdeckten, studierte sie eine Schauspielform, bei der es darum geht, sich komplett in die Rolle einzuleben. Es war ihr eigener Vorschlag, so auch bei der Rolle vorzugehen, die sie für uns gestalten sollte.

INNEN. KATHRYN LATHAMS BÜRO – NACHT.

Kathryn erklärt mir meine Aufgabe.

KATHRYN Du musst zu einer extremeren Version deiner selbst werden. Und du musst vierundzwanzig Stunden am Tag deine Rolle leben, monatelang. Auch dann, wenn es scheint, als seist du von den Menschen, denen du am meisten vertraust, am schlimmsten hintergangen worden.

ICH Das kriege ich hin.

KATHRYN Und da ist noch was … etwas, das dir gelingen muss, um glaubwürdig zu sein.

ICH Ich weiß schon.

»Ich habe ihr gesagt, dass sie sich in Sie verlieben muss«, sagt Kathryn schlicht. »Dass sie diesem Gefühl entsprechend handeln muss, wo es sie auch hinführt. Und so absurd, verrückt oder gefährlich die Situation wirken mag.«

Patrick schließt die Augen. »Also war alles gelogen.«

»Sie verstehen das nicht richtig. Es gibt keinen Unterschied. Claire hat Sie geliebt. Sie hat sich selbst dazu gebracht, Sie zu lieben. Und genau das brauchten wir.«

*»O seltsam Grauen«*, zitiert Patrick leise. *»Muss ich dies göttergleiche Wesen hier als doppelköpfig Ungeheuer schauen?«* Er wirft Kathryn einen scharfen Blick zu. »Und Gruft.com?«

»Was meinen Sie?«

»Sie hatten die Website irgendwie infiltriert, oder? Das FBI. Aber anstatt sie zu schließen, beobachteten Sie uns. *Erforschten* uns. Wie Ameisen in einem Glaskasten im Labor. Ich würde sogar wetten, dass Sie es waren, die mir Furmans Fotos gemailt hat.« Patrick beugt sich vor. »Ihnen ist doch wohl klar, dass Sie somit Komplizen bei allen Morden sind, die danach stattgefunden haben. Auch bei dem an Stella. Arme Stella. Ich habe sie zwar getötet, aber Sie haben die Ereignisse in Gang gesetzt, die dazu führten.«

Kathryn drückt einen Knopf an dem Diktiergerät.

»Vernehmung von Patrick Fogler«, spricht sie hinein. »Tape eins.«

# Hundertsechs

INNEN. BAR DES DELTON HOTEL, W. 44th ST., NEW YORK – FRÜHER ABEND.

Ich sitze in einer stillen Ecke an der Bar, mit einem Drink in der Hand, von dem ich sparsam trinke, damit er länger hält. Sie würden sicher vermuten, dass ich auf ein Date warte.

Aber dann würden Sie den stämmigen Mann um die vierzig sehen, der sich mir gegenüber niederlässt, und Ihre Meinung ändern.

Ich lächle den Mann an. »Warum bist du so spät, Frank?«

»Papierkrieg. Heutzutage muss man bei der Polizei tippen können wie ein Weltmeister.« Er winkt die Kellnerin heran und bestellt sich ein Bier. »Alles gut bei dir?«

»Ja … alles gut. Danke fürs Fragen.«

»Ich meinte damit, ob du noch einen Drink willst«, murmelt er.

»Weiß ich. Und ja, alles gut.«

Frank nickt. Dann greift er in seine Jacke, fördert einen Umschlag zutage und schiebt ihn über den Tisch. »Hier. Musst du nur unterschreiben und abschicken. Dann solltest du binnen einer Woche deine Greencard haben.«

Ich blicke auf den Umschlag, ohne ihn zu berühren.

»Ich gehe vielleicht zurück nach England, Frank.«

Er zieht die Augenbrauen hoch. »Oh?«

»Meine Pflegemutter feiert einen runden Geburtstag. Ich sollte dabei sein. Und dann all diese Themen, vor denen ich davongelaufen bin … sie machen mir jetzt nicht mehr so viel Angst. Nicht im Vergleich mit …« Ich lasse den Satz unvollendet.

»Verstehe«, sagt Frank leise. Dann fügt er hinzu: »Also, wenn du mal irgendwas brauchst …«

Ich lächle. »Soll ich einfach ›Konstantinopel‹ sagen?«

Er grinst. »Genau. Dann komm ich angesprintet. Mit einem Einsatzkommando und ein paar Blendgranaten.«

Ich sehe ihn liebevoll an, diesen Mann, mit dem ich so viel erlebt habe. Meinen Schutzengel, der auf seine Monitore starrte und durch das Rauschen in den Kopfhörern auf das Zauberwort horchte, mit dem ich das gesamte Truggebilde zum Einsturz bringen würde.

Auch als aus den Wochen Monaten wurden, zweifelte ich keinen Augenblick daran, dass Frank zur Stelle sein würde, wenn ich ihn brauchte. Ich war informiert, dass sie irgendetwas Überraschendes machen würden, damit ich Patricks Mauer aus Abwehr und Paranoia durchbrechen und sein Vertrauen gewinnen konnte. Die beiden hatten angeboten, es mir zu verraten, doch ich hatte es nicht wissen wollen. Ich werde aus dem Moment heraus handeln, hatte ich ihnen gesagt. Mit dem, was ihr mir gebt. Das ist authentischer.

Doch sogar ich selbst hatte mir nicht vorstellen können, wie weit ich gehen würde. Ich rief meine bisher einzige Liebeserfahrung im emotionalen Gedächtnis ab, und deshalb gab es nur eine Möglichkeit, zu der meine Intuition mich führen konnte.

*Drei relativ flache Schnitte in der linken Armbeuge. Hätte Stunden gedauert, bis Sie verblutet wären.*

Auch als ich Frank damals im Park sah, reagierte ich nicht als ich selbst, sondern sagte mir: *Was denkt meine Figur jetzt?* Das nutzte ich, um Patrick glauben zu machen, dass ich ihn immer noch verdächtigte. Und dass er deshalb keinen Grund hatte, *mich* zu verdächtigen.

Ich erlaubte Patrick kleine Einblicke in eine Psyche, die ebenso krank und soziopathisch war wie seine eigene. Verhielt mich dabei aber immer entsprechend der sogenannten Überaufgabe aus meinem Schauspieltraining; der einen zentralen Wahrheit, die meine Figur dazu trieb, sich noch intensiver auf Patrick einzulassen.

»Ich liebe ihn immer noch«, sage ich leise.

»Wen?« Frank runzelt verständnislos die Stirn. Dann: »Was, dieses *Monster*? Wieso das denn?«

»Ich merke, dass Kathryn recht hatte … die Rolle endet nicht damit, dass man sich abschminkt. Ich musste mich so in ihn einfühlen, dass ich in seinem Kopf lebte. Und einem Teil von mir fällt es jetzt schwer, da wieder rauszukommen.«

Frank betrachtet mich forschend. »Ich möchte dich was fragen, Claire. Wie weit wärst du gegangen? Wenn wir nicht erschienen wären, meine ich. Hättest du abdrücken und die junge Frau erschießen können?«

»Ist das die Frage? Wo endet die Rolle?« Ich schüttle den Kopf. »Nein. Nein, das hätte ich natürlich nicht getan.«

Ich antworte so direkt, dass sogar ich selbst mir glaube.

Denn es ist nicht die richtige Frage. Die Frage ist ganz falsch.

Frank hätte fragen müssen, was ich getan hätte, wenn Patrick

Rose hätte umbringen wollen. Ob ich dann aus der Rolle gefallen und von seiner Hand zu Tode gekommen wäre. Oder ob wir neben ihrer noch warmen Leiche Sex gehabt hätten.

Frank ist sentimental, wie alle Amerikaner. Das Hollywood-Ende, das ich ihm serviere, stellt ihn zufrieden, wie ein Becher Popcorn.

Wer ist die wahre Claire Wright? Diejenige, die jetzt hier sitzt, vor sich die kostbaren Formulare für die Greencard, und mit dem Mann plaudert, dem sie das alles verdankt? Oder die Frau, die den Abgründen in der Seele des einzigen Mannes verfallen ist, den sie nicht verführen konnte?

Was ist die Rolle: die Frau, die ich zuvor war? Oder die Frau, die ich jetzt bin?

*Dieser Teil ist am gefährlichsten. Dass man aus den Schatten nicht mehr rauskommt. Dass sie Besitz von einem ergreifen.*

Frank wirft mir einen seltsamen Blick zu. »Vielleicht solltest du an diesen Spruch der Filmleute denken, Claire.«

»Welchen meinst du?«

»Affäre bis Drehschluss.«

»Hast recht«, sage ich lächelnd. »Affäre bis Drehschluss.«

Ich hebe mein Glas und stoße mit Frank an. Dieser eigenartige Blick gerade – Besorgnis, mit einer Spur Angst – wird irgendwo bei mir im System verwahrt. *Das kann ich eines Tages verwenden.*

Und die unsichtbare Kamera in meinem Kopf schwenkt langsam nach oben und zur Seite, entlässt uns aus dem Bild, und unsere Stimmen gehen im lebhaften Lärm einer Bar im nächtlichen New York unter, während das Wort ENDE erscheint und der Abspann beginnt.

# Danksagung

Vor siebzehn Jahren schrieb ich unter anderem Namen einen Roman – der auch einen anderen Titel trug – über eine Schauspielerin, die eine Rolle in einer verdeckten Ermittlung übernimmt. Ich bekam dafür ein paar wohlwollende Kritiken, das Buch erschien in einigen Ländern in Übersetzung, aber wie so viele verkaufte es sich nicht gut. Was bei mir eine Frustration auslöste. Ich war nicht mit den Verlagen unzufrieden, die getan hatten, was sie konnten, sondern mit mir selbst. Ich hatte das Gefühl, eine interessante Idee verschwendet zu haben, weil das Buch nicht gut genug gelungen war.

Schnellvorlauf, zwei Jahrzehnte später: Der Erfolg meines Thrillers *The Girl Before* bot mir die Chance einer Neuauflage meines früheren Romans. Aber ich wollte ihn nicht mehr in dieser unvollkommenen Version auf den Markt bringen, sondern noch einmal ganz von vorne anfangen und ihn umschreiben.

Das habe ich getan. *Believe Me* basiert auf derselben Idee wie die Urversion, auch einige Szenen sind übernommen. Ansonsten jedoch wurden Handlung, Figuren und andere Elemente komplett neu gestaltet.

Im Nachwort der Urfassung dankte ich Professor Chao Tzee Cheng, Michael Ward, Clark Morgan, Anthea Willey, Mandy Wheeler, Ian Wylie, Sian Griffiths, Brian Innes, Sam North und meinem Agenten Caradoc King.

Jetzt möchte ich noch hinzufügen: Kate Miciak, Denise

Cronin, Kara Welsh, das gesamte Team von Penguin Random House, sowie Millie Hoskins und Kat Aitkin von United Agents. Und Caradoc King, ein weiteres Mal.

Vielen Dank auch an Tina Sederholm und Dr. Emma Fergusson für die großartige Betreuung der ersten Fassung von *Believe Me*.

In der Urversion habe ich den menschlich überzeugendsten, treuesten und verlässlichsten Mann, den Claire kennenlernt, mit dem Nachnamen Durban ausgestattet. Und ich habe das Buch meinem Freund und Kollegen Michael Durban gewidmet. Siebzehn Jahre später widme ich ihm dieses Buch erneut, aus denselben Gründen.

Lesen Sie weiter >>

# LESEPROBE

»Der Weltbestseller –
packend, beunruhigend und wie nichts,
was sie je gelesen haben!«

Manchmal habe ich das Gefühl, dass ich nicht allein bin.
Manchmal glaube ich, dass dieses Haus mich beobachtet.
Etwas muss hier geschehen sein. Etwas Schreckliches.

## *Damals: Emma*

Es sei eine reizende kleine Wohnung, verkündet der Makler in einem Tonfall, der beinahe als echte Begeisterung durchgehen könnte. Zentral gelegen. Und da sei auch noch das zur Wohnung gehörige Stückchen Dach. Man könne es in einen Dachgarten verwandeln, das Einverständnis des Vermieters natürlich vorausgesetzt.

Nett, stimmt Simon zu, wobei er meinem Blick ausweicht. Ich wusste, dass die Wohnung nichts taugt, sobald ich sie betreten und das zwei Meter lange Stück Dach unter einem der Fenster gesehen hatte. Si weiß es auch, möchte es aber dem Makler noch nicht sagen, zumindest nicht sofort, um nicht unhöflich zu wirken. Vielleicht hofft er sogar, dass ich beim Gequatsche des Mannes schwach werde. Der Makler ist Simon sympathisch: dynamisch und engagiert. Vermutlich liest er die Zeitschriften, für die Simon arbeitet. Die beiden haben schon über Sportereignisse gefachsimpelt, noch ehe wir die Treppe hinauf waren.

Und hier hätten wir ein recht geräumiges Schlafzimmer, sagt der Makler. Mit ausreichend …

Das bringt nichts, unterbreche ich das Theater. Die Wohnung ist nicht die richtige für uns.

Der Makler zieht die Augenbrauen hoch. Angesichts des momentanen Wohnungsmarkts darf man nicht zu wählerisch sein, sagt er. Bis heute Abend ist sie vermietet. Fünf Besichtigungen heute, und dabei haben wir sie noch nicht einmal auf unserer Website.

Sie ist nicht sicher genug, entgegne ich knapp. Gehen wir?

Alle Fenster haben Schlösser, erwidert er. Es ist ein Sicherheitsschloss an der Tür. Natürlich könnten Sie auch eine Alarmanlage einbauen, falls Sicherheit Ihnen ein Anliegen ist. Ich denke, der Vermieter würde nichts dagegen haben.

Er ignoriert mich und wendet sich nur noch an Simon. *Ihnen ein Anliegen ist.* Genauso gut hätte er: *Oh, Ihre Freundin dramatisiert wohl gern?*, sagen können.

Ich warte draußen, sage ich und gehe schon mal vor.

Offenbar hat der Makler bemerkt, dass er ins Fettnäpfchen getreten ist, denn er fügt hinzu: Falls das Viertel das Problem ist, sollten Sie sich vielleicht weiter im Westen umschauen.

Haben wir bereits, antwortet Simon. Doch das übersteigt unser Budget. Wenn man von den Buden absieht, die die Größe einer Schuhschachtel haben.

Er versucht, sich nicht anmerken zu lassen, dass er genervt ist. Aber allein die Tatsache, dass er das für nötig hält, macht mich noch wütender.

Wir hätten da noch eine Zweizimmerwohnung in Queens Park, sagt der Makler. Ein bisschen heruntergekommen, aber …

Die haben wir schon besichtigt, erwidert Simon. Allerdings fanden wir, dass sie zu nah an dieser Sozialbausiedlung liegt. Sein Tonfall verrät, dass *wir* eigentlich *sie* heißen soll.

Oder da gäbe es noch eine im dritten Stock in Kilburn, die gerade auf den Markt …

Die kennen wir auch schon. Neben einem der Fenster befindet sich ein Fallrohr.

Der Makler blickt ihn verdattert an. Jemand könnte daran hinaufklettern, erklärt Simon.

Tja, die Saison hat ja gerade erst angefangen. Wenn Sie vielleicht noch ein wenig warten.

Offenbar ist der Makler zu dem Schluss gekommen, dass wir seine Zeit vergeuden. Auch er nähert sich unauffällig der Tür. Ich kann mich ja draußen auf den Treppenabsatz stellen, damit er mir nicht zu nahe kommt.

Wir haben unsere alte Wohnung bereits gekündigt, höre ich Simon sagen. Er senkt die Stimme. Schauen Sie, mein Lieber, bei uns wurde eingebrochen. Vor fünf Wochen. Zwei Männer sind bei uns eingedrungen und haben Emma mit einem Messer bedroht. Sie können sich vorstellen, dass sie ein bisschen nervös ist.

Oh, sagt der Makler. Wenn jemand so etwas mit meiner Freundin machen würde, keine Ahnung, was ich täte. Wissen Sie, die Chancen stehen vielleicht nicht sehr hoch, aber … Er beendet den Satz nicht.

Ja?, erwidert Simon.

Hat jemand im Büro die Folgate Street Nummer 1 erwähnt?

Ich glaube nicht. Ist da gerade etwas frei geworden?

Nein, nicht direkt.

Der Makler wirkt unsicher, ob er das Thema weiterverfolgen soll.

Aber sie ist zu vermieten?, beharrt Simon.

Im Grunde ja, erwidert der Makler. Und es ist ein fantastisches Haus. Absolut fantastisch. Ein himmelweiter Unterschied zu diesem hier. Nur, dass der Vermieter … ihn als *eigen* zu bezeichnen, wäre noch milde ausgedrückt.

Welches Viertel?, erkundigt sich Simon.

Hampstead, antwortet der Makler. Nun, eher Hendon. Doch es ist eine sehr ruhige Gegend.

Em?, ruft Simon.

Ich gehe wieder hinein. Wir könnten sie doch mal anschauen, sage ich. Wir sind ja schon auf halbem Wege.

Der Makler nickt. Ich fahre rasch ins Büro, sagt er, und suche die Unterlagen heraus. Offen gestanden habe ich sie schon lange niemandem mehr gezeigt. Die Wohnung passt nicht unbedingt zu jedem. Aber ich glaube, für Sie könnte sie genau das Richtige sein. Verzeihung, ich wollte nichts Falsches gesagt haben.

*Heute: Jane*

»Das ist die letzte.« Die Maklerin, die Camilla heißt, klopft mit den Fingern auf das Lenkrad ihres Smart. »Also wäre es wirklich an der Zeit, dass Sie sich entscheiden.«

Ich seufze auf. Die Wohnung, die wir gerade besichtigt haben, befindet sich in einem heruntergekommenen Wohnblock in der West End Lane und ist die einzige, die ich mir leisten kann. Ich hatte mir schon fast eingeredet, dass sie in Ordnung ist. Die sich wellende Tapete habe ich ebenso ignoriert wie die Küchendünste aus der Wohnung darunter, das winzige Schlafzimmer und den Schimmel im nicht zu belüftenden Bad – bis ich hörte, dass es ganz in der Nähe läutete, eine altmodische Handglocke. Im nächsten Moment hallte Kinderlärm durch die Wohnung. Als ich ans Fenster trat, stellte ich fest, dass ich auf eine Schule hinunterschaute. Ich hatte Blick in einen Raum, der offenbar von einer Kindergartengruppe genutzt wurde. Die Fenster waren mit ausgeschnittenen Häschen und Gänsen dekoriert. Ein Schmerz durchfuhr mich.

»Ich glaube, die ist nicht das Richtige«, brachte ich gerade noch heraus.

»Wirklich?« Camilla wirkte überrascht. »Liegt es an der Schule? Die Vormieter meinten, ihnen habe es gefallen, spielende Kinder zu hören.«

»Allerdings nicht so gut, dass sie geblieben wären.« Ich drehe mich um. »Gehen wir?«

Auf der Rückfahrt in ihr Büro legt Camilla eine lange taktische Pause ein. »Da Ihnen nichts, was wir heute besichtigt haben, zugesagt hat, sollten wir uns vielleicht überlegen, Ihr Budget zu erhöhen«, sagt sie schließlich.

»Leider gibt es an meinem Budget nichts zu rütteln«, entgegne ich trocken und schaue aus dem Fenster.

»Dann müssen Sie möglicherweise weniger wählerisch sein«, erwidert sie spitz.

»Wegen der letzten Wohnung. Es gibt … persönliche Gründe, aus denen ich nicht neben einer Schule wohnen kann. Noch nicht.«

Ihr Blick geht zu meinem nach der Schwangerschaft noch ein wenig schlaffen Bauch, und ihre Augen weiten sich, als bei ihr der Groschen fällt. »Oh«, sagt sie. Camilla ist doch nicht so dumm, wie sie aussieht, wofür ich sehr dankbar bin. Ich brauche es nicht auszusprechen.

Und außerdem ist sie offenbar zu einer Entscheidung gelangt.

»Wissen Sie, da gäbe es noch eine Wohnung. Eigentlich dürfen wir sie ohne ausdrückliche Erlaubnis des Eigentümers nicht zeigen, aber hin und wieder tun wir es doch. Manche Leute sind erschrocken, ich persönlich finde, das Haus ist ein Traum.«

»Ein Traumhaus bei meinem Budget? Wir sprechen hier doch nicht etwa von einem Hausboot, oder?«

»Nein, ganz im Gegenteil. Ein modernes Gebäude in Hendon. Ein ganzes Haus – nur ein Schlafzimmer, allerdings jede Menge Platz. Der Eigentümer ist Architekt. Genau genommen ist er sogar sehr berühmt. Kaufen Sie manchmal bei Wanderer?«

»Wanderer …« In meinem früheren Leben, als ich noch Geld und einen ordentlichen, gut bezahlten Job hatte, habe ich ab und zu im Wanderer-Shop in der Bond Street vorbeigeschaut, einem beängstigend minimalistisch eingerichteten Laden, in dem einige wenige astronomisch teure Kleider auf Steinplatten ausgelegt waren wie Jungfrauen zur Opferung. Die Verkäuferinnen trugen alle schwarze Kimonos. »Hin und wieder. Warum?«

»Monkford gestaltet alle ihre Filialen aus. Er ist ein Techno-Minimalist, oder so ähnlich. Jede Menge versteckte Technik, aber sonst absolut roh.« Sie wirft mir einen Blick zu. »Ich sollte Sie warnen, einige Leute finden seinen Stil ein wenig … karg.«

»Damit kann ich leben.«

»Und …«

»Ja?«, hake ich nach, als sie nicht fortfährt.

»Es handelt sich um kein gewöhnliches Vermieter-Mieter-Verhältnis«, fügt sie zögernd hinzu.

»Und das heißt?«

»Ich denke«, erwidert sie, blinkt und wechselt auf die linke Fahrspur, »dass wir uns die Wohnung erst ansehen sollten, um festzustellen, ob Sie sich in sie verlieben. Danach erkläre ich Ihnen, wo der Haken ist.«

## *Damals: Emma*

Okay, das Haus ist wirklich ungewöhnlich. Umwerfend, atemberaubend, unglaublich. Es ist nicht in Worte zu fassen.

Von der Straße aus war nichts davon zu ahnen. Zwei Reihen großer Durchschnittshäuser, die vertraute Kombination aus viktorianischem rotem Backstein und Panoramafenstern, wie man sie überall in North London sieht, erstreckten sich den Hügel hinauf in Richtung Cricklewood wie ein Scherenschnitt, jedes identisch mit seinem Nachbarn. Nur die Eingangstüren und die kleinen bunten Fenster darüber unterschieden sich.

An der Straßenecke befand sich ein Zaun. Dahinter konnte ich ein niedriges, kleines Gebäude erkennen, einen kompakten Würfel aus hellem Stein. Einige horizontal verlaufende, scheinbar willkürlich verteilte Glasschlitze waren der einzige Hinweis darauf, dass es sich tatsächlich um ein Haus handelte und nicht um einen überdimensionalen Briefbeschwerer.

Wow, sagt Simon zweifelnd. Ist es das wirklich?

In der Tat, erwidert der Makler gut gelaunt. Folgate Street Nummer 1.

Er führt uns zur Seite des Anwesens, wo eine Tür exakt abschließend in die Mauer eingelassen ist. Es scheint keine Klingel zu geben – ich bemerke auch weder einen Türknauf noch einen Briefkasten oder ein Namensschild. Keinerlei Hinweis darauf, dass hier jemand lebt.

Wer wohnt derzeit hier?, erkundige ich mich.

Momentan niemand. Er macht Platz, damit wir eintreten können.

Und warum war nicht abgeschlossen?, frage ich und weiche ängstlich zurück.

Der Makler grinst selbstzufrieden. War es, erwidert er. Auf meinen Smartphone befindet sich ein digitaler Schlüssel. Eine App kontrolliert alles. Ich muss nur von *unbewohnt* auf *bewohnt* umschalten. Dann funktioniert die Sache automatisch. Die Sensoren im Haus empfangen den Code und lassen mich rein. Wenn ich ein digitales Armband tragen würde, bräuchte ich nicht einmal das Telefon.

Sie wollen mich wohl auf den Arm nehmen, sagt Simon ehrfürchtig und starrt auf die Tür. Angesichts seiner Reaktion würde ich am liebsten laut loslachen. Für Simon, den Computerfreak, ist ein Haus, das man per Telefon steuern kann, etwa so wie Ostern und Weihnachten auf einmal.

Ich trete in eine winzige Vorhalle, die kaum größer ist als ein Wandschrank. Da sie zu klein ist, um gemütlich dort herumzustehen, nachdem der Makler mir gefolgt ist, gehe ich einfach unaufgefordert weiter.

Nun bin ich es, die »wow« ausruft. Es ist wirklich beeindruckend. Riesige Fenster, die Blick auf einen kleinen Garten und eine hohe Steinmauer bieten, sorgen dafür, dass der Raum lichtdurchflutet ist. Er ist zwar nicht groß, wirkt aber so. Wände und Fußböden bestehen aus dem gleichen hellen Stein. Rillen unten an den Wänden lassen einen glauben, dass sie schweben. Und alles ist leer. Nicht unmöbliert – in einem Nebenzimmer bemerke ich einen Steintisch, einige nach Designer aussehende, ziemlich coole Stühle und ein langes, tiefes, mit einem dicken cremefarbenen Stoff bezogenes Sofa. Doch sonst gibt es keine Blickfänger. Keine Türen, keine Schränke, keine Bilder, keine Fensterrahmen, keine für mich erkennbaren Steckdosen, keine Lampenaufhängungen und – ich schaue mich verdattert um – nicht einmal Lichtschalter. Und obwohl sich das Haus weder verlassen noch unbewohnt anfühlt, liegt absolut nichts herum.

Wow, wiederhole ich. Meine Stimme klingt eigenartig gedämpft. Mir wird klar, dass ich nichts von draußen von der Straße höre. Der ständige Londoner Geräuschpegel, Straßenverkehr, Gerüstbauarbeiten oder Autoalarmanlagen, ist verschwunden.

Das sagen die meisten Leute, stimmt der Makler zu. Entschuldigen Sie, ich will nicht lästig sein, doch der Vermieter besteht darauf, dass wir die Schuhe ausziehen. Könnten Sie …

Er bückt sich, um sein eigenes auffälliges Schuhwerk aufzuschnüren. Wir folgen seinem Beispiel. Und dann, als hätte ihm die karge und kahle Leere des Hauses die Sprache verschlagen, läuft er einfach nur auf Socken hin und her. Offenbar ist er genauso verwirrt wie wir, während wir uns umschauen.